दादा लड़े शुतुरमुर्ग से

दादा लड़े शुतुरमुर्ग से

बच्चों के लिए मेरी पसंदीदा कहानियाँ-1

रस्किन बॉण्ड

अनुवाद

ऋषि माथुर

UNBOUND SCRIPT

First published in English by Aleph Book Company in 2020

प्रथम संस्करण : 2022

अनबाउंड स्क्रिप्ट

ISBN : 978-93-92088-13-1

मूल्य : ₹299

प्रकाशक : अनबाउंड स्क्रिप्ट
एच-604, प्लॉट नं.-49
इन्द्रप्रस्थ एक्सटेंशन, दिल्ली–110 092
वेबसाइट : www.unboundscript.com
ई-मेल : books@unboundscript.com

मुद्रक : यश प्रिंटोग्राफिक्स
नोएडा, उत्तर प्रदेश

DADA LADE SHUTURMURG SE
by Ruskin Bond
Translation by Rishi Mathur

जैसा रस्किन ने कहा

दूसरे संवेदनशील लोगों की तरह, एक लेखक के तौर पर, मेरे बचपन के विभिन्न दृश्यों और प्रसंगों ने मुझे भी प्रभावित किया है : परी-कथाओं जैसे जामनगर के महल, समुद्र की आवाज़, पिता का डाक-टिकट संग्रह, ग्रामोफोन (जो वर्षों हमारे पास रहा), देहरा में मेरी दादी का बग़ीचा, बरामदे में खिले जिरेनियम, गर्मियों में दिल्ली की लू, पहाड़ पर चीड़ के सींकों की ख़ुशबू, जंगल वाले बंगले में धूल भरी किताबों की अलमारी, बारिश में फुटबॉल का खेल, अकेलेपन का दौर जब घर घर जैसा नहीं लगता...

मैं कुछ ज़्यादा ही जल्दी बड़ा हो गया था। तेरह साल का होते-होते बच्चा नहीं बचा था। जब मैं सोलह साल का था तब तक थोड़ा-बहुत कमाने लगा था, और एक साल बाद अपनी कमाई से अपना ख़र्च चलाने लगा था। लोग कहते थे कि मैं अपनी उम्र के लिहाज से कुछ ज़्यादा ही गंभीर था। मैं उन लड़कों में से नहीं था जिनका बचपना नहीं जाता, बल्कि मैं कुछ ज़्यादा ही जल्दी बड़ा हो गया था।

मैं एक अच्छा श्रोता था। मुझे बुज़ुर्ग लोगों की बातें सुनना पसंद था, ख़ासकर जब वे अपनी ज़िंदगी और उस दुनिया के

बारे में बात करते थे जिसमें वे बड़े हुए थे। वह दुनिया अक्सर उस दुनिया से बहुत अलग होती थी, जिसमें वे अब ख़ुद को फँसा हुए-सा पाते थे। बचपन से ही विकलांग, मिस केलनर, अपने बिछड़े हुए परिवार के बारे में बातें करती थीं। दुक्खी माली मुझे दादाजी के बारे में बताया करता था, जिन्हें मैंने नहीं देखा था (दुक्खी की बातों और अपनी माँ की यादों के आधार पर मुझे अपने मन में उनकी छवि बनानी पड़ी)। मिस चिल, शादी से ठीक एक दिन पहले दुर्घटना में जिनके मंगेतर की मौत हो गयी थी, और जिन्होंने फिर कभी शादी नहीं की। मिस्टर जोन्स, जो शिक्षक बनने के लिए ज़रूरी पढ़ाई भले ही पूरी नहीं कर पाये थे, लेकिन वह एक बेहद प्रतिभावान शिक्षक थे, जो अपने कंधे पर एक कबूतर लेकर कक्षा में आते थे। उन्हें डिकेंस और स्टीवेन्सन की लिखी कहानियाँ पढ़कर सुनाना अच्छा लगता था।

बुज़ुर्गों में मेरी दिलचस्पी थी क्योंकि उन्होंने ज़िंदगी में बहुत कुछ देखा हुआ होता है, और उनके पास सुनाने के लिए कहानियाँ होती हैं। उन कहानियों में से कुछ मुझे वर्षों याद रहीं और समय-समय पर मैंने उन्हें ख़ुद लिख डाला।

अस्सी की उम्र पार करने के बाद भी बचपन की यादों ने मुझे एक लेखक के तौर पर जमाए रखा है। मैं अपने बचपन और लड़कपन के दिनों को साफ़-साफ़ देख पाता हूँ, और इसी वजह से वह दौर मेरे लिए सुनहरा दौर बन गया। मैंने उसे अपनी पकड़ से छूटने नहीं दिया। और इसीलिए मैं अपने पाठकों से कहता हूँ कि वे अपने बचपन को कसकर पकड़े रहें, जितना हो सके इसे बचाकर रखें, भले ही ऐसा करने से उन्हें अपरिपक्व कहा जाए। आज हम पाँच या छह साल की उम्र के

मुक़ाबले कोई बहुत ज़्यादा बेहतर या समझदार नहीं हो गए हैं। बस हमारी मासूमियत ही कहीं पीछे छूट गयी है।

इस संग्रह की कई कहानियाँ 1950 के दशक में लिखी गयीं और पहली बार प्रकाशित हुई थीं, जब मैं एक युवा लेखक के तौर पर संघर्ष कर रहा था। 'आँखों में क्या जी', 'किसकी जीत किसकी हार' आदि ऐसी ही कहानियाँ हैं। दूसरी कई कहानियाँ, जैसे 'नीली छतरी', 'सुरंग' आदि पहाड़ों पर लम्बे समय तक रहने के दौरान लिखी गयी थीं। हाल के वर्षों में मैं बीते दिनों को याद करते हुए लिखता रहा हूँ। जैसे इस संग्रह के लिए मैंने एक नई कहानी लिखी है–'हैप्पी बाज़ार का चमत्कार' और कुछ हल्की-फुल्की रचनाएँ भी।

कहने के लिए अभी और कहानियाँ बाक़ी हैं, और मुझे उम्मीद है कि रौशनी रहने तक मैं कुछ और कहानियाँ लिखूँगा।

–रस्किन बॉण्ड

संपादकीय

रस्किन बॉण्ड दुनियाभर के बच्चों के बेहद प्रिय भारतीय लेखक हैं। उनकी बालस्मृतियाँ, जीवन, परिवार, परिवेश सबकुछ उनके कथासंसार में ऐसे ढल जाता है कि रस्किन स्वयं इस आत्मीय संसार के अपने कथापात्र लगने लगते हैं। वो किसी जादूगर की तरह हैं, जिनकी नज़र पाते ही दुनिया की तमाम मामूली चीज़ें अपूर्व गरिमा और सौन्दर्य से भर उठती हैं, जिसे देख देखकर पाठक विस्मित-विभोर होता रहता है। रस्किन अपने लिए बच्चों के अथाह प्रेम और बच्चों के प्रति अपनी लेखकीय ज़िम्मेदारी—दोनों महसूसते हैं, इसलिए उनकी कहानियाँ रोचकता और दायित्वबोध की मिसाल बन जाती हैं।

हम विश्व की विभिन्न भाषाओं में उपलब्ध ज्ञान-विज्ञान और साहित्य को बहुत साफ़-सुथरी हिंदी में बच्चों के लिए उपलब्ध करवाने की कोशिश कर रहे हैं। यह किताब उसी कोशिश की एक कड़ी है। इसकी ख़ासियत यह है कि रस्किन बॉण्ड ने इन कहानियों को बच्चों के लिए स्वयं चुनी है। इसमें उनके शुरुआती दौर की कहानियों से लेकर उनकी एकदम ताज़ा कहानियाँ भी शामिल हैं। इसमें 'नीली छतरी' जैसी कहानी भी है, जिस पर बनी 'ब्लू अम्ब्रेला' नाम की बहुचर्चित फ़िल्म

आप देख चुके होंगे।

बच्चों के लिए रस्किन की इन पसंदीदा कहानियों को हम दो भागों में संयोजित कर रहे हैं। आपके हाथ में इसका पहला भाग है। आशा करते हैं कि यह भाग आपको पसंद आयेगा। और आप इसका दूसरा भाग भी पढ़ेंगे।

—आशीष मिश्र

क्रम

हैप्पी बाज़ार का चमत्कार

उसे हैप्पी बस स्टॉप इसलिए कहा जाता था क्योंकि एक दिन कहीं से शराब पीकर आए पास में ही रहने वाले हैप्पी नाम के लड़के ने वहाँ खड़ी एक लोकल बस में ड्राइवर की सीट पर बैठकर कुछ ऐसा किया कि बस चल पड़ी और कुछ ही पल में सड़क छोड़ घाटी में गिर गई। सड़क से क़रीब सत्तर फीट नीचे। गनीमत है उस समय बस में और कोई नहीं था, इसलिए सिर्फ़ हैप्पी और बस की इहलीला समाप्त हुई।

मेरे लड़कपन के दिनों में टिहरी जाने वाली पुरानी सड़क एक पगडंडी से ज़्यादा कुछ नहीं थी और हम एक गाँव से दूसरे गाँव होते हुए आगे बढ़ते चले जाते थे। अगर किसी को जल्दी हो तो वह खच्चर पर सवार होकर जा सकता था। खच्चर संकरी से संकरी पगडंडियों पर चल लेते हैं, लेकिन उनकी सवारी करने वाले जब अपनी मंज़िल पर पहुँचते हैं तो ज़ीन की रगड़ से पिछवाड़े में बड़ी तकलीफ़ होती है। इसलिए पैदल जाने में ही समझदारी नज़र आती थी।

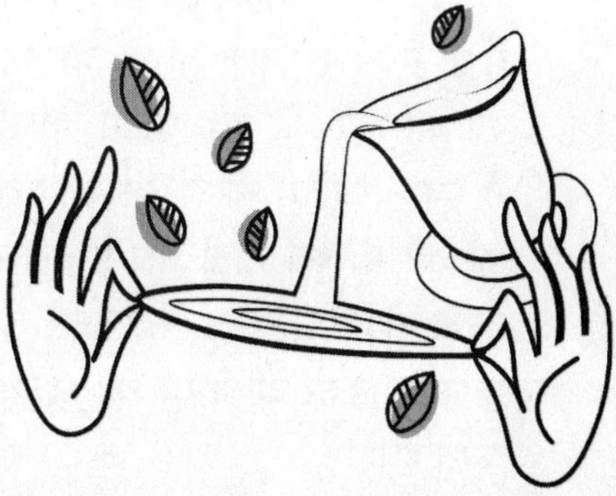

फिर, 1962-63 के दौरान चीनी घुसपैठ के बाद आनन-

फानन में पहाड़ों पर सड़कें बनाने का सिलसिला शुरू हुआ। पैदल और खच्चर के रास्तों को पक्की सड़कों में बदला जाने लगा। लैंण्डौर की सीमा से बाहर निकलते ही एक बस स्टॉप बनाया गया और 1970 में वहाँ से चंबा और उससे आगे के लिए बस मिलने लगीं।

जहाँ बस स्टॉप होता है, वहाँ आपको एक चाय की टपरी मिल जाएगी और अगर वह चल पड़ी, तो पास ही एक और चाय की टपरी बन जाती है। फिर वहाँ एक सब्ज़ी वाला दुकान लगा लेता है, क्योंकि जब बस छूटने वाली होती है, तब अक्सर सवारियों को घर के लिए सब्ज़ी ख़रीदने की याद आ जाती है।

कभी-कभी सब्ज़ी वाले अपने गाँव से मौसमी सब्ज़ियाँ लैण्डौर के बाज़ार में बेचने लाते–बरसात के दिनों में खीरे और फलियां और उससे कुछ समय बाद कद्दू और भुट्टे। शहर के अन्दर और बस स्टॉप के पास वाली सब्ज़ी की दुकानों में देश भर से आए फल और सब्ज़ियाँ मिल जाते थे-नारियल और अनार, अनन्नास और शरीफ़े।

जैसे-जैसे बस स्टॉप बड़ा होता गया और ज़्यादा बसें वहाँ से आने-जाने लगीं, वहाँ की दुकानों का धंधा भी अच्छा चल पड़ा। एक चाय की दुकान पर पकौड़े अच्छे बनते थे और दूसरी पर समोसे, इसलिए आपसी होड़ के बावजूद उनके रिश्ते मधुर बने रहे।

फिर वहाँ एक छोटी सी दवाइयों की दुकान खुल गई। आख़िर पास में ही एक अस्पताल जो था और कभी-कभी मरीजों या उनके रिश्तेदारों को अस्पताल के दवा घर में ज़रूरी दवाइयाँ नहीं मिल पाती थीं। शहर में एक ऐम्बुलेंस थी जो अक्सर शहर के लोगों को इमरजेंसी वार्ड तक पहुँचाने में जुटी रहती थी। ऐम्बुलेंस के सायरन की आवाज़ तेज़ और तीखी थी। बड़ी सड़क के किनारे रहने वाले अकसर उसका डरावना सा विलाप सुनकर आधी रात को या सुबह पौ फटने से पहले ही जाग जाया करते थे।

सवेरे तड़के पहली बस चंबा जाती थी। शाम ढलने के बाद आख़िर बस हैप्पी बस स्टॉप पर आकर वहीं ठहर जाती थी। धीरे-धीरे दुकानदारों की झुग्गियाँ ईटों के पक्के मकानों में बदल गईं। सड़क के किनारे एक-दूसरे को थामे अपनी-अपनी जगह जमी इन दुकानों का समूह देखने में ऐसा लगता था जैसे पोटाला पैलेस को उल्टा कर दिया गया हो।

1990 के दशक तक वहाँ कम से कम दस दुकान और साथ लगे घर बन चुके थे और लोगों ने इस जगह को बाज़ार कहना शुरू कर दिया था। लोग इसे हैप्पी बाज़ार कहते थे, भले ही वह भूल चुके थे कि 'हैप्पी' कौन था।

और अब तो हैप्पी बाज़ार में एक शराब की दुकान भी खुल गई थी, ताकि बस ड्राइवर, सवारियाँ, दुकानदार, अस्पताल के मरीज़, उनके रिश्तेदार और हैप्पी बाज़ार की सड़क पर चहलकदमी के लिए निकलने वाला कोई भी शख़्स अपने होंठ तर कर सके। वह अंगूर से बनने वाली शराब की दुकान नहीं थी, बल्कि वहाँ देशी ठर्रा बिकता था। अगर किसी को व्हिस्की या रम लेनी हो, तो उसे शहर में 'अंग्रेज़ी शराब की दुकान' पर जाना पड़ता था, जहाँ भारत में बनी विदेशी शराब मिलती है।

देशी शराब ज़्यादा चढ़ती है और इसी वजह से कभी-कभी झगड़े या हादसे भी हो जाया करते थे। कुछ ज़्यादा पी लेने के बाद एक ड्राइवर ने चंबा का छोटा रास्ता पकड़ने के चक्कर में सड़क ही छोड़ दिया, नतीजतन उसे और उसकी कई सवारियों को समय से पहले ही अगले जन्म की राह मिल गई।

क़िस्मत से पुलिस चौकी वहाँ से ज़्यादा दूर नहीं थी और बार-बार इस तरह हालात काबू से बाहर नहीं होते थे।

कई साल तक सब कुछ ठीक-ठाक चलता रहा। हैप्पी बस स्टॉप और हैप्पी बाज़ार की आबादी भी बढ़ती रही और ख़ुशहाली भी। उस नई सड़क की ओर किसी ने ध्यान नहीं दिया जो आबादी वाले इलाक़े से दूर

बाहर ही बाहर से पहाड़ों की ओर जाने के लिए बन रही थी। एक दिन राजधानी से एक मंत्री जी ने आकर बड़ी धूमधाम से नए बस स्टैंड का उद्घाटन किया, जो हैप्पी बाज़ार से कोई दो किलोमीटर दूर था। इसके साथ ही चंबा होते हुए उससे आगे जाने वाली एक बिल्कुल नई बस को हरी झंडी दिखाकर रवाना किया गया।

हैप्पी बस स्टॉप भी चलता रहा, लेकिन ज़्यादा दिन नहीं चल सका। नए बस स्टैंड की दावेदारी दमदार थी और राजनीतिक माहौल भी उसी के पक्ष में था, जो कि बड़ा मायने रखता है। एक-एक करके ड्राइवर-कंडक्टर अपनी गाड़ियाँ नए बस स्टैंड से चलाने लगे। छोटे से बाज़ार से ख़रीदारी करने वालों की संख्या में गिरावट साफ़ नज़र आने लगी। सब्ज़ियों और फलों के ढेर अब ज़्यादा समय तक वैसे ही बने रहते थे और सब्ज़ी वाले को अपना माल ताज़ा बनाए रखने के लिए उन पर सारे दिन ठंडे पानी के छींटे मारने पड़ते थे। चाय की एक दुकान बन्द हो गई और उसके मालिक ने नए बस अड्डे पर एक दुकान किराये पर ले ली। चाय की जो दुकान बची थी, मैं उसी पर जाता रहा, क्योंकि मुझे समोसे के बजाय पकौड़े ज़्यादा पसंद थे और फिर मेरा घर भी वहाँ से नज़दीक था।

दुकान पर मैं अकेला ग्राहक दुकानदार की तन्हाई दूर कर रहा था, कि तभी हम बतियाने लगे।

'चलो कम से कम खच्चर तो फिर से आने लगे हैं,' मेलाराम ने अचानक कहा। वैसे, आशावादी तो वह हमेशा से है।

'यह रास्ता तो पहले से उन्हीं का था,' मैंने कहा। 'कार और बस उन्हें बिल्कुल नहीं सुहाती हैं।'

खच्चर वाले और गाँव के लोगों की बदौलत दुकानदारों की आमदनी में आई गिरावट की कुछ भरपाई तो हो रही थी, लेकिन हालात अब पहले जैसे नहीं रह गए थे। गाँव वालों के पास ख़र्च करने के लिए ज़्यादा पैसा

नहीं होता था। बीच-बीच में अस्पताल में भर्ती मरीज़ों के रिश्तेदारों को चाय-पकौड़े खिलाकर किसी तरह गुज़र-बसर हो रही थी। दवाइयों की दुकान से बिक्री बन्द नहीं हुई और स्थानीय लोगों के साथ अस्पताल के लिए रज़ाई-गद्दे बनाने वाले बूढ़े अब्दुल, जिन्हें बच्चे 'बुलबुल' कहकर पुकारते थे, का काम भी चलता रहा। लेकिन ज़्यादातर समय हैप्पी बाज़ार में सन्नाटा पसरा रहता था।

फिर एक दिन, जब मैं चाय की टपरी पर बैठा यह सोच रहा था कि पकौड़े खाऊँ या न खाऊँ, तभी एक रईस से दिखने वाले सज्जन ने आकर एक प्याली चाय देने को कहा। मेलाराम के साथ मेरा भी पूरा ध्यान उन्हीं पर टिक गया। काफ़ी समय बाद कोई अजनबी दुकान में आया था।

जब वह गरमागरम चाय का गिलास हाथ में थामकर बैठे, तो ऐसा लगा कि उनसे गुफ़्तगू की जा सकती है, लेकिन जब मैंने उनसे पूछा कि वह कहाँ से आए हैं, तो उन्होंने कुछ गोलमाल सा जवाब दिया। किर्गिस्तान या ताजिकिस्तान के किसी शहर का नाम बताया, जो मुझे ठीक से याद नहीं रहा और अपना नाम बताया डॉक्टर कॉस्मो।

'आप चाहें तो मुझे कॉस्मस भी कह सकते हैं,' जोश भरी मुस्कुराहट बिखेरते हुए उन्होंने कहा। 'वास्तव में, मैं सारे संसार का हूँ। पूरे ब्रह्मांड का हूँ।'

'और आप किस तरह के डॉक्टर हैं?' मेलाराम ने पूछा। 'क्या आप मेरे गठिया का इलाज कर सकते हैं?'

'बिल्कुल!' अजनबी ने कहा। 'लेकिन सच कहूँ, सबसे पहले मैं किसी ऐसी शांत जगह की तलाश में हूँ ज़हाँ मैं सुकून से अपनी थकान मिटा सकूँ। इलाज करना बहुत थकाने वाला काम है। लेकिन तुम जरा इधर आओ। मुझे बताओ कि कहाँ तकलीफ़ है। क्या सूजन भी है?'

'यहाँ कलाई में,' मेलाराम ने कहा। 'और कोहनी में। रात को बहुत बढ़ जाता है। दर्द के मारे मैं सो नहीं पाता।'

‘जरा अपना हाथ इधर तो देना।’

मेलाराम ने अपना हाथ बढ़ाया और उस अजनबी ने उसे थामकर कुछ देर पकड़े रखा।

‘तुम्हें कुछ महसूस हो रहा है?’ अजनबी ने पूछा।

‘नहीं।’

अजनबी ने कुछ देर और हाथ पकड़े रखा–तब तक मेरी चाय और पकौड़े ख़त्म हो गए थे।

‘कुछ सनसनाहट सी हो रही है,’ मेलाराम ने कहा।

‘यह हुई न बात! मेरे शरीर से ऊर्जा तुम्हारे शरीर में जा रही है। इसे कॉस्मिक एनर्जी यानी ब्रह्माण्डीय ऊर्जा कहते हैं। यह सूरज से आती है। मैं इसे सोख लेता हूँ और अब तुम्हें दे रहा हूँ। आज रात तुम्हें अच्छी नींद आएगी। दर्द भी नहीं होगा। अब बताओ कि मुझे ठहरने के लिए जगह कहाँ मिलेगी। यहाँ मुझे अच्छा लग रहा है। लगता है यहाँ आराम मिल सकेगा और शांति भी।’

‘यहाँ शांति इसलिए है क्योंकि ज़्यादातर लोग यहाँ से चले गए हैं,’ मेलाराम ने कहा। पहले यह एक ऐसा बस स्टॉप था जहाँ ख़ूब हलचल रहती थी। लेकिन फिर बस स्टॉप को यहाँ से हटाकर शहर के नज़दीक बना दिया गया और इसी के साथ हमारा काम-धंधा भी चला गया। यहाँ कोई होटल नहीं है। लेकिन दुकान के पीछे मेरे पास एक खाली कमरा है। पहले उसे एक दर्ज़ी ने ले रखा था, वह भी यहाँ से चला गया। बहुत ही मामूली कमरा है–शायद आपके लिहाज से कुछ ज़्यादा ही मामूली।’

‘जितना मामूली, उतना अच्छा,’ डॉक्टर कॉस्मो ने कहा। ‘एक ठीक-ठाक पलंग, साफ़-सुथरा गुसलख़ाना–और नाश्ता, हो सके तो?’

‘इनके पराठे बहुत अच्छे होते हैं,’ मैंने चट से बोला।

‘फिर चलो मेरे दोस्त, आरामगाह का रास्ता दिखाओ न।’

और अगले ही दिन वह डॉक्टर–जिसे कष्ट दूर करने वाला कहना

बेहतर होगा–वहाँ रहने आ गया। साथ में बस थोड़ा सा साँसारिक सामान, बल्कि ज़रूरी चीज़ें लेकर। लेकिन दवाइयाँ बिल्कुल भी नहीं और न ही कोई ऐसी चीज़ जिससे उसके डॉक्टर होने का पता चले।

लेकिन उसे ख़ुद को 'डॉक्टर' कहलवाना पसंद था, हर किसी ने उसे 'डॉक्टर कॉस्मस' के तौर पर ही जाना।

मेलाराम का गठिया का दर्द रातों-रात ग़ायब हो गया और उसने अपने दोस्तों और पड़ोसियों को अपने किरायेदार की इलाज करने की काबिलियत के बारे में बताने में बिल्कुल समय नहीं गँवाया। और इसके बाद पुराने रोगों से परेशान लोगों ने इलाज की उम्मीद में चाय की दुकान पर आना शुरू कर दिया।

डॉक्टर कॉस्मस हर आने वाले को देखते। वह मरीज़ के सिर, सीने, पीठ या पैर–या जहाँ कहीं मरीज़ को दर्द और कमज़ोरी का एहसास होता, वहाँ अपने हाथ रखते और तकलीफ़ से जूझते मरीज़ से हौसला बढ़ाने वाले दो बोल बोलते। फिर वापस भेज देते। जल्दी ही लोग मानने लगे कि उनके इलाज से राहत मिलती है। कुछ ने ठीक होने का दावा भी किया। चलने-फिरने से मोहताज लोग सीधे होकर जोशीले अंदाज़ में चलने लगे। बुज़ुर्ग महिलाएँ व्हीलचेयर छोड़ खड़ी चढ़ाई पैदल चढ़ने लगीं।

चमत्कारी इलाज की चर्चा हिल-स्टेशन के बाहर तक होने लगी और जल्दी ही बीमार और हताश, दूर-दूर से इलाज की उम्मीद में हैप्पी बाज़ार आने लगे।

डॉक्टर कॉस्मस ने दैवीय शक्ति से इलाज या चमत्कार करने का कभी दावा नहीं किया।

'इलाज का धार्मिक आस्था से कोई लेना देना नहीं,' वह कहते।

उनका इलाज पूरी तरह ब्रह्मांड की उर्जा पर आधारित था। यह ऊर्जा उनके अन्दर से होते हुए मरीज़ों के शरीर में पहुँचती और देखते ही देखते

उन्हें दर्द-तकलीफ़ और बीमारी से छुटकारा मिल जाता।

'आप ख़ुद भी कर के देख सकते हैं,' वह कहते।

मैंने कोशिश की पर नाकाम रहा। मैंने एक वृद्धा के दाँत का दर्द दूर करने के लिए उसके गाल पर हाथ रखा पर उसने मुझे निर्लज्ज और ढोंगी कहते हुए मेरा हाथ झटककर हटा दिया।

लेकिन कभी किसी ने डॉक्टर कॉस्मस पर धोखाधड़ी का इल्ज़ाम नहीं लगाया। न हर कोई ठीक होता था और न ही हर किसी को उनके इलाज से राहत ही मिलती थी, लेकिन काफ़ी लोगों को उनकी ब्रह्म ऊर्जा से फ़ायदा ज़रूर होता था। इसीलिए इतने लोग उनके पास आते थे। जल्दी ही उन्हें कामकाज संभालने के लिए दो लोगों और एक बड़े कमरे की ज़रूरत पड़ी। इनका इंतज़ाम किया बाज़ार वालों ने। बाज़ार वालों ने ही उन्हें अपने मरीजों से कुछ रुपए लेने को राज़ी कर लिया जिससे रहने-खाने का ख़र्च निकल सके।

इस बीच दूसरे शहरों से आने वाले मरीजों के ठहरने के लिए एक गेस्ट हाउस खुल गया। वह उसी जगह बना जहाँ पहले बस स्टॉप था। अब आसपास के होटल और ठहरने के दूसरे ठिकाने सैलानियों के आने का मौसम न होने पर भी भरे रहते। अमीर मरीज़ कारों से आते और कैंसर, डायबिटीज़, पुरानी चोट और दूसरे पुराने रोगों के इलाज पर बड़ी रक़म ख़र्च करने को तैयार रहते। डॉक्टर कॉस्मस उनका इलाज तो करते, पर कोई फ़ीस नहीं लेते।

फिर चिकित्सा जगत से जुड़े कुछ लोगों ने उन्हें दिल्ली आकर अपनी इलाज करने की 'शक्ति' का प्रदर्शन करने और ब्रह्म ऊर्जा पर व्याख्यान देने के लिए राज़ी कर लिया। डॉक्टर कॉस्मस ने दिल्ली के कई दौरे किए। लेकिन जब-जब वह दिल्ली से लौटकर आते तो कुछ दुबले और कमज़ोर लगते; काफ़ी कुछ अपने मरीज़ों की तरह। ज़ाहिर है राजधानी की आबोहवा उन्हें रास नहीं आती थी। वह पहाड़ों की ताज़गी भरी साफ़

हवा के आदी हो चुके थे।

'यहाँ ऊपर पहाड़ पर ब्रह्म ऊर्जा बिना किसी रोक-रुकावट के बहती है,' वह कहते।

'तो यहीं ऊपर रहिए न,' मेलाराम कहता। 'वैसे भी आप सारी दिल्ली को उसके कष्टों से छुटकारा नहीं दिला सकते। मैं ख़ुद भी वहाँ नहीं जाता। राजधानी तो किसी और जगह बनायी जानी चाहिए!'

'बहुत पहले किसी ने ऐसा करने की कोशिश की थी,' मैंने कहा। 'तब दौलताबाद को राजधानी बनाया गया था। लेकिन बात नहीं बनी। मुझे लगता है कि वहाँ उन्हें अपनी प्रिय यमुना की कमी अखरती होगी।'

इस तरह डॉक्टर कॉस्मस का दिल्ली आना जाना लगा रहा। हालाँकि उनकी शोहरत में बढ़ोतरी हुई लेकिन उनकी ख़ुद की सेहत इतनी गिर गई कि मुझे लगने लगा कि मैं उनसे कह दूँ–'पहले ख़ुद का इलाज करो, डॉक्टर।'

जब मैंने सुना कि उन्हें किसी अज्ञात और अस्पष्ट स्वास्थ्य समस्या' के चलते राजधानी के सबसे अच्छे अस्पतालों में से एक में भर्ती कराया गया है, तो मैं मेलाराम के साथ उन्हें देखने गया।

अस्पताल के बिस्तर पर पड़े वह ऐसे सूखे-सिकुड़े नज़र आ रहे थे, जैसे उनके अन्दर से जीवन का सारा रस निचुड़ चुका हो। वह हमारे अपने जाने-पहचाने डॉक्टर कॉस्मस तो कहीं से नहीं लग रहे थे। उन्हें बड़ी मुश्किल से पहचाना। उनके गाल गड्ढे में धंस चुके थे और मुँह से कई दाँत नदारद थे। बाल झड़ गए थे। लेकिन उन्होंने हमें पहचान लिया और धीरे से हाथ उठाकर हिलाया।

'क्या हुआ है आपको,' मैंने पूछा।

उन्होंने सिर हिलाया, फिर बुदबुदाया : 'ख़ुद पर कुछ ज़्यादा ही ले लिया। अब दुनिया की सारी बीमारियाँ मुझे हैं। एक तरह से यह बहुत अच्छा है। उन्हें पड़ने वाले दौरे और चढ़ने वाले बुखार मैंने सोख लिए

और बदले में उन्हें दी है ऊर्जा।'

'ब्रह्म ऊर्जा,' मैंने कहा। 'आपको कुछ अपने लिए भी रखनी चाहिए थी।'

उन्होंने सिर हिलाकर हामी भरी। 'पहाड़ पर लौटते ही मैं अपनी खोयी ताक़त वापस हासिल कर लूँगा।'

लेकिन वह पहाड़ पर लौटे नहीं। मुझे और मेलाराम को उनके बिना लौटना पड़ा। वह कुछ ज़्यादा ही दूर निकल गए। हफ़्ते भर बाद हमें पता चला कि वह ब्रह्मांड में विलीन हो गए हैं। उनके कुछ रिश्तेदार आए और उन्हें दिल्ली के क़ब्रिस्तान के कोने में दफ़ना गए। उस जगह पहचान के लिए कोई लहद यानी क़ब्र के सिरहाने लगने वाली शिला नहीं लगायी गई। पृथ्वीलोक में उन्होंने जो कुछ समय बिताया, उनकी कोई निशानी नहीं रही। उनकी मौत की कोई वजह नहीं बतायी गई, लेकिन उनके ख़ून में स्ट्रॉन्शियम धातु के अंश मिलने का ज़िक्र उनकी मेडिकल रिपोर्ट में था। उनके शरीर में इस धात्विक तत्व ने कैसे प्रवेश किया? क्या इसका संबंध उस ब्रह्म ऊर्जा से था जो वह अपने मरीज़ों को देते थे? यह हमें कभी पता नहीं चल पाया। कुछ रहस्य हमेशा रहस्य ही बने रहते हैं।

लोगों ने सोचा कि डॉक्टर कॉस्मस के चले जाने से सैलानियों के बीच हैप्पी बाज़ार की लोकप्रियता पर असर पड़ेगा, लेकिन ऐसा नहीं हुआ। उनके बारे में जानने को उत्सुक लोगों का आना जारी रहा और कई तो उस मामूली से कमरे को देखने को उतावले रहते थे जिसमें 'डॉक्टर' शुरुआत में अपने मरीजों को देखते और उन्हें ब्रह्म ऊर्जा से भरकर वापस उनके घर भेज देते थे। कुछ लोगों को लगता था कि उनकी मेज़, कुर्सी या पलंग को छूने से उन्हें तमाम बीमारियों से छुटकारा मिल जाएगा। और शायद उनके साथ ऐसा होता भी था। क्योंकि विचार आश्चर्यजनक चीज़ है और दिमाग़ भौतिक जगत से बड़ी शय है।

हैप्पी बाज़ार तरक्की करता रहा और मेलाराम भी, क्योंकि डॉक्टर

वाली जगह का मालिक तो वही था। हालाँकि वह आने वालों से कोई प्रवेश शुल्क नहीं लेता था, लेकिन आने वाले उसकी चाय की दुकान में कुछ समय ठहर चाय-पकौड़े का स्वाद लेकर ही जाते थे। उससे बेहतर पकौड़े कोई नहीं बनाता था।

मेरी मौजूदगी में एक स्थानीय गाइड सैलानियों के एक दल को लेकर दुकान पर आया और हैप्पी बाज़ार का इतिहास समझाने लगा। उन्हें बताने लगा कि किस तरह दूर-दूर तक मशहूर हो चुके डॉक्टर के चमत्कारों के चलते हैप्पी बाज़ार को ख़ुशियों के लिए जाना गया।

मैंने उसकी बात काटकर सैलानियों को बताना चाहा की बाज़ार का यह नाम 'हैप्पी' नाम के उस शरारती किशोर के कारण पड़ा जिसने बस चलाकर खाई में गिरा दी थी। लेकिन मेरी सुनने वाला कोई नहीं था।

आधी रात को चॉकलेट

जीवन के सबसे बड़े सुखों में से एक है दोपहर की नींद। मेक्सिको और दूसरे लैटिन अमेरिकी देशों में इसे ऐसे देखा जाता है जैसे यह अपने आप में कोई ललित कला हो। हमारे जैसे गर्म देशों में यह लगभग एक ज़रूरत जैसी है। ख़ासतौर से उन किसानों के लिए जो सूरज निकलने से लेकर दोपहर तक अपने खेतों में पसीना बहाते हैं। पीपल या बरगद के विशाल पेड़ के नीचे दोपहर की नींद शरीर ही नहीं आत्मा तक के लिए बेहद सुखदायी होती है।

दोपहर की नींद का आनंद भी मैं उसी बिस्तर पर लेता हूँ, जिसपर मेरी रात गुज़रती है। लेकिन सफ़र के दौरान हवाई जहाज़ और बस की सीट, या रेलवे के प्रतीक्षालय जैसी जगहों पर भी दोपहर की नींद लेने में मुझे कोई दिक़्क़त नहीं होती। हालाँकि मुझे यह मानने से इनकार नहीं है कि पिछले कई सालों से मैंने ट्रेन में सफ़र ही नहीं किया है। पेड़ के नीचे दोपहर की नींद लेना सुनने में बहुत सुहाना लगता है, लेकिन एक बार जब मैं एक जाने-पहचाने हॉर्स चेस्टनट यानी पांगर के पेड़ के नीचे नींद लेने के लिए लेटा था, तब मेरे सिर पर एक पांगर आकर गिरा जिससे मैं हड़बड़ाकर उठ बैठा।

वैसे पहाड़ों पर पलंग ही सबसे अच्छा होता है। ख़ासतौर से सर्दियों के ठंडे दिनों में। और रात को गर्म पानी की बोतल मिल जाए तो फिर

कहने ही क्या!

अगर बिस्तर में गर्माहट हो तो मुझे बच्चों जैसी नींद आ जाती है। लेकिन बच्चों की तरह ही अक्सर मेरी आँख आधी रात के आसपास खुल जाती हैं और तब मुझे भूख लगती है। इसीलिए मैं अपने पलंग के साथ वाली मेज पर एक चॉकलेट रख छोड़ता हूँ। आधी रात को एक टुकड़ा चॉकलेट खाने से अच्छा और क्या हो सकता है। चॉकलेट खाकर ऐसा एहसास होता है कि दुनिया में आनंद ही आनंद है। फिर मुझे नींद आ जाती है जिसमें मुझे चॉकलेट से बने क्रिकेट के बल्ले और रंग-बिरंगी टॉफियों के इंद्रधनुष के सपने आते हैं। आप में से जिस किसी को नींद मुश्किल से आती हो उसे यह तरकीब ज़रूर आजमानी चाहिए।

लेकिन कुछ रात पहले, पलंग के साथ वाली मेज से आ रही 'कुटुर-कुटुर' की आवाज़ से मेरी नींद खुल गई। कुटुर-कुटुर-कुटुर–ऐसी आवाज़ आ रही थी।

पलंग के बगल में रखा टेबल लैंप जलाया, तो वहाँ एक मोटा सा चूहा बैठा नज़र आया जो मेरी चॉकलेट अगले पंजों में दबाकर कुतरे जा रहा था!

सच तो यह है, मेरे प्रिय पाठको, कि मैं अमूमन कंजूसी नहीं करता और अपनी चॉकलेट आपके साथ मिल-बाँटकर खा सकता हूँ, लेकिन चूहे मेरी चॉकलेट खाएँ यह मुझे कतई मंज़ूर नहीं। मैंने अपनी चप्पल घुमाकर चूहे पर फेंकी, लेकिन वह ऐन वक़्त पर फुदककर परे हट गया और मुझे अपनी बची हुई चॉकलेट इस डर से फेंकनी पड़ी कि कहीं उसे खाने से चूहों से फैलने वाले बुखार या ऐसी ही

किसी भयानक बीमारी का शिकार न हो जाऊँ।

खैर, अगली रात मैंने एक और चॉकलेट यह सोचकर ड्रेसिंग टेबल के दराज में रखी कि वहाँ वह चूहे की पहुँच से बची रहेगी। लेकिन एक बार फिर सपना पूरा होने से पहले ही 'कुटुर-कुटुर' से मेरी नींद उचट गई–यह छोटे-छोटे दाँत चॉकलेट में गड़ा-गड़ाकर उसे कुतरने की आवाज़ थी। मैं झट से पलंग छोड़ ड्रेसिंग टेबल की ओर लपका और दराज को बाहर खींच लिया। लेकिन चॉकलेट के चटोरे महारथी मूशक महाशय छलांग लगाकर भाग खड़े हुए! इस नाचीज़ के लिए सिर्फ़ आधी चॉकलेट छोड़ कर।

लगता है अपनी पसंदीदा चीज़ की लालच के चलते उसने दराज़ के पीछे से अन्दर घुसने के लिए कोई सुराख़ ढूँढ़ लिया था।

चूहेदानी! अब मुझे एक चूहेदानी की ज़रूरत थी। मैंने अपने पड़ोसी से चूहेदानी माँगी। वह वाली नहीं जिसमें चूहा आते ही मर जाता है, बल्कि वह वाली जिसमें वह क़ैद हो जाता है, जो कि उसके लिए और भी ज़्यादा बुरा हो सकता है। चूहादानी के तार में अपनी पसंदीदा चॉकलेट का एक छोटा सा टुकड़ा फँसा दिया। कहते हैं कि चूहों को पनीर ख़ूब भाता है, लेकिन मैं कोई जोख़िम नहीं उठाना चाहता था।

जो भी हो, चूहेदानी काम कर गई और सुबह मैंने पाया कि हैरान-परेशान चूहा चूहेदानी की जाली के पीछे से मुझे ताक रहा है। जेल में बन्द क़ैदी की तरह। चूहेदानी को उठाकर मैं सड़क पर चल पड़ा और लगभग आधा मील दूर जाकर मैंने मूशक महाशय को एक लोकप्रिय बेकरी के पीछे झाड़ियों में छोड़ दिया। यह मेरी एक ग़ैर-ज़िम्मेदाराना हरकत थी, लेकिन मैंने सोचा कि वहाँ उसका वक़्त मज़े में कट जाएगा।

अगली तीन रात शांति से गुज़रीं। एक बार फिर मैंने आधी रात को चॉकलेट खाने का मज़ा लिया! लेकिन, फिर वही कुटुर कुटुर कुटुर... वह वापस लौट आया था!

एक बार फिर मामला गड़बड़ हो गया था, प्यारे दोस्तों। फिर से चूहेदानी माँगकर लायी गई और मूशक महाशय को दोबारा क़ैदकर लिया गया। इस बार मैं कोई जोख़िम नहीं उठाना चाहता था। मैंने एक टैक्सी किराये पर ली और चूहेदानी में क़ैद चूहे को लेकर कैम्पटी फॉल तक गया। वहाँ चूहेदानी से निकलने में आनाकानी कर रहे चूहे को झटके से झरने में उछाल फेंका। कुछ वैसे ही जैसे फिल्मों में खूँख़्वार खलनायक सीधे-सादे हीरो की हस्ती मिटाने की कोशिश करता है। पानी के साथ वह चूहा यमुना ब्रिज की ओर बहकर जाता दिखा, फिर आँखों से ओझल हो गया।

तब जाकर शांति मिली। अब चॉकलेट कहीं नहीं जाएँगी! बुढ़िया के बाल और सुनहरे शरबत के सपने...

और फिर, कुटुर कुटुर कुटुर...

मैंने पलंग के साथ वाली लाइट जलायी।

मेरी मेज़ पर दो चूहे चॉकलेट के साथ खींचातानी कर रहे थे। अब करने के लिए अगर कुछ बचा था तो यही कि मैं चॉकलेट खाना ही छोड़ दूँ। ताकि खाने की चीज़ न मिल पाने से वह दोनों चूहे भूखे मर जाएँ। भले ही ऐसा करने से मुझे ख़ुद भी भीषण कुपोषण का शिकार क्यों न होना पड़े। बाद में मजबूर होकर मैंने दिन में चॉकलेट खाना शुरू कर दिया।

सड़क के उस पार

सैम्युल घोघा ज़रूर था लेकिन उसका भी अपना वजूद था। कुछ लोग उसे परिवार का सबसे बिगड़ा हुआ घोंघा मानते थे, लेकिन इसके पीछे वजह सिर्फ़ यह थी कि वह बड़ों की सुनने के बजाय सब कुछ अपने ढंग से करना चाहता था। नए-नए पौधों का स्वाद चखना चाहता था और ऐसी जगह जाने में उसे बड़ा मज़ा आता था जहाँ जाने को मना किया जाता। पक्षी और तितलियाँ इंसान की बनायी सीमाओं को नहीं मानते, फिर घोघे भला क्यों मानें? आख़िर घोघे इंसान के पहले से इस दुनिया में रह रहे हैं और उम्मीद है कि उनके बहुत बाद तक रहेंगे।

ऐसा भी नहीं था कि सैम्युल ने दुनिया-जहान पा लेने की महत्त्वाकांक्षाएँ पाल रखी हों। बस इतनी सी बात थी कि बन्दगोभी की जिस क्यारी में सैम्युल और उसके साथी घोघे रहते थे, उसका मन अब वहाँ से उखड़ गया था। वह बन्दगोभी के पत्तों से बुरी तरह ऊब चुका था। उसकी नज़र सड़क के पार उग रही पालक पर थी। पालक बेहद स्वादिष्ट नज़र आती थी। लेकिन बीच में एक सड़क थी जो उसके

लिए किसी अंतरराष्ट्रीय सीमा से कम नहीं थी, जिसे पार करना बहुत कठिन था। और घोघा कोई भी हो उसे बन्दगोभी से ज़्यादा पालक का स्वाद रास आता है।

दिक़्क़त यह थी कि दो शहरों को जोड़ने वाली वह सड़क बहुत चलती थी, जिस पर कार, ट्रक, मोटरसाइकिल, साइकिल और वैन का तांता लगा रहता था और यहाँ तक कि कभी-कभी एकाध रोड-रोलर भी गुज़र जाया करता था। सैम्युल को रोड-रोलर के नीचे कुचल जाना क़तई मंज़ूर नहीं था। इस नश्वर संसार को अलविदा कहने के इससे भी बेहतर तरीक़े थे, मिसाल के तौर पर सारस द्वारा निगल लिया जाना।

और फिर, ज़ाहिर है घोघे दौड़ तो सकते नहीं। खुद अपने शरीर से निकलने वाले लस की लिसलिसाहट के सहारे आगे सरकते हुए वह किसी रसीले पत्ते या किसी संगी-साथी की तलाश में धीरे-धीरे घास, खरपतवार और पत्थर की कंकड़ियों पर आगे बढ़ते जाते हैं। तेज़ चलने के लिए वह पैदा ही नहीं हुए। वह बड़े ख़ूँख़्वार जानवरों की तरह शिकार की तलाश में नहीं रहते। और न ही इंसानों की तरह एक-दूसरे को शिकार बनाते हैं। उन्हें तो बस अपने काम से काम रहता है। और यह जनाब सैम्युल, इन्होंने सड़क के दूसरी ओर लहलहाती पालक के खेत पर धावा बोलने का मन बना लिया।

अब बात यह है, कि जाओगे नहीं तो पाओगे क्या! शायद यही सोचकर सैम्युल साहब दोस्तों और जानने वालों के लाख मना करने पर भी जान का जोख़िम उठाकर सड़क पार करने निकल पड़े। वैसे तो वह रात होने का इन्तज़ार कर सकते थे लेकिन तब भी जोख़िम कोई कम नहीं होता। एक के पीछे एक धड़धड़ाते हुए कंटेनर ट्रक सारी रात राजमार्ग से गुज़रते रहते थे। देखने में नन्हीं-नन्हीं सींगों जैसी लेकिन बेहद कोमल श्रृंगिकाओं को लहराते हुए सैम्युल ने सड़क पार करने के लिए शान से रेंगना शुरू किया।

अभी सैम्युल का सफ़र शुरू हुआ ही था कि तभी साइकिल चलाता एक लड़का आया और उसके इतने क़रीब से निकला कि वह बस उसके पहिये के नीचे आते-आते बचा। सैम्युल ने ख़ुद को सहज ही अपने छोटे से खोल के अन्दर समेट लिया। हालाँकि ऐसा करने से फ़र्क़ कुछ भी नहीं पड़ता। हाँ, ऐसा करके किसी छोटी-सी चिड़िया के हमले से बचा जा सकता था, लेकिन साइकिल के पहिए से नहीं।

सैम्युल ने सड़क पर एक ओर से दूसरी ओर तक नज़र दौड़ायी। सड़क ज़्यादा चौड़ी नहीं थी और उस पर दोनों दिशाओं से गाड़ियाँ आ-जा सकती थीं। लेकिन उस समय दोनों ओर से कोई गाड़ी आती नज़र नहीं आ रही थी और सड़क पार करने का रास्ता साफ़ था।

सैम्युल आगे बढ़ा और साठ सेकंड में क़रीब बारह इंच की दूरी तय की। फिर सर्र से एक तेज़ रफ़्तार कार कुछ इंच के फासले से निकली। सैम्युल की जान बच गई और वह जहाँ था वहीं रहा, वरना धूल के गुबार और कार के धुएँ की चपेट में आकर न जाने कहाँ चला जाता। फिर एक दूसरी कार निकली। सैम्युल ज़मीन से चिपट गया और उसकी जान एक बार फिर बच गई। वह सोचने लगा कि पीछे घूमे और जिधर से आया था उधर वापस लौट पड़े। लेकिन घोघे कोई इतना सोचने-विचारने वाले जीव तो होते नहीं है, यानी पालक के खेत की ओर निकल पड़े तो फिर वहीं जाना है।

अभी सैम्युल दो या तीन फ़ीट आगे बढ़ा होगा कि तभी उसने भारी गड़गड़ाहट के साथ ज़मीन को काँपता महसूस किया। दरअसल उसके ऊपर से एक बहुत बड़ा ट्रक गुज़र रहा था!

कभी-कभी छोटे होने का फ़ायदा मिल जाता है। जब ट्रक उसके ऊपर से धड़धड़ाता हुआ गुज़र रहा था उस समय सैम्युल सड़क के बीचोबीच रहा होगा। ट्रक के पहियों से काफ़ी दूर। लेकिन उसके होश फ़ाख़्ता हो गए और वह इतना घबरा गया कि फिर उसमें और आगे बढ़ने

की हिम्मत ही नहीं बची। जल्दी ही दूसरा ट्रक गुज़रेगा, या फिर हो सकता है कि उसकी ओर बढ़े आ रहे पहिये ट्रैक्टर के हों?

तभी ज़ोर से ब्रेक लगने की चीख सी आवाज़ गूँजी, हॉर्न बजे और ज़ोरदार टक्कर हुई। ट्रक सामने से आ रही कार से टकरा गया था और दोनों सड़क छोड़ किनारे खाई में गिर पड़े। कुछ देर के लिए सड़क पर आवाज़ाही पूरी तरह थम गई। सैम्युल ने चिपचिपे से पदार्थ की धार छोड़ी और फिर आगे रेंगना शुरू कर दिया। तभी कुछ हलचल मची।

फिर हवा को चीरती एक मोटरसाइकिल आई। बौखलाए हुए सैम्युल को छोड़ आगे बढ़ी और जिस जगह गाड़ियों की टक्कर हुई थी, ठीक वहाँ जाकर ठहर गई।

एक पुलिस वाला मोटर साइकिल से उतरा। कहीं दूर से सायरन की आवाज़ आने लगी। कुछ ही देर में, जिधर से सायरन की आवाज़ आ रही थी उधर से एक एम्बुलेंस आती नज़र आई। फिर बारिश होने लगी। बूँदें लगातार एक-सी आवाज़ के साथ सड़क पर गिरने लगीं। सैम्युल की जान में जान आई और वह आगे बढ़ने लगा। लेकिन फिर बारिश ने ज़ोर पकड़ा और बारिश के पानी के साथ बहता एक बड़ा सा पीपल का पत्ता ठीक सैम्युल के बगल में आकर किसी चीज़ से अटक गया। सैम्युल धीरे से सरककर उस पर चल गया और कुछ ही देर में बहाव में तेज़ी आने से पीपल का पत्ता सैम्युल को लेकर आगे बह चला। सड़क के पूरे पाट को पार करके किनारे उग आई घास तक।

बढ़े चलो! बढ़े चलो!

पानी से सराबोर सही लेकिन सैम्युल अपनी मंज़िल पर पहुँच गया था।

पालक की क्यारी उसके सामने थी, जो उसके लिए दूर तक फैले खेत जैसी थी।

मोटर गाड़ियों की आवाज़ और एम्बुलेंस के सायरन का शोर पीछे

छूट गया था। इंसान अपना ध्यान रख सकते हैं, तो घोघे क्यों नहीं! पालक के खेत के एक छोटे-से कोने का सफाया करते हुए आगे बढ़ने में उसे भले ही कई हफ़्ते लग जाएँ, लेकिन उसने कोशिश करने की ठान ली थी! जो जीता वही सिकंदर!

अब बारिश रुक चुकी थी और उसने पालक की दावत उड़ानी शुरू कर दी। पालक अच्छी तो थी, लेकिन बन्द गोभी से बहुत ज़्यादा अच्छी भी नहीं, जिसका खेत छोड़ें उसे अभी एक घंटे से कुछ ही ज़्यादा समय हुआ था। तो क्या यह यात्रा सार्थक रही? क्या वह फिर से सड़क पार करके वापस जा पाएगा? जीते जी ऐसा कर पाना नामुमकिन सा लग रहा था। अब उसे इस नई और अनजान दुनिया में ही गुजारा करना होगा। दूर के ढोल लगें सुहाने... पड़ जाएँ नाकों चने चबाने।

बरोग वाला नाश्ता

कालका-शिमला लाइन पर पड़ने वाले उस छोटे से रेलवे स्टेशन बरोग में नाश्ता किए हुए दरअसल सत्तर साल से ज़्यादा गुज़र चुके हैं। लेकिन बीती रात मैंने सपने में यह स्टेशन, उसका डायनिंग रूम, साथ लगी पहाड़ी और बरोग की लम्बी सी अँधेरी सुरंग देखी। इसका मतलब यह हुआ कि वह जगह इतने सालों से मेरे अवचेतन में कहीं न कहीं मौजूद थी और अब दिल को छू लेने वाली कुछ यादों की शक्ल में सामने आ खड़ी हुई थी।

क्या मुझे फिर उस जगह जाना चाहिए? स्टेशन अब भी वहीं है और सुरंग भी। मुझे किसी से पता चला कि इतने सालों में वहाँ बहुत सारे मकान बन गए हैं और अब वह जगह किसी छोटे-मोटे हिल स्टेशन जैसी हो गई है। इस बात से मैं हैरान नहीं हूँ। हमारे गाँव कस्बे बन चुके हैं, कस्बे शहर बन चुके हैं और कुछ सालों में ऐसा समय भी आएगा कि हमारा देश एक अत्यंत विशाल महानगर में तब्दील हो जाएगा जिसमें यहाँ-वहाँ इक्का-दुक्का बाग-बगीचे ही हमें यह याद दिलाने के लिए बचेंगे कि हमारी पृथ्वी कभी हरियाली से भरा ग्रह हुआ करती थी।

मुझे याद नहीं आता कि बरोग में लोगों की रिहाइश भी थी। बस एक छोटा सा स्टेशन और वहाँ एक छोटा सा रेस्तरां जिसमें एक बावर्ची था और एक वेटर और एक अदना सा स्टेशन मास्टर। नहीं इतने छोटे

से स्टेशन पर स्टेशन मास्टर जैसा अहम शख़्स नहीं हो सकता। ज़रूर कोई स्टेशन मास्टर से काफ़ी नीचे के ओहदे वाला वहाँ का कामकाज संभालता होगा।

इन बातों को छोड़िए। अहम बात थी वहाँ का नाश्ता। और यह कि उस समय मेरे पिता मेरे साथ थे, जो मुझे बोर्डिंग स्कूल में छोड़ने के लिए शिमला ले जा रहे थे। हमारे सफ़र की मंज़िल यानी बोर्डिंग स्कूल इस सफ़र का सबसे अनचाहा पहलू था। पिछले क़रीब दो साल से मेरा स्कूल जाना बन्द था। और मैं एक ऐसी दुनिया में जीने के पूरे मज़े ले रहा था जिसमें स्कूल जैसी कोई जगह नहीं होती। मेरे माता-पिता का तलाक होने के कारण मुझे मसूरी वाले कॉन्वेंट स्कूल से निकाल लिया गया और मेरे पिता मुझे अपने साथ दिल्ली ले गए, जहाँ वह रॉयल एयर फोर्स में तैनात थे।

यह 1942 की बात है, जब द्वितीय विश्व युद्ध अपने चरम पर था। सारे नियम-क़ायदों को दरकिनार कर उन्होंने मुझे अपने साथ रखा हुआ था। लेकिन इसके लिए उन्हें दिल्ली में एक फ़्लैट किराये पर लेना पड़ा था। दिन भर वह काम पर रहते थे और फ़्लैट पर मैं अकेला होता था। मेरे इर्द-गिर्द होती थीं किताबें, ग्रामोफ़ोन रिकॉर्ड और डाक टिकट के एल्बम। पिताजी को डाक टिकट इकट्ठे करने का बड़ा शौक था और शाम के समय मैं इस काम में उनका हाथ बटाता था। साप्ताहिक छुट्टी के दिन वह मुझे दिल्ली की ऐतिहासिक इमारतें दिखाने ले जाते थे, जिनकी वहाँ कोई कमी नहीं थी। डाक टिकटों से मैंने भूगोल सीखा, इमारतों से इतिहास और किताबों से साहित्य को समझा। इन दो सालों में मैंने घर पर रहकर इतना कुछ सीखा जितना मैं स्कूल में पूरे साल भर में भी नहीं सीख पाया था।

लेकिन आख़िरकार उनका तबादला हो गया–पहले कोलम्बो, फिर कराची और फिर कोलकाता–और ऐसे में मेरा उनके साथ उनके क्वार्टर

पर रहना नामुमकिन हो गया। इसीलिए शिमला के बिशप कॉटन स्कूल में मेरा दाखिला करवाया गया।

हमने कालका से रेल कार पकड़ी। अपने पीछे नैरो गेज की छोटी-सी रेलगाड़ी को पहाड़ी चढ़ाई पर खींचने वाले भाप के इंजन के छुक-छुक छक-छक जैसे किसी शोर के बिना वह पटरियों पर दौड़ती चली गई। मैं पहली बार शिमला जा रहा था इसलिए वह मुझे रेल कार से ले गए, वरना बाद के बरसों में तो मैंने कितनी ही बार इस रास्ते पर ट्रेन से ही सफ़र किया।

हमारी रेल कार बरोग स्टेशन पर अपने सही समय पर ठीक 10:00 बजे सुबह जाकर रुकी। वह नाश्ते का समय था और बरोग का नाश्ता काफ़ी मशहूर था। मैंने भी उसके साथ पूरा न्याय किया। मैंने कॉर्नफ़्लेक्स छोड़ अंडे की भुजिया और मक्खन-टोस्ट को चुना। वहाँ बेकन, शहद और मार्मलेड भी था।

'दबाकर खाओ रस्किन,' मेरे पिताजी ने कहा, 'स्कूल में जो नाश्ता मिलेगा, वह इतना अच्छा नहीं होगा।' लेकिन उन्होंने ख़ुद ज़्यादा नहीं खाया। उन दिनों उनके दिमाग़ में अपने काम के अलावा और भी बहुत कुछ चला करता था–उनसे अलग हुई उनकी बीवी यानी मेरी माँ, मेरी अपाहिज बहन जो कि अब मेरी दादी के साथ कोलकाता में थी। इसके अलावा जल्दी-जल्दी होने वाले तबादले, बार-बार मलेरिया होना और जंग के बाद भारत में हमारा भविष्य, क्योंकि भारत को आज़ादी मिलने ही वाली थी।

'हम शिमला कब पहुँचेंगे?' मैंने पूछा। जबकि मेरा मन तो कर रहा था कि मैं बरोग में हमेशा के लिए रह जाऊँ।

'बस, एक घंटे से कुछ ज़्यादा लगेगा। लेकिन उससे पहले हम इस लाइन पर पड़ने वाली सबसे लम्बी सुरंग से गुज़रेंगे। उसे पार करने में कम से कम पाँच मिनट लगते हैं। इस बीच जो चाहो उसकी कामना कर

सकते हो।

इतनी देर में हमारी रेल कार सुरंग में घुस गई और हम पहाड़ के अन्दर घुप अंधेरे में पहुँच गए। मैंने अपने पिता का हाथ थाम लिया। हमारे पीछे बैठे कुछ फौजियों ने अपनी पिछली जंग को याद करते हुए एक गीत छेड़ दिया।

'मुश्किलों को पिट्ठू में डालकर भूल जाओ,
मुस्कुराओ, मुस्कुराओ, बस मुस्कुराते जाओ।'

तभी सुरंग के दूसरे सिरे पर दिन के उजाले की झलक दिखाई दी। और फिर हम खिली धूप और चीड़ की महक वाली हवा के बीच जा पहुँचे। 'क्या तुमने कोई मुराद माँगी?' पिताजी ने पूछा।

मैंने सिर हिलाकर हामी भरी। 'मैंने कामना की कि मेरी माँ वापस आ जाएँ। वह कुछ पल बिल्कुल चुप रहे फिर बोले 'क्या तुम्हें उनकी बहुत ज़्यादा याद आती है?'

'मैं उन्हें बिल्कुल याद नहीं करता,' मैंने ज़ोर देते हुए कहा, 'आपके साथ मैं हमेशा ख़ुश रहता हूँ। लेकिन आपको हमेशा उनकी याद आती है। मुझे आपको इतना उदास देखकर अच्छा नहीं लगता।'

'मैंने उससे घर लौट आने के लिए कई बार कहा,' वह बोले, 'लेकिन उसकी मर्जी। वह अलग तरह की ज़िन्दगी चाहती है।'

यह सच था। वह काफ़ी छोटी थीं। अभी तीस की भी नहीं हुई थीं। उन्हें पार्टी में जाना, डांस करना और लोगों से मिलना-जुलना अच्छा लगता था। जबकि पिताजी चालीस पारकर चुके थे। उन्हें घर पर शास्त्रीय संगीत सुनना पसंद था। जब उन्होंने छुट्टी ली तो दुर्लभ तितलियों की खोज में निकल गए। मेरी माँ भी एक तितली जैसी थी। सुन्दर और चंचल। इधर-उधर मँडराती, लेकिन इस बात के लिए तैयार नहीं थीं कि उन्हें काँच के बक्से में सजाकर रखा जाय। मुझे लगता है कि चाहे हम छोटे हों या बड़े हम सभी के लिए ज़िन्दगी ग़लतियों का एक सिलसिला

भर है और जब देखो हम उन्हें सुधारने में लगे रहते हैं। मेरे माता-पिता के लिए शादी भी एक गलती थी। और मैं उस गलती का नतीजा।

उन्हें जितना समय मिला, मेरे पिता ने हमेशा मेरे लिए अच्छे से अच्छा किया। और जब वह मेरे साथ मेरे नए स्कूल गए तो मुझे उनका बेटा होने पर कितना गर्व हो रहा था! वह अपनी गहरी नीली रॉयल एयर फोर्स की वर्दी पहने हुए थे जिस पर फ्लाइंग ऑफिसर वाली पट्टियाँ लगी थी। जंग के उन दिनों में स्कूल में पढ़ने वाले लड़के वर्दी से, ख़ासतौर से फ़ौजी अफ़सर की वर्दी से बेहद प्रभावित हो जाते थे। मुझे उनकी नज़रों में अपने लिए आदर और जिज्ञासा साफ़ दिखाई देती थी। यह बात फैल गई कि मेरे पिता लड़ाकू विमान उड़ाने वाले पायलट हैं और उन्होंने दर्जनों जापानी विमान मार गिराए हैं! लड़कों को वह जीते जागते 'बिगल्स' जैसे लगे। साहस कथाओं के किरदार जांबाज पायलट 'बिगल्स' जिनके कारनामे बड़े चाव से पढ़े जाते थे।

जबकि वास्तव में इस बात का सच्चाई से दूर-दूर तक कोई नाता नहीं था। मेरे पिता विमान नहीं उड़ाते थे। वह एक ऐसी सैनिक इकाई में थे, जिसे कोड्स एंड सिफ़र्स कहा जाता था और उनका काम था नए कोड वर्ड बनाना और दुश्मन के कोड वर्ड के मायने ढूँढ़ निकालना। उनके काम की बड़ी अहमियत थी और वह गोपनीय भी था, लेकिन उसमें कोई शान-शौकत नहीं थी।

ऐसा नहीं है कि मुझे 'बिगल्स जूनियर' कहलाने से कोई दिक़्क़त थी, अपने पुराने स्कूल में मेरे साथ कुछ इस तरह का सलूक किया जाता था जैसे मैं कोई बाहरी हूँ और वहाँ की आइरिश नन कम बोलने वाले संवेदनशील लड़के का ध्यान नहीं रख पायीं। जबकि यहाँ मुझे ऐसा एहसास कराया गया जैसे मैं यहीं का हूँ और थोड़े से समय में मेरे कई दोस्त बन गए। जब मेरा दाखिला हुआ तब तक कक्षा में आधे साल की पढ़ाई हो चुकी थी, लेकिन मुझे अपनी क्लास के दूसरे बच्चों के बराबर

आने में कोई परेशानी नहीं हुई। यह प्रिपेयरेट्री स्कूल था–यानी जूनियर स्कूल और सीनियर स्कूल पहुँचने में अभी दो साल बाक़ी थे। फिर भी मुझे जाड़े की छुट्टियों का इन्तज़ार था। क्योंकि तभी मैं कम से कम कुछ महीने पिताजी के साथ बिता सकता था। जब मेरी ट्रेन पुरानी दिल्ली रेलवे स्टेशन के प्लेटफ़ॉर्म पर पहुँची, तब वह वहाँ मेरा इन्तज़ार करते मिले। उन दिनों वह नई दिल्ली में वायु सेना मुख़यालय में तैनात थे। मैंने जी भरकर उनके साथ अपना वक़्त बिताया। कनॉट प्लेस पास ही था और हर सप्ताह दो या तीन शाम हम सिनेमा देखने जाते थे। रीगल, रिवोली, ओडियन और प्लाजा–ये चार सिनेमाघर थे जिनमें से किसी में जा सकते थे। सभी नए बने थे और एक से बढ़कर एक शानदार थे। और उनमें हॉलीवुड की नई-नई फिल्में लगती थीं। फिल्में देखते-देखते मैं फिल्मों के मामले में घाघ बन गया था। वहाँ किताबों की दुकानें भी थीं और रिकॉर्ड की दुकानें भी। वेंजर्स में कन्फेक्शनरी की चीज़ें और उसके मिल्कबार में उम्दा मिल्क शेक मिलते थे और क्वालिटी पर आइसक्रीम। यह विश्वास करना कठिन था कि यूरोप, एशिया, उत्तरी अफ्रीका और प्रषांत क्षेत्र में विश्व युद्ध चल रहा है। और भारत छोड़ो आंदोलन भी अपने चरम पर जारी था जिसके चलते मुझे और मेरे पिता को निकट भविष्य में देश छोड़कर जाना पड़ सकता था। वह कभी-कभी इन बातों के साथ आगे की पढ़ाई इंग्लैंड के किसी स्कूल में करने की संभावना पर भी चर्चा करते थे। हम कभी मेरी माँ के बारे में बात नहीं करते थे, लेकिन मैंने देख लिया था कि उन्होंने माँ की एक तस्वीर अपनी मेज़ की दराज़ में रख छोड़ी है।

सर्दियों की छुट्टियों के बाद जब मार्च में स्कूल फिर खुला, तब बुरांश फूल रहे थे। इस बार स्कूल की पार्टी के लिए हम सब छोटी सी रेलगाड़ी से गए, जिसे भाप का इंजन धीरे-धीरे खड़ी चढ़ाई पर खींचकर ले जा रहा था। दिन भर का सफ़र था। कुछ देर के लिए हम बरोग स्टेशन पर रुके, लेकिन हमें गाड़ी से नीचे नहीं उतरने दिया गया। एक-दो लड़के

ऐसे थे जिनके वहाँ रह जाने का डर था। मैं दूर से ही प्लेटफ़ॉर्म के दूसरे छोर पर उस छोटे से रेस्तरां को देखता रहा, लेकिन अब शाम की चाय का समय हो चला था। नाश्ता तो सिर्फ़ रेल कार की सवारियों के लिए होता था!

कक्षा में साल पूरा हुआ। पिताजी का तबादला पहले कराची हुआ और फिर कोलकाता। उनकी परवरिश कोलकाता में ही हुई थी और वह शहर उनका बख़ूबी जाना-पहचाना था। वह हर सप्ताह मुझे ख़त लिखते थे और अपने आख़िर ख़त में उन्होंने मुझे बताया कि मैं आने वाली सर्दियों की छुट्टी में वहाँ क्या-क्या कर सकता हूँ–किताबों की दुकानों वाला न्यू मार्केट, बरगद के बहुत पुराने विशाल पेड़ वाला बोटैनिकल गार्डन, चिड़ियाघर, नदी का किनारा और विशाल मैदान जहाँ सैकड़ों लोग शाम को हवाखोरी के लिए आते हैं। मैं उम्मीद कर रहा था कि वह सर्दियों से ठीक पहले वाली छुट्टियों के दौरान मुझसे मिलने आएँगे, लेकिन उनके आने के बजाय मुझे उनके जाने की ख़बर मिली।

बेशक एक युवा स्कूलमास्टर के लिए जिसका ख़ुद का ऐसे किसी हादसे से वास्ता न पड़ा हो, दस साल के एक बच्चे को यह बताना आसान नहीं होता कि उसके सिर से पिता का साया उठ गया है। मिस्टर मरटफ़ को यह दुरूह काम सौंपा गया। और उन्होंने इसे बख़ूबी अंजाम दिया–मुझसे ज़्यादा मेरे पिता की ज़रूरत ईश्वर को थी और कुछ ऐसी ही बात वह बुदबुदाते चले गए।

इस मौके पर अपनी सहानुभूति जताने में मेरे दोस्त ज़्यादा सहज थे। वह मुझे मिठाइयाँ और चॉकलेट देने के साथ, मेरे साथ खेलने को तैयार रहते और अगर आधी रात को मुझे जागता हुआ पाते तो बातें करने आ जाते। फिर भी, भविष्य तो अंधकारमय लग ही रहा था। मुझे नहीं पता था कि अब मुझे कहाँ जाना होगा, अपनी दादी के पास कोलकाता, नानी के पास देहरादून या फिर अपनी माँ और सौतेले पिता के पास। मुझे अपनी

माँ का एक ख़त ज़रूर मिला जिसमें उन्होंने लिखा था कि पिताजी की मौत मलेरिया से हुई जो बरसों से उनका पीछा नहीं छोड़ रहा था। लेकिन उनके ख़त में कोई अपनापन नहीं था और इसीलिए उससे मुझे कोई राहत भी नहीं मिली।

लेकिन सर्दियों में जब स्कूल बन्द हुए तो मैं उनके पास चला गया और अगले कई साल मुझे अपने सौतेले पिता के घर में बिताने पड़े। वहाँ की एक अलग कहानी है।

छुट्टियों के बाद मैं वापस शिमला आ गया। उसी स्कूल में पढ़ता रहा। हर साल मार्च में छोटी-सी ट्रेन मुझे और मेरे सहपाठियों को चीड़ और देवदार के जंगलों के बीच से घुमावदार चढ़ाई वाले रास्ते और कई सारी सुरंगों से होते हुए पहाड़ पर ले जाती रही। हर बार हम बरोग पर ज़रूर ठहरते थे। उस बड़ी वाली सुरंग से ठीक पहले। लेकिन उस सुरंग से गुज़रते हुए मैंने दोबारा कभी कोई मुराद नहीं माँगी।

इस बात को सत्तर साल हो चुके हैं। क्या अब भी वहाँ रेल कार चलती है? और क्या बरोग में अब भी नाश्ता मिलता है? कहते हैं कि मरने से पहले वेनिस की सैर ज़रूर करनी चाहिए। और वाराणसी जाएँ तो और भी अच्छा। लेकिन मेरे लिए तो चीड़ों के बीचों-बीच वह छोटा-सा स्टेशन ही काफ़ी है। और अगर मेरे पिता मेरा हाथ पकड़कर साथ ले जाने के लिए प्लेटफ़ॉर्म पर खड़े होकर मेरा इन्तज़ार कर रहे हों तो मैं फिर से एक छोटा बच्चा बन जाऊँगा और तब वह रेल कार हमें किसी और ही मंज़िल पर ले जाएगी।

नीली छतरी

नीलू! नीलू! बिन्या ने पुकारा।

जल्दी-जल्दी नंगे पैर चलते हुए वह चट्टानों पर चढ़ती चली गई। फिर मौसम में गर्माहट बढ़ने पर हाल ही में उगी छोटी-छोटी हरी घासों पर दौड़ते हुए पहाड़ी की चोटी पर जा पहुँची। सारे रास्ते वह 'नीलू! नीलू! पुकार रही थी। नीलू उस राख जैसे रंग वाली गाय का नाम था जो कुछ नीली-सी दिखाई देती थी। उनके घर जो दूसरी गाय थी वह सफेद थी, जिसका नाम गौरी था क्योंकि गौरी का मतलब होता है गोरी रंगत वाली। इन दोनों को पहाड़ी के नीचे बहने वाली धारा तक जाने या चीड़ के जंगल में छुट्टा घूमने को मिल जाए तो बड़ी ख़ुश रहती थीं। बिन्या को लगता था कि कभी-कभी तो वह ख़ुद-ब-ख़ुद घर लौट आती हैं और कभी जान-बूझकर घर नहीं आना चाहतीं।

अगर गायें सही समय पर घर नहीं आती थीं तो उन्हें हाँककर लाने के लिए बिन्या को भेजा जाता था। कभी-कभी उसका भाई बिरजू साथ जाता था लेकिन आजकल वह अपनी परीक्षाओं की तैयारी कर रहा था और उसके पास गायों की देखरेख में हाथ बटाने के लिए समय नहीं था।

बिन्या को बिना किसी की दखल के काम करना पसंद था और कभी-कभी वह गायों को भी उनकी मर्जी के मुताबिक किसी दूरदराज घाटी तक चले जाने देती थी और तब उन्हें घर पहुँचने में देर हो जाती थी।

गायें भी बिन्या के साथ जाना चाहती थीं, क्योंकि वह उन्हें अपनी मर्जी से घूमने देती थी। जबकि ज़्यादा दूर जाने पर बिज्जू उनकी पूँछ मरोड़कर आगे जाने से रोकता था।

बिन्या हिमालय के उस इलाक़े की रहने वाली थी जिसे गढ़वाल के नाम से जाना जाता है। घने जंगल और सुनसान पहाड़ी चोटियों से उसे बिल्कुल भी डर नहीं लगता था। वह तो जब शहर के भीड़भाड़ वाले बाज़ार में जाती थी, तब बेचैन होती थी और खोया खोया सा महसूस करती थी। शहर गाँव से पाँच मील दूर था और भारत भर से आने वाले सैलानियों के लिए एक पहाड़ी सैरगाह था।

यही कोई दस साल की होगी बिन्या। हो सकता है वह नौ की हो या फिर ग्यारह की, उसे ख़ुद भी ठीक से नहीं पता था, क्योंकि गाँव के लोग जन्मदिन का ध्यान नहीं रखते। लेकिन उसकी माँ ने उसे बताया था कि वह सर्दी के मौसम में उस साल पैदा हुई थी जब इतनी बर्फ़ गिरी थी कि खिड़कियों तक आ गई थी। और शायद इस बात को बस दस साल से कुछ ज़्यादा हुए होंगे, है न?

वह दो साल की होगी जब उसके पिता चल बसे थे, लेकिन उनके जाने के बाद भी परिवार पहले की तरह चलता रहा। पहाड़ की ढलान पर उनके तीन छोटे-छोटे सीढ़ीनुमा खेत थे, जिनमें वह आलू, प्याज़, अदरक, राजमा, सरसों और मक्का उगाते थे। लेकिन उपज इतनी नहीं होती थी कि शहर में बेच सकें, बस अपने खाने भर का हो जाता था।

पहाड़ की दूसरी तमाम लड़कियों की तरह बिन्या भी हट्टी-कट्टी और गोरी, गुलाबी गाल और काली आँखों वाली थी। वह अपने काले बालों की चोटी बनाकर रखती थी। कलाइयों में वह काँच की रंगीन चूड़ियाँ पहनती थी और गले में काँच के छोटे-छोटे मनकों की माला। माला में तेंदुए का नाख़ून ताबीज की तरह लटका था। उसे पहनना अच्छा माना जाता था, इसलिए बिन्या हमेशा उसे पहने रहती थी। वैसा ही नाख़ून

बिज्जू के गले में भी था, लेकिन वह एक धागे में पड़ा था। बिन्या का पूरा नाम था बिन्या देवी और बिज्जू का असली नाम था विजय, लेकिन सब उनको बिन्या और बिज्जू कहकर बुलाते थे। वह अपने भाई से दो साल छोटी थी।

बिन्या ने नीलू को पुकारना बन्द कर दिया। गले में पड़ी घंटी की आवाज़ सुनाई देने से उसे पता चल गया था कि गायें ज़्यादा दूर नहीं गई थीं। पहाड़ी की चोटी पर फैले जंगल में ज़मीन पर गिरी चीड़ की सींकों पर चलती वह कुछ गुनगुनाती जा रही थी। उसे कुछ लोगों के बात करने, हँसने और बर्तनों के खनकने की आवाज़ें सुनाई दीं, तो वह पेड़ों के बीच से होती वहाँ पहुँच गई जहाँ कुछ लोग पिकनिक मना रहे थे।

वे लोग छुट्टियाँ मनाने मैदानी इलाक़े से आए थे। और उन औरतों ने चटक रंगो वाली साड़ियाँ, मर्दों ने गर्मियों में पहनी जाने लायक हल्के-फुल्के कपड़े की क़मीज़ें और बच्चों ने नए-नए सजीले कपड़े पहन रखे थे। पेड़ों के बीच छाया में खड़ी बिन्या पर किसी की नज़र नहीं पड़ी। कुछ देर तक वह पिकनिक मना रहे लोगों को देखती रही और उनके बोलने के अलग से लहजे को सुनती रही। उनके कपड़े उसे अच्छे लग रहे थे और उनके खाने की चीज़ों को देखकर उसका भी खाने का मन कर रहा था। फिर उसकी नज़रें एक महिला की नीली छतरी पर जाकर टिक गईं, जो पास उगी घास पर खुली रखी थी।

वैसे बिन्या ने छतरी तो पहले भी देखी थी और उसकी माँ के पास एक बड़ी सी काली छतरी थी, जिसे अब कोई इस्तेमाल नहीं करता था क्योंकि चूहों ने उसमें कई छेदकर दिए थे। लेकिन बिन्या ने पहली बार ऐसी सुन्दर छोटी सी रंगीन छतरी देखी थी और वह उसके मन को भा गई थी। छतरी फूल जैसी लग रही थी, एक बड़े से नीले फूल जैसी, जो पहाड़ की सूखी घास के बीच खिला हो।

वह कुछ क़दम आगे बढ़ी ताकि छतरी को और अच्छी तरह से देख

सके। उसके पेड़ों के साये से निकलकर धूप में आते ही पिकनिक करने वालों ने उसे देख लिया।

'अरे देखो, यहाँ कौन आया है!' दोनों में से ज़्यादा उम्र वाली महिला बोल पड़ी। 'गाँव की एक छोटी सी लड़की!'

'कितनी प्यारी है न?' दूसरी ने कहा, 'लेकिन उसके कपड़े कितने गंदे और फटे-पुराने हैं!' उन लोगों को इस बात से कोई फ़र्क़ नहीं पड़ रहा था कि बिन्या अपने बारे में कही गई उनकी सारी बातें सुन और समझ सकती थी।

'पहाड़ के लोग बहुत ग़रीब होते हैं,' उनमें से एक आदमी ने कहा। 'चलो इसे कुछ खाने को दे देते हैं।'

ज्यादा उम्र वाली महिला ने बिन्या को अपने पास बुलाया।

सकुचाती और सहमी सी बिन्या उन लोगों की ओर बढ़ी।

वैसे तो वह उनकी बात नहीं मानती और वहाँ से भाग जाती, लेकिन उस सुन्दर नीली छतरी के मोह ने उसे रोक लिया। उस पर छतरी का जादू चल गया था, जिसकी वजह से वह न चाहते हुए भी आगे बढ़ी जा रही थी।

'उसके गले में वह क्या पड़ा है? युवती ने पूछा।

'एक क़िस्म का हार।'

'इसमें एक ताबीज जैसा है और देखो उसमें एक बाघ नख भी लटका हुआ है!'

'यह बाघ का नाख़ून है।' उसके साथ खड़े आदमी ने कहा। (जबकि उसने कभी बाघ का नाख़ून देखा नहीं था) 'बुरी नज़र से बचाने वाला ताबीज। ये लोग भूत-प्रेत से बचने के लिए इसे पहनते हैं।' उसने इस उम्मीद से बिन्या की तरफ़ देखा कि वह उसकी बात को सही ठहराएगी, लेकिन बिन्या ने कुछ भी नहीं कहा।

'ऐसा एक मुझे भी चाहिए।' वह महिला बोली, जो ज़ाहिर है उसकी बीवी थी।

'यह तुम्हें दुकानों में नहीं मिलेंगे।'

'फिर उसी से ख़रीद लो। उसे दो-तीन रुपए दे दो, उसे पैसे की ज़रूरत होगी।'

अपनी जवान बीवी को ख़ुश करने के उतावलेपन के साथ उस आदमी ने, थोड़ा झिझकते हुए दो रुपए का नोट निकाला और बिन्या की ओर बढ़ाया और यह जताया कि बदले में उसे उसका हार चाहिए। बिन्या ने अपने गले में पड़े हार को छूआ, कुछ इस डर के साथ कि उसका हार पसंद करने वाली वह महिला कहीं हार छीन न ले।

उस आदमी ने फिर पाँच रुपए का नोट निकालकर उसकी ओर बढ़ाया, लेकिन बिन्या ने फिर सिर हिलाकर मनाकर दिया।

'कितनी बेवकूफ़ है यह!' वही युवती बोली।

'शायद बेचना नहीं चाहती होगी,' आदमी बोला, 'लेकिन मैं फिर कोशिश करूँगा।'

'तुम इसके कितने पैसे लेना चाहती हो? हम तुम्हें क्या दे सकते हैं?' फिर उसने वहाँ घास पर फैली पिकनिक की तमाम चीज़ों की तरफ़ हाथ से इशारा किया।

बिन्या ने बिना झिझके छतरी की तरफ़ इशारा किया।

'छतरी? वह मेरी छतरी चाहती है!' युवती ने कहा।

'जरा देखो तो क्या कह रही है?'

'देखो, तुम्हें उसका लॉकेट चाहिए, है न?'

'वह अलग बात है!'

'वाकई?'

इस तरह उस आदमी और उसकी पत्नी के बीच कहासुनी शुरू हो गई।

'अच्छा, मैं उससे कहती हूँ कि वह यहाँ से चली जाए।' बुज़ुर्ग महिला बोली।

'हम कितनी बेवकूफ़ों जैसी हरकत कर रहे हैं।'

'लेकिन मुझे लॉकेट चाहिए ही चाहिए।' युवती ने ज़ोर देते हुए कहा। यह कहते ही उसने एक झटके में छतरी उठायी और बिन्या की तरफ़ बढ़ाते हुए कहा–

'यह लो छतरी।'

बिन्या ने भी गले में पहनी हुई बाघ नख वाली माला उतारकर युवती की ओर बढ़ायी।

युवती ने उसे लेकर फौरन अपने गले में डाल लिया।

बिन्या ने छतरी अपने हाथ में ली और अपने ऊपर तान ली। छतरी उसके हाथ में इतनी छोटी भी नहीं लग रही थी। सच तो यह है कि वह उसके लिए बिल्कुल ठीक थी। न बड़ी, न छोटी।

वह पिकनिक करने आए लोगों को भूल गई। उसका सारा ध्यान छतरी पर था। जबकि वह युवती लॉकेट को उलट-पुलटकर देखने में खो गई थी।

बिन्या ने छतरी को हर तरफ़ घुमाकर देखा, फिर अपने ऊपर तानकर उसके नीले रेशम के पार चमकते सूरज की ओर देखा और उससे छनकर आती नीली रोशनी में नहा गई। फिर वैसे ही खुली छतरी लिए पेड़ों के बीच गुम हो गई।

2

बिन्या छतरी को बन्द करके कम ही रखती थी। जब वह घर में होती थी तब भी वह कमरे के एक कोने में उसे खुला हुआ छोड़ देती थी। कभी-कभी बिज्जू जगह घिरने की बात कहते हुए उसे बन्द करके रख देता था। वह कुछ ही देर में उसे फिर से खोलकर रख देती। क्योंकि बन्द होने पर छतरी उतनी सुन्दर नहीं लगती थी।

चाहे गायों को चराने जाना हो, सोते से पानी लाना हो, या टिहरी रोड वाली चाय की दुकान पर दूध पहुँचाना हो, बिन्या जब भी बाहर जाती, छतरी साथ ले जाती थी। वह आसमानी नीले रंग की रेशमी छतरी जब देखो तब पहाड़ के ढलान पर नज़र आती थी।

बूढ़े राम भरोसे ने टिहरी रोड पर चाय की दुकान लगायी थी। सड़क क्या थी, वह धूल धक्कड़ वाला कच्चा रास्ता था। दिन में एक बार टिहरी वाली बस उसकी दुकान के पास रुकती थी और सवारियाँ उतरकर गर्म चाय की चुस्कियाँ लेतीं या लस्सी पीती थीं। वह कोका-कोला की कुछ बोतलें भी रखता था, लेकिन बर्फ़ न मिलने की वजह से बोतलें धूप में गर्म हो जाती थीं, इसलिए उनके खुलने का मौक़ा कम ही आता था। वह कुछ मिठाइयाँ और टॉफी भी रखता था और जब बिन्या और बिज्जू के पास कुछ रेज़गारी होती तो वे दुकान से चीज़ें ख़रीदने पर ख़र्च करते थे।

दुकान गाँव से बस एक मील दूर थी।

बिन्या की नीली छतरी देखकर राम भरोसे की आँखें फटी रह गईं।

'यह क्या ले रखा है बिन्या तुमने?' उसने पूछा।

बिन्या ने अपनी छतरी को हाथ में पकड़े-पकड़े घुमाया और राम भरोसे की ओर देखकर मुस्कुरा दी। मुस्कुराने के लिए तो वह हमेशा तैयार रहती थी और किसी को दुखी देखती तो ख़ुशी-ख़ुशी अपनी मुस्कुराहट उसके आगे बिखेर देती।

'यह तो जनानी छतरी है,' राम भरोसे ने कहा। 'यह तो सिर्फ़ मेम साहब लोगों के लिए होती है। तुम्हें यह कहाँ से मिली?'

'किसी ने यह मुझे ताबीज़ वाली माला के बदले दी है।'

'तुमने इसके बदले अपना बाघ नख दे दिया?'

बिन्या ने हाँ में सिर हिलाया।

'तुम्हें इसकी क्या ज़रूरत थी? धूप इतनी गरम तो नहीं होती और यह बारिश से बचाने के लिए नहीं बनी है। यह तो बस एक ख़ूबसूरत-सी चीज़ है जिससे अमीर औरतें अपना मन बहलाती हैं!'

बिन्या ने फिर सिर हिलाया और मुस्कुरा दी। राम भरोसे ने बिल्कुल ठीक कहा था। वह छतरी एक ख़ूबसूरत-सी खेलने की चीज़ ही तो थी। और वास्तव में यही वजह थी कि उसे छतरी से लगाव हो गया था।

'मैं एक बात सोच रहा हूँ,' राम भरोसे ने कहा।

'यह छतरी तुम्हारे तो किसी काम की है नहीं। क्यों न तुम इसे मुझे बेच दो। मैं तुम्हें इसके पाँच रुपए दूँगा।'

'इसकी क़ीमत पन्द्रह रुपए है,' बिन्या ने कहा।

'तो ठीक है, मैं तुम्हें दस दूँगा।'

बिन्या ने 'न' में सिर हिलाया और हँस दी।

'अच्छा, बारह रुपए?' राम भरोसे ने कहा, लेकिन नाउम्मीदी के साथ।

बिन्या ने काउंटर पर पाँच पैसे का सिक्का रखा।

'मैं तो टॉफी लेने आई थी,' वह बोली।

राम भरोसे ने अपनी झुकी हुई मूछों को ऐंठा, बिन्या की ओर ऐसे देखा जैसे उसे पहचानता ही न हो और एक टॉफी उसकी हथेली पर रख दी। फिर धूल भरी सड़क पर उसे जाते देखता रहा।

नीली छतरी ने उसका मन मोह लिया था और जब तक वह नज़र आती रही तब तक राम भरोसे उसे घूरता रहा।

गाँव वाले इस सड़क को शहर के बाज़ार जाने के लिए इस्तेमाल करते थे। कुछ बस से जाते थे, कुछ खच्चर की सवारी करते थे और ज़्यादातर लोग पैदल रास्ता तय करते थे। आज सड़क पर जा रहे सब लोग मुड़-मुड़कर नीली छतरी वाली लड़की को देखे जा रहे थे।

बिन्या एक चीड़ के पेड़ के साये में बैठ गई। छतरी उसके बगल में रखी थी–अब भी खुली हुई। उसने अपने हाथों को सिर के नीचे तकिए की जगह लगाया और सो गई। वह गुनगुना और अलसाया-सा दिन था, कुछ गर्मी के मौसम जैसा। और जब वह सो रही थी, तब अचानक हवा ने तेज़ी पकड़ ली।

हवा दबे पाँव, पेड़ों के बीच से जगह बनाती, हौले से भंवरे सी गुंजन करती आई। फिर पहाड़ों की चोटियों पर मंडरा रहे कुछ और झोंके उसके साथ हो लिए। पेड़ उमंग से भर गए और सिर हिलाकर झूमने लगे। हवा बिन्या के गालों को सहला रही थी। छतरी घास पर सरकते हुए कुछ दूर चली गई।

हवा ने ज़ोर पकड़ा और झोंकों की चपेट में आकर सूखे पत्ते बहकते-लहराते, चक्कर खाते उड़ने लगे। हवा छतरी में घुसी और उसे घास पर घसीटते हुए दूर ले जाने लगी। अचानक उसने छतरी को ज़मीन से उठाया और सोती हुई लड़की से कुछ दूर ले जाकर पटक दिया। उसकी आवाज़ से बिन्या की नींद खुल गई। जागते ही वह छलांगें मारते हुए ढलान पर दौड़ पड़ी। लेकिन जैसे ही वह छतरी के पास पहुँची, हवा

का एक झोंका उसे अपने साथ उड़ाकर और नीचे ले गया।

बिन्या उसके पीछे निकल पड़ी। हवा के तेवर में शैतानी और छेड़छाड़ के इरादे थे। वह छतरी को कुछ पल के लिए छोड़ देती लेकिन जैसे ही बिन्या उसे थामने पास पहुँचती,

हवा उसे उछालते, उड़ाते और नचाते हुए उससे दूर ले जाती।

पहाड़ की ढलान और आड़ी होती जा रही थी। बिन्या को पता था कि बीस गज आगे खाई है। वह और तेज़ी से दौड़ी। लेकिन हवा उसे पछाड़ते हुए नीली छतरी को आगे से आगे उड़ाती रही।

एक नए झोंके ने उसे उठाकर खाई के सिरे पर पहुँचा दिया। वहाँ कुछ पल वह एक जगह टिकी रही, फिर खाई में गिरकर नज़रों से ओझल हो गई। बिन्या लपककर खाई के पास पहुँची। फिर घुटनों के बल रेंगते हुए खाई के सिरे पर पहुँचकर उसने नीचे गहराई में झाँका।

क़रीब सौ फ़ीट नीचे बहुत बड़ी-बड़ी चट्टानों के बीच से एक पतली सी धारा बहती थी। ऊपर से नीचे तक खाई की खड़ी चट्टानी दीवार पर बहुत कम पेड़-पौधे उगे हुए थे–कुछ झाड़ियाँ जो ठीक से पनप नहीं पाई थीं और चट्टानों के बीच से निकलकर खाई के पाट में फैला जंगली चेरी का पेड़। छतरी इसी चेरी के पेड़ में अटक गई थी।

बिन्या के मन में जरा भी हिचकिचाहट नहीं थी। भले ही अजनबी लोगों के बीच वह सहमी सी रहती थी, लेकिन पहाड़ पर उसे बिल्कुल भी डर नहीं लगता था। उसने अपना पैर आगे बढ़ाकर चट्टानों के बीच दरार में फँसाया और नीचे उतरने लगी। उसने अपना मुँह पहाड़ी की ओर कर रखा था और पंजे ज़माने के लिए जगह, बिना देखे, पैरों से टटोलते हुए नीचे उतर रही थी। दूसरी जगह पकड़ने के लिए वह अपनी पकड़ तभी ढीली करती थी, जब उसे यक़ीन हो जाता कि पैर ठीक से जमे हैं। कभी-कभी उसे जंगली बेरी की कटीली झाड़ियों को भी पकड़ना पड़ता था, लेकिन वह उन पौधों पर भरोसा नहीं करती थी जो थोड़ा सा ज़ोर

लगाने पर उखड़ जाते हैं।

जो पत्थर ठीक से जमे नहीं थे, वह अपनी जगह से निकलकर शोर मचाते हुए नीचे तक जाते थे और पहाड़ी की तलहटी तक पहुँचने से पहले नहीं रुकते थे, बल्कि अपने साथ दूसरे पत्थरों को भी ले जाते थे, जिससे कंकड़-पत्थरों की झड़ी लग जाती थी। बिन्या को इस बात का बहुत ध्यान रखना पड़ रहा था कि कहीं उसकी वजह से चट्टाने दरकने का सिलसिला न शुरू हो जाए।

पहाड़ी बकरी जैसी फुर्तीली बिन्या को टेढ़े-मेढ़े चेरी के पेड़ तक पहुँचने में पाँच मिनट से ज़्यादा नहीं लगे। लेकिन सबसे कठिन काम अभी यह बचा था कि उसे तने पर रेंगते हुए पेड़ के सिर पर फंसी छतरी तक पहुँचना था। पेड़ की डाल में फंसी छतरी तक पहुँचने का सिर्फ़ यही तरीका था।

बिन्या को पेड़ों पर चढ़ने में बिल्कुल डर नहीं लगता था। इस बात में वह अपनी शान समझती थी कि वह उतनी ही आसानी से पेड़ों पर चढ़ जाती है जैसे बिज्जू। अपने पंजों को चेरी के पेड़ की छाल में जमा जमाकर घुटनों की मदद से वह चट्टानों के बीच उगे पेड़ के तने पर आगे बढ़ रही थी। तभी उसने देखा कि छतरी का नीला कपड़ा दो-तीन जगह से फट गया है और इस बात से उसका मन उदास हो गया।

जैसे ही उसने नीचे देखा, उसे डर लगने लगा। अब वह ठीक खाई के बीचोबीच थी और चट्टानों से भरी धारा से क़रीब अस्सी फीट ऊपर ख़ुद को किसी तरह संभाले हुए थी। नीचे देखने से उसे चक्कर आ रहे थे। उसके हाथ काँपने लगे। और पूरा पेड़ हिलने लगा। ऐसे में अगर वह फिसल जाए तो सिर्फ़ एक ही जगह जा सकती थी–नीचे, पहाड़ की छाया में, उस अंधेरी घाटी में।

अब बस एक ही काम किया जा सकता था–अपना ध्यान नीली छतरी पर लगाए रखे, जो कि अब बस उससे दो फीट दूर रह गई थी।

उसने नीचे देखा न ऊपर, सिर्फ़ सीधे सामने नज़रें टिकाए रखकर किसी तरह वह छतरी तक पहुँच गई।

वह छतरी पकड़कर रेंगते हुए वापस नहीं लौट सकती थी। इसलिए पेड़ की दो शाखाओं में बंटी डाल से खुली छतरी को निकालकर उसने नीचे घाटी में गिर जाने दिया। हवा की वजह से छतरी सीधे नीचे नहीं गिरी, बल्कि धीरे-धीरे हवा में तैरती नीचे बिच्छू बूटी के झुरमुट में जा गिरी।

बिन्या चेरी के तने पर सरकते हुए वापस लौट आई। बीस मिनट बाद वह बिच्छू बूटी के पौधों के बीच से छतरी को ऊपर उठाए निकली। उसके पैरों पर जगह-जगह बिच्छू बूटी के काँटे लग चुके थे लेकिन उसे कोई जलन नहीं हो रही थी। जैसे मधुमक्खी के डंक बिज्जू पर बेअसर थे, वैसे ही बिन्या पर बिच्छू बूटी का कोई असर नहीं होता था।

3

क़रीब चार साल पहले बिज्जू ने बलूत के खोखले पेड़ के अन्दर से मधुमक्खियों का छत्ता तोड़ लिया था और मधुमक्खियों ने उसके चेहरे और पैरों पर कई जगह डंक मार दिए थे। तब उसने बहुत दर्द झेला था, लेकिन अब अगर उसे मधुमक्खी काट लेती है तो उसे कुछ नहीं होता। उसे हमेशा के लिए मधुमक्खी के डंक के असर से छुटकारा मिल चुका है!

उस दिन वह अपने स्कूल से घर लौट रहा था। दिन के दो बज रहे थे और उसने सुबह छह बजे से कुछ नहीं खाया था। क़िस्मत से बिलबेरी की झाड़ियाँ फल रही थीं। और बिज्जू के होंठ इस खट्टे जंगली फल के रस से बैंगनी हो गए थे।

उसके पास राम भरोसे की दुकान पर ख़र्च करने के लिए बिल्कुल पैसे नहीं थे, लेकिन वह मर्तबानों में रखी टॉफी वग़ैरह को देखने के लिए वहाँ ठहर गया।

'आज तुम क्या लोगे?' राम भरोसे ने ख़ुद ही उससे पूछा।

'पैसे नहीं हैं।' बिज्जू ने कहा।

'पैसे बाद में दे देना।'

बिज्जू ने सिर हिला दिया। उसके कुछ दोस्त उधार पर टॉफियाँ वग़ैरह ले लेते थे और महीना बीतने पर उन्हें पता चलता था कि वह जितनी टॉफियाँ खा चुके हैं, उनके पैसे चुकाना अब उनके बस की बात नहीं! नतीजतन उन्हें राम भरोसे को अपनी कोई पसंदीदा चीज़ जैसे हँसिया या कुल्हाड़ी, मर्तबान भर अचार, कान के बुंदे जैसी कोई चीज़ देनी पड़ती थी। यह चीज़ें राम भरोसे की हो जाती थी और वह इन्हें अपनी दुकान पर रखता और जब चाहे बेच देता।

राम भरोसे बिन्या की नीली छतरी हासिल करने का मन बना चुका था। इसलिए वह दोनों भाई-बहन में से किसी को भी उधार देने के लिए बेचैन था, लेकिन अब तक वह दोनों में से किसी को भी अपने जाल में नहीं फँसा पाया था। बिज्जू आगे बढ़ गया। उसके मुँह में अब भी बिलबेरी भरी हुई थीं। घर के आधे रास्ते पर पहुँचकर उसने बिन्या को गायों के साथ देखा। शाम ढलने को थी और सूरज डूब चुका था, लेकिन बिन्या ने अब भी अपनी छतरी तान रखी थी। छतरी जिन दो जगहों से फटी थी माँ ने वहाँ सिलाई कर दी थी। बिज्जू ने मुट्ठी भर बेरी अपनी बहन को दीं। बेरी खाते समय बिन्या ने छतरी उसे पकड़ा दी।

जब तक हम घर नहीं पहुंचते, तुम छतरी पकड़े रह सकते हो, उसने कहा। जंगली फल के बदले बिज्जू को कुछ देने का यह उसका अपना तरीका था।

नीलू! गौरी! पुकारते हुए बिन्या और बिज्जू घर की ओर चल पड़े और गायें कुछ दूरी पर उनके पीछे-पीछे चल रही थी।

गाँव पहुंचने से पहले ही अंधेरा हो चुका था, लेकिन बिज्जू ने छतरी अब भी खोल रखी थीं।

गाँव के ज्यादातर लोग बिन्या की नीली छतरी को देखकर जलते थे।

गाँव में किसी के पास कभी ऐसी छतरी नहीं थी। गाँव के स्कूल मास्टर की बीबी सोचती थी कि खेती का काम करने वाले एक ग़रीब की बेटी के पास इतनी अच्छी छतरी होना ठीक नहीं है, जबकि द्वितीय श्रेणी में बीए पास करने के बावजूद उसे मामूली सी काली छतरी से काम चलाना पड़ता है। उसके पति ने पुरानी काली छतरी को नीला रँगवाने की पेशकश की तो उसने चिढ़कर उसे घूरा और उसके मन में अपने पति के लिए प्यार थोड़ा घट गया।

मंदिर की देखरेख करने वाले पुजारी ने ऐलान किया कि अगली बार जब वह शहर जाएगा तो अपने लिए एक सतरंगी छतरी लाएगा। कुछ दिनों बाद जब वह शहर से लौटा तो चिढ़ा हुआ था और बड़बड़ा रहा था कि ऐसी छतरी सिर्फ़ दिल्ली में मिलती है।

ज्यादातर लोग यह कहकर ख़ुद को तसल्ली देते थे कि तेज़ बारिश होने पर बिन्या की सुन्दर छतरी उसे भीगने से नहीं बचा पाएगी और अगर ज़्यादा तेज़ धूप पड़ी तो वह झुलस जाएगी और अगर ज़्यादा तेज़ हवा चली तो वह तनी नहीं रह पाएगी और कहीं पास में बिजली कड़की तो बिजली उसी पर गिर जाएगी और तब छतरी मनहूस साबित होगी। लेकिन हर कोई मन ही मन उसे चाहता था।

बड़ों की तरह बच्चों को दिखावा नहीं करना पड़ता। वह हमेशा खुल के छतरी की तारीफ़ करते रहते थे–कितनी हल्की है, कितनी प्यारी है, कितनी उजली नीली है! और बिन्या के लिए बिल्कुल सही आकार की। उन्हें पता था कि अगर वह बिन्या की छतरी की तारीफ़ करेंगे तो बिन्या मुस्कुराकर उन्हें अपनी छतरी कुछ देर पकड़ने को देगी, चाहे बहुत थोड़ी देर के लिए ही सही!

जल्दी ही बारिश का मौसम आ गया। मानसून के बड़े-बड़े काले बादल उमड़-घुमड़कर आने लगे और पहाड़ों में बिजली की कड़क गूँजने लगी।

बिन्या सारी दोपहरी पहाड़ी के ढलान पर बारिश का इन्तज़ार करती रही। जैसे ही बारिश की पहली बड़ी बूँद गिरीं, उसने अपनी छतरी सिर के ऊपर तान ली। और बड़ी-बड़ी बूँदें टपाटप गिरने लगी। वे छतरी के रेशमी कपड़े पर बूँदों को गिरते देख सकती थी।

और उसके बाद तो बादल ही फट गया। ऐसा लग रहा था जैसे झरने के नीचे खड़े हों। दरअसल वह बारिश से बचाने वाली छतरी नहीं थी, लेकिन उसने डटकर बारिश का मुक़ाबला किया। बिन्या के सिर्फ़ पैर ही भीगे। ऐसी मूसलाधार बारिश कि सब कुछ बिल्कुल धुंधला नज़र आ रहा था।

पहाड़ पर जिधर देखो लोग बारिश से बचने के लिए भाग रहे थे। कुछ लोग लकड़ी का कोयला बनाने वालों की झोपड़ी में घुस गए। कुछ उस टीन के नीचे छुप गए जहाँ खच्चर खड़े होते थे और कुछ राम भरोसे की दुकान में। एक बिन्या ही ऐसी थी जो कहीं नहीं भागी। वह तो इसी का इन्तज़ार कर रही थी–कि कब बारिश हो और वह छतरी के नीचे रहे। और उसे घर जाने की भी कोई जल्दी नहीं मची थी। पैर भीगने से भी उसे कोई दिक़्क़त नहीं थी। गायों को भी भीगने से कोई फ़र्क़ नहीं पड़ रहा था।

फिर उसने बिज्जू को एक गुफा में देखा। वैसे उसे भी भीगने में मज़ा आता, लेकिन उसके पास स्कूल की किताबें थीं और वह उन्हें ख़राब नहीं होने दे सकता था। जब उसने बिन्या को देखा, तो गुफा से निकलकर बिन्या की छतरी के नीचे आ गया। बिन्या उसके कंधों तक आती थी, इसलिए उसने छतरी को अपने हाथ में ले लिया। उसने बहन को छतरी की ओट में लिया और बहन ने उसकी किताबों को अपने हाथ में ले लिया। गायें काफ़ी पीछे रह गई थीं।

'नीलू! नीलू!' बिन्या ने पुकारा।

'गौरी!' बिज्जू ने आवाज़ लगायी।

जब उनकी माँ ने इतनी तेज़ बारिश में उन्हें आराम-आराम से घर

की ओर आते देखा, तो वह चिल्ला उठी, 'बिन्या! बिज्जू! जल्दी करो! गायों को अन्दर लेकर आओ। तुम लोग इतनी बारिश में बाहर क्या कर रहे हो?'

'बस छतरी को परख रहे हैं,' बिज्जू ने कहा।

4

फिर रोज़ बारिश होने लगी और सूरज के दर्शन कभी-कभी ही होते थे। पहाड़ हरे हो गए थे। दीवारों और पेड़ों के तनों पर फ़र्न उग आए थे। बढ़ी हुई घास के बीच से झाँकते लिली के फूल छलांग लगाते तेंदुओं की तरह लगते थे। नीचे घाटी से सफेद धुंध ऊपर उठते हुए कभी फैलती और कभी सिमट जाती थी। बड़ा सुहावना मौसम था, अगर जोंक न होतीं!

आये दिन जब बिन्या घर आती तो उसकी खुली टाँगों पर एकाध जोंक चिपकी होती थी। वे जब ख़ून पीकर फूल जातीं, तो ख़ुद-ब-ख़ुद गिर जाती थीं, लेकिन उनके गिरने से पहले आपको पता ही नहीं चलता कि वह आपकी चमड़ी पर चिपकी हैं। और बाद में उस जगह बहुत जलन और खुजली होती। कुछ बुज़ुर्ग अब भी मानते हैं कि जोंक के ख़ून चूसने से कई बीमारियाँ ठीक हो जाती हैं। जब भी राम भरोसे के सिर में दर्द होता था, वह एक जोंक ढूँढ़कर टीस मारते माथे पर लगा लेते थे।

तीन दिन लगातार बारिश होने से ज़मीन में घर बनाकर रहने वाले छोटे-छोटे जीव बाहर निकल आए थे। बिन्या की माँ ने अचानक देखा कि खेत में रहने वाले चूहे छत के खपरैल में भर गए हैं। अब उन्हें बाहर खदेड़ना पड़ेगा क्योंकि वह भंडार में रखा काफ़ी सारा गेहूँ का आटा और चावल खा जाते हैं। बिज्जू को बड़े-बड़े पत्थर अपनी जगह से हटाकर उनके नीचे छुपे बिच्छुओं को परेशान करने में मज़ा आता था। बारिश थमने पर साँप धूप सेंकने बाहर निकल आते थे।

अभी बिन्या ने पहाड़ की तलहटी में बहती एक छोटी सी धारा पार ही

की थी कि उसने देखा कि झाड़ियों से निकलकर कोई जीव उसकी तरफ़ रेंगता आ रहा है। वह एक लम्बा काला साँप था। पत्थरों के गिरने से साँप डर गया था। अपने रास्ते में लड़की को देखकर साँप ने फन उठा लिया और फुफकार मारते हुए, हमले के लिए तैयार हो गया। उसकी दो फांटो में बंटी ज़बान बाहर निकली और जहरीला फन बिन्या की ओर लपका। उसकी छतरी हमेशा की तरह खुली हुई थी और उसने वही अपने और साँप के बीच अड़ा दी। तने हुए मजबूत रेशमी कपड़े पर उसने दो बार फन से ज़ोरदार चोट की। उसके बाद साँप गीले पत्थरों पर रेंगता हुआ फ़र्न के झुरमुट में गुम हो गया।

बिन्या गायों को भूल सारे रास्ते भागते हुए माँ को यह बताने घर पहुँची कि छतरी ने उसकी जान बचायी। बिरजू को अपनी किताबें छोड़ गायों को घर लाने के लिए जाना पड़ा। उसे कहीं कोई साँप न मिल जाए इसलिए वह एक मजबूत लाठी लेकर गया।

पहले गर्मी की धूप और फिर लगातार बारिश का असर यह हुआ कि छतरी का रंग पहले से हल्का पड़ने लगा। चटक नीले से अब वह हल्के नीले में बदलने लगी। लेकिन अब भी वह सुन्दर छतरी नाज़ुक लगने के बावजूद मज़बूत थी और राम भरोसे को अब भी उसकी चाहत थी। वह उसे दूसरी चीज़ों की तरह बेचना नहीं, हासिल करना चाहता था। वह उस इलाक़े का सबसे धनवान आदमी था, तो उसके पास नीली छतरी क्यों नहीं होनी चाहिए? कोई दिन ऐसा नहीं बीतता था जब उसे बिन्या और उसकी नीली छतरी की झलक न दिखाई देती हो और जितना उसे छतरी दिखाई देती, उसे पाने की चाहत उतनी ही बढ़ती जाती।

मानसून के दौरान स्कूल बन्द हो गए, लेकिन इसका मतलब यह नहीं था कि बिज्जू हाथ पर हाथ धरे घर में बेकार बैठता हो। नीलू और गौरी इन दिनों घर की ज़रूरत से ज़्यादा दूध दे रही थीं, इसलिए बिन्या की माँ एक किलो दूध बेच देती थीं–आधा किलो स्कूल मास्टर को और

आधा किलो (कम दाम पर) मंदिर के पुजारी को। बिज्जू को रोज़ सबेरे दूध पहुँचाने जाना होता था।

राम भरोसे ने बिज्जू से छुट्टियों के दौरान अपनी दुकान पर काम करने के लिए कहा, लेकिन बिज्जू के पास समय नहीं था। उसे खेत जोतने और धान रोपने में अपनी माँ का हाथ बटाना होता था। इसलिए राम भरोसे ने पास के गाँव के एक लड़के राजाराम को काम पर रख लिया। वह सारी साफ़-सफाई करता और चीज़ें लाने ले जाने का काम करता। वह बिज्जू के स्कूल में ही पढ़ता था, लेकिन दोनों में दोस्ती नहीं थी। एक दिन जब बिन्या दुकान के आगे से अपनी नीली छतरी को फिरकी की तरह घुमाते हुए जा रही थी, तब राजाराम ने अपने मालिक को आह भरते और ख़ुद से ही कुछ बुदबुदाते सुना।

'क्या बात है बाबूजी?' लड़के ने पूछा।

'अरे कुछ भी नहीं,' राम भरोसे ने कहा, 'ज़रा तबीयत ठीक नहीं है। और यह सब उस बिन्या और उसकी मुई छतरी की वजह से हो रहा है।'

'क्यों, क्या किया है उसने?'

'उसने अपनी छतरी मुझे बेचने से इनकार किया है! मेरे पास छतरी

होने पर तुम भी गर्व करते। मैंने उसे दस रुपए देने की पेशकश की थी।'

'आप बारह कहते तो शायद मान जाती।'

'लेकिन अब तो छतरी नई नहीं रही। अब तो उसकी क़ीमत आठ रुपए भी नहीं रही होगी। जो भी हो, मैं छतरी लेना चाहता हूँ।'

'लेकिन उससे आपको क्या फायदा होगा?' राजाराम ने कहा।

'मुझे मुनाफ़ा नहीं कमाना है, मूर्ख! मुझे तो बस वह चीज़ चाहिए। उसकी ख़ूबसूरती!'

'और आप उसका करेंगे क्या बाबू जी? आपको तो किसी से मिलने जाना नहीं होता। आप तो अपनी दुकान से शायद ही कभी बाहर निकलते हैं, वह आपके किस काम की?

मक्के के खेत में पोस्ते के फूल का क्या काम?'

'इंद्रधनुष किस काम का होता है? तू किस काम का है अक्ल के दुश्मन? अरे बेवकूफ, मेरे पास भी एक अदद आत्मा है। मुझे वह छतरी इसलिए चाहिए ताकि उस जैसी ख़ूबसूरत चीज़ को अपना कह सकूँ!

राजाराम ने केतली आंच पर रख दी और काउंटर से धूल झाड़ने लगा। वह लगातार यही बड़बड़ाए जा रहा था–मैं भी छतरी जैसा काम का हूँ, बेकार नहीं। कुछ देर गहराई से सोचने के बाद वह बोला–'बाबूजी, अगर मैं छतरी ला दूँ, तो आप मुझे क्या देंगे?'

'क्या मतलब है तुम्हारा?' राम भरोसे ने पूछा।

'आपको मालूम है कि मेरा क्या मतलब है। मुझे क्या मिलेगा?'

'तेरा मतलब है तू चुराकर ले आयेगा। यही करेगा न, निखट्टू? तू कितना अच्छा लड़का है रे! गनीमत है तू मेरा बेटा या दुश्मन नहीं है। लेकिन देख, सबको पता लग जाएगा चोरी का, फिर मैं छतरी को लेकर किसी के सामने कैसे जाऊँगा?'

'आपको उसे अकेले में निहारना पड़ेगा,' राजाराम ने छेड़ते हुए कहा। 'या फिर आप उसे टिहरी ले जाकर लाल रंगवा लेना! यह आपका

सर दर्द है। लेकिन मुझे तो बाबूजी यह बताइए कि क्या आप वाकई उसे इतना चाहते हैं कि मुझे सबकी नज़रों से बचकर उसे चुरा लाने के तीन रुपए दे दें?'

राम भरोसे लड़के को देर तक निराशा भरी नज़रों से देखता रहा।

'तुम ज़्यादा तेज़ बनते हो,' उसने कहा। 'एक दिन तू ज़रूर लपेटे में आएगा। मैं तुझे दो रुपए दूँगा।'

'तीन,' लड़के ने कहा।

'दो,' बुढ़ऊ बोला।

'तुम्हें चाहिए ही नहीं, तुम्हारे रवैया से तो ऐसा ही लगता है।'

'कमबख़्त!' बुढ़ऊ ने कहा। मनहूस। मेरी चौखट के कलंक। मुझे छतरी लाकर दे और मुझसे तीन रुपए ले जा।'

5

बिन्या उस दिन चीड़ के उसी झुरमुट तक जा पहुँची जहाँ उसने पहली बार छतरी को देखा था। बरसात के दिनों में वहाँ कोई पिकनिक मनाने नहीं आता था। बरसात में घास गीली रहती थी और ज़मीन पर गिरी चीड़ की सींकों पर फिसलन हो जाती थी। ऊँचे पेड़ धूप रोक लेते थे जिसकी वजह से उनके नीचे नारंगी और बैंगनी रंग के जहरीले कुकुरमुत्ते उग आते थे। लेकिन वह जगह सेही के लिए बहुत अच्छी थी क्योंकि उन्हें कुकुरमुत्ते अच्छे लगते हैं। बिन्या आज वहाँ सेही के काँटों की तलाश में पहुँची थी। पहाड़ी लोगों को सेही के काँटे से कोई वास्ता नहीं था, परन्तु सुदूर दक्षिण भारत में इन्हें टोने-टोटके के लिए इस्तेमाल किया जाता है और लोग इन्हें एक-एक रुपए में ख़रीदते हैं। लेकिन राम भरोसे बच्चों से दस-दस पैसे में सेही के काँटे ख़रीद लेता था और मैदान से आने वाले व्यापारियों को अच्छे मुनाफ़े पर बेचता था।

बिन्या को जल्दी ही पाँच काँटे मिल गए, पर उसे मालूम था कि बढ़ी

हुई घास में और काँटे होंगे। उसने अपनी छतरी नीचे रखी। घास में सेही के काँटे ढूँढ़ने के लिए उसे नीचे रखना ही पड़ता।

बिन्या का ऐसा करना राजाराम के लिए मौक़ा था। वह बिन्या का काफ़ी देर से पीछा कर रहा था। कभी चट्टानों और कभी पेड़ों के पीछे छुपते-छुपाते ख़ुद को बिन्या की नज़रों से बचाते हुए वह छतरी के बिल्कुल क़रीब आ चुका था।

वह बिन्या के छतरी से कुछ दूर जाने का इन्तज़ार कर रहा था। फिर झुककर तेज़ी से आगे बढ़ा और खुली छतरी उठाकर भाग गया। लेकिन राजाराम के पैर बहुत बड़े बड़े थे और बिन्या को उसके पैरों की आहट मिल गई थी और उसके पेड़ों के पीछे ग़ायब होने से पहले बिन्या ने पीछे मुड़कर उसे देख लिया। वह चीख पड़ी और सेही के काँटे वहीं ज़मीन पर गिराकर उसके पीछे दौड़ी।

बिन्या पैर जमा-जमाकर चलने के साथ तेज़ी से आगे बढ़ रही थी जबकि राजाराम लम्बे-लम्बे डग भर रहा था। ऊपर से उसने ढलान पर उतरते समय दौड़ने की गलती की। कोई लम्बे पाँव वाला उतरने के बजाय ज़्यादा तेज़ी से चढ़ाई चल सकता है। हड़बड़ाया हुआ चोर धारा की ओर जाने वाली पगडंडी पर भागा जा रहा था कि तभी बिन्या भी घने जंगल से बाहर निकल आई और उसे देख लिया। उसने छतरी बन्द कर रखी थी ताकि उसे भागने में दिक़्क़त न हो।

बिन्या लड़के से ज़्यादा दूर नहीं रह गई थी। वह पगडंडी पकड़कर चल रहा था, जबकि बिन्या पूरी दूरी तय करने के बजाए सीधी ढलान पर छलांगें मार-मारकर पहले ही आगे पहुँच जाती थी। पहाड़ी की तलहटी आने पर पगडंडी की ढलान कम हो गई और एक बार फिर लड़का रफ़्तार पकड़ने लगा। दूसरी तरफ़ से बिज्जू घर की ओर आ रहा था। उसके सिर पर घर के चूल्हे के लिए इकट्ठी की गई लकड़ियों का गट्ठर था। जैसे ही वह पगडंडी पर पहुँचा, उसने बिन्या को ऐसी हड़बड़ी में पहाड़ से उतरते

देखा जैसे गढ़वाल के सारे भूत-प्रेत उसके पीछे पड़ गए हों।

'क्या हुआ है तुझे? उसने ज़ोर से पुकारते हुए पूछा, 'ऐसे क्यों भाग रही है?'

बिन्या पल भर ठहरकर आगे भागे जा रहे राजाराम की ओर इशारा करते हुए चिल्लाई, 'मेरी छतरी! उसने चुरा ली है!'

बिज्जू ने लकड़ी का गट्ठर वहीं पटका और अपनी बहन की ओर भागा। बिन्या के पास पहुँचकर बोला, 'अभी पकड़ता हूँ उसे!' और चोर को पकड़ने के लिए पहले से ज़्यादा फुर्ती से हरी घास पर आगे बढ़ने लगा। वह ऊर्जा से भरा था और जल्दी ही बिन्या को पीछे छोड़ चोर के पास पहुँचने लगा।

राजाराम उथली पहाड़ी धारा पार कर ही रहा था कि तभी बिज्जू उसके पास पहुँच गया। दोनों में राजाराम लम्बा था, लेकिन बिज्जू ज़्यादा ताक़तवह चोर पर झपट पड़ा और उसके पैर पकड़कर वही पानी में उसे गिरा दिया। राजाराम फिर खड़ा हो गया और पैर छुड़ाने की कोशिश करने लगा, क्योंकि बिज्जू ने अब भी उसका एक पैर पकड़ रखा था। इस खींचातानी में राजाराम ख़ुद को संभाल नहीं पाया और छपाक से पानी में गिरा। छतरी उसकी पकड़ से छूट गई। पानी में गिरते ही छतरी धारा के साथ बहने लगी। तभी बिन्या हाँफती हुई वहाँ पहुँची और बहती हुई छतरी को पकड़ने के लिए लपकी। इस दौड़-भाग से उसका मुँह लाल हो गया था।

उधर गुत्थम-गुत्थी चल रही थी। एक-दूसरे के साथ ज़ोरदार हाथापाई कर रहे दोनों लड़के चट्टान पर से एक-दूसरे को गिराने की कोशिश में झूलते, रेती पर गिरते, बजरी पर लुढ़कते, एक बार फिर धारा में पहुँच कर छपाके मारते नज़र आने लगे। मैगपाई, बुलबुल और दूसरे कई पक्षी इस सब से घबराकर चीखते-पुकारते वहाँ से उड़ गए।

कीचड़ से सने, हाँफते, मुँह में भरा पानी थूकते लड़के एक-दूसरे पर अपनी पकड़ मजबूत करने को जूझ रहे थे। पाँच मिनट तक घमासान

मुक़ाबले के बाद बिज्जू की जीत हुई।

अब थका हारा राजाराम रेती पर चित्त पड़ा था और उसके बगल में डटे बिज्जू ने अब भी उसके हाथ-पैर जकड़कर उसे दबोच रखा था। 'अब तो मुझे उठने दो,' राजाराम ने हाँफते हुए कहा, 'तुम्हारी बेकार छतरी मुझे नहीं चाहिए!' 'फिर तूने ली क्यों?' बिज्जू ने पूछा, 'बता मुझे, ऐसा क्यों किया तूने!'

'कंजूस राम भरोसे के लिए!' राजाराम ने कहा, 'उसने मुझसे कहा था कि अगर मैं उसके लिए छतरी नहीं लाऊँगा तो मुझे काम से हाथ धोना पड़ेगा।'

अक्टूबर की शुरुआत में बरसात का मौसम ख़त्म हो रहा था। जोंक ग़ायब हो गई थीं। हरी-हरी पहाड़ियों पर पड़ने वाली धूप अब सुहानी और सुनहरी लगती थी, फर्न पीले पड़ने लगे थे, बिन्या के घर के बाहर लगे झाड़ में लटके नींबुओं की तरह। यह बिज्जू के अच्छे दिन थे। इन दिनों वह भुने हुए मक्के के दाने चबाते हुए स्कूल से लौटता था। बिन्या की छतरी का रंग उड़ने लगा था और अब वह आसमानी नीली दिखती थी, उस पर कई जगह पैबन्द लग चुके थे, इसके बावजूद वह गाँव की सबसे सुन्दर छतरी थी और बिन्या उसे अब भी हर जगह अपने साथ लेकर जाती थी।

बेरहम कड़कती सर्दी का मौसम अब दूर नहीं था, लेकिन कुछ ऐसा है कि अक्टूबर दूसरे महीनों के मुक़ाबले ज़्यादा कुछ लेकर आता है, इसलिए बड़ा लगता है। इस महीने में घास पर चहलक़दमी का अपना अलग मज़ा है और धीमे धीमे चलती गुनगुनी हवा चीड़ की खशबू साथ लाती है। वह अक्टूबर सब के लिए ठीक-ठाक था, नहीं ठीक था तो राम भरोसे के लिए।

अब तक बूढ़ा बिन्या की छतरी को हासिल कर पाने की सारी उम्मीदें खो चुका था। वह सोचता कि काश उसने इच्छा ही न की होती। छतरी की वजह से उसे लालच से पैदा होने वाला कष्ट और अकेलेपन का दर्द

सहना पड़ रहा था। छतरी की वजह से लोगों ने उसकी दुकान पर आना बन्दकर दिया था।

जब से लोगों को यह पता चला था कि राम भरोसे ने छतरी चोरी करवाने की कोशिश की तो सब उसके ख़िलाफ़ हो गए। उन्होंने उस पर भरोसा करना छोड़ दिया। साबुन, चाय की पत्ती और माचिस उसकी दुकान से ख़रीदने के बजाय वह लोग मील भर चलकर टिहरी बस स्टैंड के पास वाली दुकानों से ख़रीदना पसंद करते। ऐसे आदमी से कौन वास्ता रखना चाहेगा जिसने एक छतरी के लिए अपनी आत्मा बेच दिया हो? बच्चे उसके नाम को तोड़ मरोड़कर उसे ताने मारते। जिसे राम के भरोसे रहना चाहिए, वह एक छतरी के लिए कितनों का भरोसा तोड़ चुका था–राम भरोसे से छतरी चोर बन चुका था!

बूढ़ा अपनी खाली दुकान में अकेला बैठा, आंच पर चढ़ी केतली से निकलती भाप के फुफकारें सुनते हुए सोच रहा था कि अब कभी कोई उसकी दुकान पर चाय पीने आएगा भी या नहीं। उसे भूख लगनी बन्द हो गई थी। उसकी आमदनी बन्द हो गई थी। उसने टिहरी के बैंक में कुछ पैसे जमाकर रखे थे लेकिन वह 'बचत भरोसे' नहीं बनना चाहता था! ख़र्च बचाने के लिए उसने झोलझाल राजाराम को काम से हटा दिया। अब दुकान पर वह अकेला होता था। नालीदार टीन की छत से बारिश का पानी रिसता था और ठंडी हवा अन्दर आती थी, लेकिन राम भरोसे ने परवाह करनी छोड़ दी थी।

बिज्जू और बिन्या लगभग रोज़ ही उसकी दुकान के आगे से निकलते थे। बिज्जू एक ज़ोरदार सीधी सपाट सीटी मारता। वह दुनिया के तमाम सीटीबाज़ों में से एक था और चिंताओं को अपने कंधों पर टिकने नहीं देता था। लेकिन बिन्या मुँह फेरकर चुपचाप उसकी दुकान के सामने से निकल जाया करती थी, जैसे कहीं न कहीं वह ख़ुद को राम भरोसे की इस बदहाली की ज़िम्मेदार मानती हो।

वह हमेशा ख़ुद को समझाती रहती थी कि छतरी उसकी अपनी है और अगर दूसरे उससे जलें तो वह कुछ नहीं कर सकती। लेकिन क्या उसने छतरी से कुछ ज़्यादा ही लगाव तो नहीं रखा? क्या उसके लिए छतरी लोगों से ज़्यादा अहमियत तो नहीं रखने लगी है? वह सोचती रहती थी, कि कहीं न कहीं वही राम भरोसे की शक्ल पर छायी उदासी और उसकी दुकान की खस्ता हालत की वजह है। बिज्जू कहता था कि उसका मुँह लटककर गज भर का हो गया है। इस बात में कोई शक नहीं कि यह सब ख़ुद उसके लालच की वजह से हुआ था। लेकिन वह नहीं चाहती थी कि राम भरोसे अपने किए को लेकर इतना बुरा महसूस करे, क्योंकि इससे वह ख़ुद अपने बारे में बुरा महसूस करती थी। इसीलिए अब वह उसकी दुकान के आगे से निकलते समय अपनी छतरी बन्द कर लेती और दुकान से कुछ आगे बढ़ने के बाद फिर खोल लेती।

अक्टूबर के आख़िर में एक दिन, जेब में दस पैसे लिए, वह दुकान पर पहुँची और बुढ़ऊ राम भरोसे से टॉफी माँगी। दो हफ्ते से उसकी दुकान पर कोई ग्राहक नहीं आया था और इतने दिनों बाद वह पहली ग्राहक थी। उसने बच्ची को शक की निगाहों से देखा। कहीं वह उसे ताना मारने या अपनी छतरी की शान बघारने तो नहीं आई। उसने सिक्का दुकान के काउंटर पर रख दिया। हो सकता है खोटा सिक्का हो। राम भरोसे ने उसे उठाया और रोशनी में अच्छी तरह उलट-पलटकर देखा। फिर उछालकर ज़मीन पर गिराया। तब उसे भरोसा हुआ कि सिक्का खोटा नहीं है। उसने बिन्या को टॉफी दे दी।

जब राम भरोसे ने बन्द छतरी को अपने काउंटर पर पड़े देखा तब तक बिन्या दुकान से जा चुकी थी। लो, वही नीली छतरी जिसे वह हासिल करना चाहता था उसके सामने थी, उसकी पहुँच में! उसे बस अब दुकान के अन्दर कहीं छुपाना था जिससे किसी को पता न चले कि छतरी उसके पास है और कोई यह भी न कह पाए कि बिन्या उसे वहाँ छोड़ गई थी।

उसने अपना काँपता हुआ हडियल हाथ बढ़ाया और छतरी को उसके हत्थे से पकड़कर उठा लिया। बटन दबाकर उसे खोला। फिर उसके नीचे खड़ा हो गया। अपनी अंधेरी दुकान में जहाँ न कभी उसे धूप छू सकती थी और न बारिश।

लेकिन मुझे न धूप में जाना पड़ता है न बारिश में उसके मुँह से निकल गया मेरे लिए छतरी किस काम की और वह झटपट दुकान से बाहर निकला और बिन्या के पीछे दौड़ा। 'बिन्या! बिन्या!' उसने पुकारा।

उसको दौड़ने की आदत नहीं थी, फिर भी वह तेज़ी से बिन्या के पास पहुँच गया और छतरी उसकी ओर बढ़ाते हुए बोला–'तुम यह छतरी छोड़ आई थी!'

उस पल छतरी दोनों की थी। लेकिन बिन्या ने छतरी नहीं ली। उसने सिर हिलाकर कहा–'तुम रख लो। अब मुझे इसकी ज़रूरत नहीं रही।'

'पर यह कितनी प्यारी छतरी है,' राम भरोसे ने ज़ोर देकर कहा–'यह गाँव की सबसे अच्छी छतरी है।'

'मालूम है,' बिन्या ने कहा–'लेकिन छतरी ही सब कुछ नहीं है।'

बूढ़ा हाथ में छतरी लिए खड़ा रह गया और वह खुली सड़क पर आगे बढ़ गई। अब बिन्या और नीले आसमान के बीच कुछ नहीं था।

6

जब छतरी राम भरोसे के पास आ गई तब उसने सब को बताना शुरू कर दिया कि यह बिन्या की ओर से दिया गया तोहफा है। काम पड़ने पर अब वह धूप और बारिश में भी दुकान से बाहर निकलने लगा, जिसकी वजह से उसकी सेहत पहले से बेहतर हो गई। छतरी को वह कभी-कभी सूअर और बकरी को भगाने के लिए इस्तेमाल करता। अब खुली छतरी हमेशा दुकान के बाहर रखी रहती और जो चाहे उसे इस्तेमाल करने के लिए ले जा सकता था और इस तरह वह हर किसी की छतरी बन गई

थी। उसका रंग उतर गया था और पैबन्द लगे थे, फिर भी वह गाँव की सबसे सुन्दर छतरी थी।

लोग फिर से राम भरोसे की दुकान पर आने लगे। अब जब भी बिज्जू और बिन्या वहाँ चाय पीने के लिए रुकते तो वह उनकी चाय में थोड़ा सा दूध या चीनी ज़्यादा डालता था। उन्हें उसकी चाय अच्छी लगती थी। मीठी और दूधदार।

कुछ रात पहले एक भालू राम भरोसे की दुकान के पास आया। हिमालय की ऊँची चोटियों पर काफ़ी बर्फ़ गिरी थी और भालू के लिए वहाँ खाने की कोई चीज़ ढूँढ़ना मुश्किल हो गया था। इसलिए वह कुछ नीचे उतर आया था। यह देखने के लिए कि उसे गाँव के आसपास क्या मिल सकता है। भालू राम भरोसे की दुकान की टीन की छत पर चढ़ गया और छत पर चढ़ी बेल में पकने के लिए छोड़ा गया बड़ा सा कद्दू ले गया। लेकिन छत से उतरते समय भालू का एक नाख़ून निकल गया।

अगली सुबह राम भरोसे को ठीक अपनी दुकान के दरवाज़े के आगे वह नाख़ून मिला। उसने उसे उठाया और जेब में डाल लिया। भालू का नाख़ून बड़ी क़िस्मत से मिलता है। अगले दिन जब वह शहर के बाज़ार गया, तो भालू का नाख़ून अपने साथ ले गया और सुनार को कुछ समझाकर उसकी दुकान पर छोड़ आया। सुनार ने नाख़ून को चाँदी में मढ़कर एक लॉकेट बना दिया और उसे चाँदी की एक जंजीर में डाल दिया। जब राम भरोसे दोबारा आया तो उसने सुनार को उसके काम के लिए दस रुपए दिए।

अब दिन छोटे होने लगे थे और बिन्या को हर शाम जल्दी घर लौटना होता था। इलाक़े में एक भूखा तेंदुआ घूम रहा था और वह गायों को अंधेरा होने के बाद बाहर नहीं छोड़ सकती थी। वह राम भरोसे की दुकान के आगे से तेज़ी से चली जा रही थी कि तभी बूढ़े ने उसे आवाज़ लगायी, 'बिन्या, जरा रुक, मुझे कुछ दिखाना है।'

बिन्या दुकान में घुसी।

'तुम्हें ये कैसा लगा?' राम भरोसे ने बिन्या को लाकिट दिखाते हुए पूछा।

'यह तो बहुत सुन्दर है।' बिना भालू के नाख़ून और चाँदी की ज़ंजीर को छूते हुए बोली।

'यह भालू का नाख़ून है जो तेंदुए के नाख़ून से भी ज़्यादा अच्छा होता है। तो तुम यह लेना चाहती हो न?'

'मेरे पास पैसे नहीं है,' बिन्या ने कहा।

'उससे कोई फर्क नहीं पड़ता। तुमने मुझे छतरी दी थी, मैं तुम्हें यह नाख़ून वाला ताबीज़ दे रहा हूँ।'

'और देखें यह तुम्हारे ऊपर कैसा लगता है।' उसने तभी बिन्या के गले में डाल दिया। और वास्तव में वह बिन्या पर बहुत अच्छा लग रहा था।

राम भरोसे का कहना है कि वह बिन्या की उस मुस्कान को कभी नहीं भूल सकता जो उसके चेहरे पर दुकान से जाते समय थी। वह घर के आधे रास्ते तक पहुँच गई तो उसे याद आया कि गायें तो पीछे ही छूट गई हैं।

'नीलू! नीलू,' उसने पुकारा। 'ओ गौरी!'

फिर उसे दूर से आती घंटियों की धीमी सी आवाज़ सुनाई दी। गायें पहाड़ी पगडंडी पर धीरे-धीरे चलकर आ रही थीं।

उसने माँ और बिज्जू की पुकार सुनी।

उसने एक गीत छेड़ दिया। उन्होंने उसका गीत सुना और जान लिया कि वह ठीक है और ज़्यादा दूर नहीं है।

वह अंधेरे में डूब रहे जंगल से गुज़रकर घर को चली जा रही थी– तारों के गीत गाती। पेड़ शांत खड़े उसका गीत सुनते रहे और पहाड़ों को भी आनंद आ गया।

जिसने बैंक का दिवाला निकाल दिया

छोटे से स्थानीय बैंक की सीढ़ियों पर झाड़ू लगाते हुए सफाई करने वाला लड़का नाथू ख़ुद से कुछ बड़बड़ाए जा रहा था। बैंक के मालिकों में प्रमुख सेठ गोविंद राम के पास दौलत की कोई कमी नहीं थी, लेकिन बिना ऊँच-नीच समझे कारोबार करने की आदत ने उन्हें बर्बादी की कगार तक पहुँचा दिया था। नाथू उस छोटी सी झाड़ू से जल्दी-जल्दी और लापरवाही से ज़मीन बुहार रहा था; धूल उड़-उड़कर फिर वहीं बैठती जा रही थी। जब नाथू टीन के पत्तर से कूड़ा कूड़ेदान में डालने के बाद उसे कूड़ेदान पर बार-बार पटक रहा था, तभी धोबी का बेटा सीताराम वहाँ आ पहुँचा।

सीताराम इस्तरी किए हुए कपड़े घर-घर पहुँचाने निकला था। कपड़ों की पोटली सिर पर लेकर।

'ऐसे धूल मत उड़ाओ! उसने नाथू को दूर से ही चिल्लाकर कहा। क्या तुम इस बात से चिढ़े हुए हो कि तुम्हें पगार में पाँच रुपए बढ़ाकर देने से मनाकर दिया गया?

मैं इस बारे में बात नहीं करना चाहता। नाथू ने खीजकर कहा। मुझे तो अब तक मेरी पगार ही नहीं मिली, जबकि महीना ख़त्म होने को है। जल्द ही दो महीने की तनख्वाह बकाया हो जाएगी। कौन सोच सकता है कि कोई बैंक एक ग़रीब आदमी की पगार रोककर रखेगा? जैसे ही

मुझे अपना पैसा मिलेगा मैं काम छोड़ दूँगा। अब यहाँ एक हफ्ते भी और काम नहीं करूँगा।

और नाथू ने अपनी बात पर ज़ोर देने और अपने अन्दर जोश भरने के लिए कूड़ा उठाने वाला टीन का सूपड़ा कूड़ेदान पर दो-तीन बार और पटका।

'देखो, मैं तो यही चाहता हूँ कि तुम्हारी मुराद पूरी हो।' सीताराम ने कहा। 'मैं भी तुम्हारे लिए नई नौकरी ढूँढूँगा।' और वह सड़क के किनारे-किनारे नंगे पैर आगे बढ़ चला। उसके सिर और कंधे का ज्यादातर हिस्से कपड़ों की बड़ी सी गठरी की आड़ में छुप गए थे।

धुले हुए कपड़े पहुँचाने के लिए वह चौथे घर में पहुँचा तो सीताराम ने उस घर में रहने वाली मिसेज प्रकाश को यह कहते सुना कि आंगन में झाड़ू लगाने वाला मिलना कितना मुश्किल हो रहा है। अपनी गठरी को फिर से कसते हुए सीताराम ने कहा–'मैं एक सफ़ाई करने वाले लड़के को जानता हूँ जिसे काम की तलाश है। वह अगले महीने से आपके यहाँ काम कर सकता है। अभी वह सेठ गोविंद राम के बैंक में काम करता है लेकिन वहाँ उसे पगार नहीं मिल रही है, इसलिए वह वहाँ काम छोड़ना चाहता है।'

'ओह, ऐसी बात है? श्रीमती प्रकाश ने कहा, लेकिन उसे वेतन क्यों नहीं मिल रहा है?'

'उनके पास पैसे की कमी पड़ गई होगी,' सीताराम ने कंधे उचकाते हुए कहा।

मिसेज प्रकाश हँस दीं, 'ठीक है उससे कहना कि जब उसके पास समय हो, मुझसे आकर मिल ले।' सीताराम इस बात से ख़ुश था कि वह अपने दोस्त और अपने ग्राहक दोनों के लिए कुछ कर पाया। यही सोचते हुए उसने अपनी गठरी उठायी और आगे बढ़ गया। मिसेज प्रकाश को कुछ सामान ख़रीदना था इसलिए उन्होंने अपनी नौकरानी को बच्चे की

देखरेख और खाना बनाने वाली को समझाया कि उन्हें दोपहर के खाने में क्या-क्या चाहिए। उनके पति एक बड़ी कंपनी में काम करते हैं, इसलिए वह शानदार तरीक़े से रह सकते हैं और नौकर भी रख सकते हैं। क्या-क्या करना है यह बताने के बाद वह घर से बाज़ार के लिए निकलीं जहाँ उन्हें हमेशा कपड़ों की दुकान पर तो जाना ही होता है।

घंटाघर के पास एक बड़ा इमली का पेड़ था, जिसके नीचे मिसेज़ प्रकाश को अपनी सहेली मिसेज़ भूषण मिलीं, जो तेज़ धूप से बचने के लिए पेड़ की छांव में खड़ी थीं। मिसेज़ भूषण मोरपंख से बने एक बड़े से पंखे से हवा कर रही थीं। उनका कहना था कि इस बार जैसी तेज़ गर्मी शहर के इतिहास में पहले कभी नहीं पड़ी। फिर उन्होंने मिसेज़ प्रकाश को एक कपड़े का नमूना दिखाया और फिर दोनों पाँच मिनट तक उसके रंग, बुनावट और डिजाइन पर चर्चा करती रहीं। जब उनके पास इस बारे में और बात करने के लिए कुछ नहीं बचा, तब मिसेज प्रकाश बोलीं, 'तुम्हें पता है, सेठ गोविंद राम का बैंक अपने कर्मचारियों को उनकी पगार तक नहीं दे पा रहा है। आज सवेरे ही उनके यहाँ झाड़ू लगाने वाला मेरे सामने दुखड़ा रोकर गया है कि पिछले दो महीने से उसे पगार नहीं दी गई है!'

'यह तो बड़ी शर्मनाक बात है?' मिसेज भूषण ने कहा, 'अगर वह अपने सफाई कर्मचारी को पैसा नहीं दे सकते तो इसका मतलब उनकी हालत बहुत ही ख़राब होगी। और लोगों को भी तनख्वाह नहीं मिल रही होगी।'

वह मिसेज प्रकाश को वहीं खड़ा छोड़कर अपने पति को ढूँढ़ने गईं, जो जुगल किशोर की बिजली के सामान की दुकान में पंखे की हवा खाते हुए दुकान मालिक के साथ ताश खेल रहे थे।

'तो तुम यहाँ हो!' मिसेज भूषण चिल्लाते हुए बोलीं। तुम्हें ढूँढ़ते हुए मुझे क़रीब एक घंटा हो गया। कहाँ चले गए थे?'

कहीं तो नहीं गया था! अगर तुम एक दुकान में ठहरतीं, तो तुम मुझे ढूँढ़ लेतीं, लेकिन तुम तो एक दुकान से दूसरी दुकान में ऐसे जाती हो जैसे फुलवारी में मधुमक्खी।'

'अब चिड़-चिड़ करना बन्द करो। इतनी सड़ी गर्मी ही काफ़ी है। मेरी तो समझ में नहीं आता कि इस शहर को क्या हो रहा है? यहाँ तक कि बैंक का भी दिवाला निकला जा रहा है।'

'क्या कहा आपने?' जुगल किशोर चौंककर बोले और अपनी कुर्सी पर तनकर बैठ गए। 'कौन सा बैंक?'

अरे, सेठ गोविंद राम का बैंक और कौन सा! मैंने सुना है उन्होंने अपने कर्मचारियों को तीन महीने से ज़्यादा समय से तनख्वाह नहीं दी है! अब आप यह मत बताइएगा कि उनके यहाँ आपका भी खाता है, किशोर जी!'

'नहीं मेरा तो नहीं है लेकिन मेरे पड़ोसी का खाता है वहाँ!' उन्होंने कहा और बगल वाली नाई की दुकान की तरफ़ झाँकते हुए आवाज़ लगायी, 'फ़ैज़ हुसैन, क्या तुमने ताज़ी ख़बर सुनी?'

'सेठ गोविंद राम के बैंक का दिवाला निकलने वाला है! भलाई इसी में है कि समय रहते अपना पैसा बैंक से निकाल लो।' फ़ैज़ हुसैन यह सुनकर ऐसे चौंका कि उसका हाथ हिल गया और कैंची उस बुज़ुर्ग ग्राहक के कान पर चल गई जिनके वह बाल काट रहा था। दर्द और घबराहट से उनकी चीख़ निकल गई। दर्द कान में कैंची लगने की वजह से और घबराहट उस बुरी ख़बर की वजह से जो उन्हें अभी-अभी सुनने

को मिली थी। एक तरफ़ के बाल कटवाए बिना वह कुर्सी से उठ खड़े हुए और सीधे सड़क के पार जनरल स्टोर पर गए और वहाँ से सीधे सेठ गोविंद राम को फ़ोन लगाया। सेठ जी घर पर नहीं थे। तो फिर कहाँ गए? सेठ जी कश्मीर में छुट्टियाँ मना रहे हैं। अच्छा, ऐसा है क्या? बुजुर्गवार को यक़ीन नहीं हुआ। वह झटपट नाई की दुकान पर वापस पहुँचे और उससे बोले–चिड़िया उड़ गई। सेठ गोविंद राम शहर छोड़ गए हैं।

इसका मतलब है कि बैंक का दिवाला निकलने की बात सही है। अपने बाक़ी बाल मैं फिर कभी कटवा लूँगा। यह कहकर वे तेज़ी से दुकान से निकले और चेक बुक लाने के लिए सीधे अपने दफ़्तर का रास्ता पकड़ा।

बाज़ार में यह ख़बर जंगल की आग की तरह फैल गई। जनरल स्टोर से वह चाय की दुकान पर पहुँची और ग्राहकों के बीच से होकर, उनके साथ हर तरफ़ फैलते हुए, पानवाले, दर्जी, फल वाले, सुनार और सड़क के किनारे बैठे भिखारी तक पहुँच गई।

बूढ़े भिखारी गणपत का एक पैर टेढ़ा पड़ता था। और वह बरसों से सड़क के किनारे बैठकर भीख माँगता था। शाम को दो पहियों वाली गाड़ी लेकर कोई आता था और उसे ले जाता था। किसी ने उसे चलते नहीं देखा था। लेकिन अब बैंक के दिवालिया होने की ख़बर मिलते ही वह उछलकर खड़ा हो गया और अच्छी ख़ासी रफ़्तार से बैंक की ओर दौड़ा। सारे उसे देखकर हैरान रह गए। जल्दी ही यह बात सब को पता चल गई कि उसके जोड़े हुए एक हज़ार से ज़्यादा रुपए बैंक में जमा है।

गलियों के नुक्कड़ पर लोग खड़े होकर हालात पर चर्चा करने लगे। पिछली बार भारत के टेस्ट मैच जीतने के बाद पहली बार लोगों में इतनी हलचल मची थी। पहाड़ों की तलहटी में बसे इस छोटे से शहर में ऐसा बुरा वक़्त पहले शायद ही कभी आया था। वहाँ पहले कभी न बाढ़ आई थी, न सूखा पड़ा था और न ही भूकंप आया था। इसलिए शहर के बैंक

के दिवालिया होने की ख़बर लोगों में बातचीत का मुद्दा बन गई, इसी बारे में कयास लगाये जाने लगे और हड़बड़ी में जिसके जो समझ में आया करने लगा।

कुछ लोग अपनी दूरदृष्टि का बढ़ चढ़कर बखान करने लगे और इस बात पर अपनी ही पीठ ठोकने लगे कि उन्होंने समय से पैसे निकाल लिए या जमा ही नहीं किए। दूसरे लोग बैंक के दिवालिया होने के कारणों की चर्चा करने लगे। लगभग सभी लोग घूम फिर कर सेठ गोविंद राम के ऐशोआराम और खुले हाथ से ख़र्च करने की आदत पर आकर ठहर जाते थे। एक ने कहा कि सेठ सुबह से बाहर चले गए हैं, दूसरे ने कहा कि वह देश छोड़ गए हैं और तीसरे ने कहा कि उन्होंने साउथ अमेरिका के किसी देश का पासपोर्ट बनवा लिया है। जबकि कुछ लोगों का मानना था कि वह शहर में ही कहीं छुपे हैं। एक और अफवाह उड़ी कि सेठ ज़ी ने इमली के पेड़ से लटककर फांसी लगा ली है, जहाँ सुबह झाड़ू लगाने वाले लड़के ने उन्हें देखा।

किसी का रिश्तेदार बैंक में बाबू था। उसने अपने रिश्तेदार को फ़ोन करके सच्चाई जानने की सोची।

'मुझे इस बारे में कुछ नहीं पता,' बाबू ने कहा, 'सिवाय इसके कि आधा शहर यहाँ आ जुटा है, अपना पैसा निकालने के लिए। सब बौखलाए हुए हैं। यह अफ़वाह फैली है कि तुम लोगों को तनख्वाह नहीं मिली है। अरे नहीं सारे बाबुओं को तनख्वाह मिल चुकी है, वरना हम सब काम क्यों कर रहे होते। ऐसा हो सकता है कि आधे दिन काम करने वाले कुछ कर्मचारियों को देर से पगार मिली हो, लेकिन ऐसा पैसे की कमी की वजह से नहीं हुआ। उन लोगों की पगार बाँटने वाले बाबू बीमार होने के कारण छुट्टी पर थे। तुम क्या चाहते हो उनका काम मैं करूँ? यह कहकर उन्होंने टेलीफ़ोन रख दिया।

दोपहर तक बैंक में मौजूद सारा रोकड़ गिना जा चुका था और अब

परेशान हाल मैनेजर को कुछ समझ में नहीं आ रहा था कि वह क्या करे। हालात से निपटने के लिए सिर्फ़ एक सरकारी बैंक से कुछ रकम का इन्तज़ाम किया जा सकता था और अब उसके भी बन्द होने का समय होने वाला था। मैनेजर को यह भरोसा नहीं था कि वह बाहर मौजूद भीड़ को अगली सुबह तक इन्तज़ार करने के लिए राजी कर पाएगा। और सेठ गोविंद राम भी पाँच सौ मील दूर कश्मीर में अपनी आलीशान हाउसबोट मैं बैठे-बैठे कुछ नहीं कर सकते थे।

बाबू ने अपने काउंटर बन्द कर दिए, लेकिन बैंक के बाहर इकट्ठे लोग सीढ़ियों पर खड़े होकर नारेबाजी करने लगे–हमारा पैसा वापस दो! हम आज ही लेकर जाएँगे! वरना अन्दर घुस आएँगे! सेठ गोविंद राम को सामने लाओ! तिज़ोरी में न छुप पाएँगे! ऐसे शरारती तत्व जिनका एक पैसा भी बैंक में नहीं था वह भी खाताधारियों की भीड़ में शामिल हो गए थे। मैनेजर ने दरवाज़े पर खड़े होकर गुस्साए ग्राहकों को समझाने की कोशिश की। उन्होंने ऐलान किया कि बैंक में पैसे की कोई कमी नहीं है और वे कल सुबह जितनी रक़म चाहें निकाल सकते हैं।

हमें पैसा अभी चाहिए! लोगों ने रट लगा रखी थी। अभी चाहिए, अभी चाहिए, अभी चाहिए।

भीड़ की ओर से कुछ पत्थर आए और मैनेजर ग्रिल गेट बन्द करके अन्दर चले गए।

कहीं से एक ईंट हवा चीरती आई और बैंक के संसाधनों के विज्ञापन वाली काँच की खिड़की से टकरायी।

और फिर पुलिस आ गई। पुलिस वाले सीढ़ियों से ऊपर चढ़ गए और अपने लम्बे-लम्बे डंडों से लोगों को पीछे धकेलने लगे जिसके चलते लोग एक-दूसरे पर गिरने लगे। धीरे-धीरे लोग वहाँ से यह कहकर जाने लगे कि वे कल फिर आएँगे।

नाथू अगली सुबह बैंक की सीढ़ियों पर झाड़ू लगाने पहुँचा। उसने

सीढ़ियों पर कचरा, टूटा काँच और पत्थर फैले देखे। वह हाथ उठा उठाकर गुस्से से चिल्लाने लगा–गुंडे! मवाली! तुम पर हज़ारों मुसीबतें टूटें! पगार समय पर न मिलना ही भारी पड़ रहा था, अब मैं यह फैला हुआ काम भी समेटूँ! वह अपनी झाड़ू से सीढ़ियों पर जमा धूल-कचरे को इधर-उधर बिखेरने लगा।

राम-राम नाथू! धोबी के बेटे सीताराम ने अपनी साइकिल से उतरते हुए कहा। क्या तुम अगले महीने की पहली तारीख़ से नए काम पर जाने को तैयार हो? मुझे लगता है कि अब जब बैंक बन्द होने वाला है, तो तुम्हें जाना ही पड़ेगा।

'क्या कह रहे हो?' नाथू ने कहा।

'तुमने सुना नहीं? बैंक का दिवाला निकल गया है। जब तक यहाँ दूसरे लोग नहीं आते, तुम यहीं रहो और फिर उनके साथ तुम भी अपने पैसे की माँग करो। अगर तुम्हें मिल जाए तो ख़ुद को ख़ुशक़िस्मत समझना! जाते जाते मस्ती से हाथ हिलाता, वह साइकिल के पेडल मारता वहाँ से चला गया।

नाथू मन ही मन कुछ बड़बड़ाते हुए सीढ़ियाँ बुहारने लगा। जब उसका काम हो गया, वह नीचे वाली सीढ़ी पर बैठकर मैनेजर के आने का इन्तज़ार करने लगा। वह तय कर चुका था कि आज अपनी पगार ज़रूर लेकर जाएगा।

'किसने सोचा था कि बैंक ऐसे मटियामेट हो जाएगा,' उसने ख़ुद से कहा और सड़क की ओर देखने लगा। मुझे समझ में नहीं आ रहा है कि ऐसा कैसे हुआ।

रणजी का शानदार बल्ला

'हाउज़ दैट!' विकेट कीपर गेंद को अपने दस्तानों के बीच में दबाकर चिल्लाया।

'हाउज़ दैट!' स्लिप पर तैनात फील्डर ने दोहराया।

'हाउ?' तेज़ गेंदबाज अंपायर को घूरकर देखते हुए गुर्राया।

'आउट!' अंपायर ने कहा।

और स्कूल की टीम का कप्तान सूरज थकी सी चाल से पेवेलियन की ओर लौटने के लिए चल पड़ा। पेवेलियन वास्तव में मैदान के एक सिरे पर बना टूल शेड था।

स्कोर बना तिरेपन रन पर चार विकेट। जीतने के लिए साठ रन और बनाने की दरकार थी और सिर्फ़ एक अच्छा बल्लेबाज बचा था। बाक़ी सारे गेंदबाज थे जिन से ज़्यादा रन बनाने की उम्मीद नहीं की जा सकती थी।

अब बल्लेबाजी के लिए मैदान में उतरा रणजी।

वह टीम का सबसे कम उम्र का खिलाड़ी था। सिर्फ़ ग्यारह साल का, लेकिन हट्टा-कट्टा और हिम्मती। जब वह लम्बे-लम्बे डग भरता विकेट की ओर जा रहा था तब पहाड़ों से आ रही ठंडी हवा उसके बेतरतीब काले बालों को लहरा रही थी।

रणजी की नज़रें तेज़ थीं और कलाइयों में दम था। उसने कितने ही

छोटे-छोटे मैच खेलते हुए काफ़ी सारे रन बनाए थे, लेकिन पिछले दो अंतर-विद्यालयी खेलों में, उसका स्कोर ख़राब रहा था। उसका सबसे ज़्यादा स्कोर था बारह रन का। लेकिन आज उसने तय कर लिया था कि उसे उतने रन तो बनाने ही हैं जितने उसकी टीम को जीतने के लिए चाहिए।

रणजी ने क्रीज़ पर अपने पैरों को ठीक से जमाया और गेंदबाज़ का सामना करने के लिए तैयार हो गया। ऊँचे कद के तेज़ गेंदबाज ने तेवर दिखाते हुए गेंद फेंकने के लिए कुछ दूर से दौड़ना शुरू किया। वह अपनी बाजू को पीछे ले जाकर गोल घुमाते हुए आगे लाया और सख्त लाल चमचमाती गेंद तेज़ी से रणजी की ओर बढ़ चली। रणजी कुछ आगे बढ़कर गेंद वापस गेंदबाज की तरफ़ खेलना चाहता था, लेकिन अंतिम पल में उसने मन बदलकर एक क़दम पीछे हटकर इस तरह खेला कि गेंद उसके दाएँ यानी ऑफ साइड के फ़ील्डरों के घेरे को पार करती आगे निकल जाए।

'हाउज़ दैट!' गेंदबाज़ कंगारू की तरह कूदते हुए चिल्लाया।

'हाउ!' विकेट कीपर ने पुकारा।

अंपायर ने धीरे से एक उँगली उठा दी।

'आउट,' उसने कहा।

'कोई बात नहीं,' सूरज ने रणजी की पीठ ठोंकते हुए कहा। 'अगली बार अच्छा खेलोगे अभी तुम फ़ॉर्म में नहीं हो। सिर्फ़ इतनी सी बात है।'

'अगली पारी में तुम्हें ज़्यादा रन बनाने हैं,' उसने रणजी से कहा, 'वरना तुम अपनी जगह खो दोगे!'

दूसरे खिलाड़ियों से मिले बिना रणजी धीरे-धीरे घर की ओर चल पड़ा। उसका सिर झुका हुआ था और हाथ जेब में थे। वह बहुत परेशान था। लगातार इतनी मेहनत से खेलने के बाद भी, अब जब एक अहम मैच खेलने का मौक़ा आया, तो वह बिना अच्छा स्कोर बनाए ही आउट

हो गया। ऐसा लग रहा था कि उसके हाथ में कुछ भी नहीं है। लेकिन क्रिकेट के खेल से उसे बेहद प्यार था और स्कूल की टीम से बाहर होने की बात वह सोच भी नहीं सकता था।

उसके घर के रास्ते में क्लॉक टावर पड़ता था, जहाँ अक्सर वह कुमार साहब की स्पोर्ट्स शॉप पर कुछ देर ठहरकर कुमार साहब से कुछ गपशप कर लेता था। या दुकान में सजी तमाम सारी चीज़ों–फुटबॉल, क्रिकेट की गेंद, बैडमिंटन रैकेट, हॉकी स्टिक और अलग-अलग आकार-प्रकार की गेंदों को देखता था। वह एक ऐसी अनोखी दुनिया थी जिसमें रणजी घंटों रहना चाहता था।

लेकिन वह एक ऐसा दिन था जब उसका वहाँ भी रुकने का मन नहीं हुआ। वह दुकान की ओर से मुँह फेरकर सड़क पार करने ही वाला था कि कुमार साहब की आवाज़ ने उसे रोक लिया।

'हेलो रणजी, आज बहुत जल्दी में हो? और तुम इतने उदास क्यों लग रहे हो?'

तब रणजी को ठहरकर उनसे नमस्ते करना पड़ा। वह कुमार साहब को नज़र अन्दाज़ नहीं कर सकता था, जो हमेशा उसके लिए अच्छा सोचते थे और मदद करते थे। अक्सर उसे गेंदबाजी के तमाम अंदाज़ बताया करते थे। कुमार साहब ख़ुद राज्य स्तर के खिलाड़ी रहे थे और उन्होंने तंज़ानिया के ख़िलाफ़ मैच खेलते हुए शतक भी लगाया था।

अब उन्हें नौजवान खिलाड़ियों को बढ़ावा देना अच्छा लगता था और उन्हें लगता था कि रणजी एक बढ़िया क्रिकेटर बनेगा।

जैसे ही रणजी ने दुकान में क़दम रखा, उन्होंने उससे पूछा–'क्या परेशानी है?'

क्योंकि कुमार साहब इतने भले थे, कि उनकी दुकान में सजी खेलकूद की चीज़ों में भी एक दोस्ताना रवैया झलकता था। बल्ले, गेंद और शटल कॉक, सब मदद करने को तैयार नज़र आते थे।

‘हम मैच हार गए।’ रणजी ने कहा।

‘कोई बात नहीं,’ कुमार साहब बोले, ‘अगर हारने वाले न होते तो जीत कौन हासिल कर पाता? ऐसा कोई खेल नहीं होता जिसमें हारने वाले न हों। क्रिकेट हो या फुटबॉल, हॉकी हो या टेनिस! तब न कैरम होता, न कंचे! और मेरी यह दुकान भी कहाँ होती। ख़ैर, तुमने कितने रन बनाए?’

‘एक भी नहीं। मैंने बनाया एक बड़ा सा गोल अंडा!’

कुमार साहब ने रणजी के कंधे पर अपना हाथ रखा। कोई बात नहीं। अच्छे से अच्छे खिलाड़ियों के लिए भी कोई न कोई दिन तो ख़राब होता ही है।

लेकिन पिछले तीन मैच में मैंने कोई अच्छा स्कोर नहीं बनाया है, रणजी ने कहा। अगर अगला मैच खेलते हुए मैंने कुछ नहीं किया, तो मुझे टीम से निकाल दिया जाएगा।

‘ठीक है, लेकिन हम ऐसा नहीं होने देंगे,’ कुमार साहब बोले, ‘कुछ न कुछ तो करना ही पड़ेगा।’

‘मेरी तो क़िस्मत ही ख़राब है,’ रणजी ने कहा।

‘हो सकता है, लेकिन अगर ऐसा है भी, तो अब भाग्य बदल भी सकता है।’

‘अब बहुत देर हो चुकी है,’ रणजी ने कहा।

‘बकवास, देर कभी नहीं होती। आओ मेरे साथ दुकान के पिछवाड़े चलो। और मैं देखता हूँ कि हम तुम्हारी क़िस्मत बदलने के लिए क्या कर सकते हैं।

रणजी को कुछ समझ में नहीं आया। लेकिन वह कुमार साहब के साथ परदे के दूसरी ओर दुकान के पीछे वाले हिस्से में चला आया। उसने ख़ुद को एक ऐसे कमरे में पाया जिसमें बहुत कम रोशनी थी। उसमें नीचे से ऊपर तक खेलकूद का पुराना सामान एक के ऊपर एक रखा था। फटे पुराने फुटबॉल, टूटे हुए बल्ले, उधड़ी बुनाई वाले रैकेट, टूटे-फूटे डार्ट

और फटे-चिथड़े बैडमिंटन के नेट।

कुमार साहब क्रिकेट के कई पुराने बल्लों का एक-एक करके मुआयना करते रहे और कुछ देर बाद एक बल्ले को उठाकर उन्होंने रणजी की ओर बढ़ाया।

'यही वाला है!' वह बोले, 'यह मेरे पुराने बल्लों में से सबसे लकी बल्ला है। इस बल्ले से मैंने शतक लगाया था!' वह बल्ले को उठाकर हवा में ऐसे घुमाने लगे जैसे हर दिशा में काल्पनिक गेंदों को मार रहे हों।

'बेशक यह बल्ला पुराना हो गया है, लेकिन इसका जादू अभी बरकरार है।' अपने खयाली चौके-छक्कों के बीच उखड़ती साँस को थमने का मौक़ा देते हुए कुमार साहब ने कहा। फिर बल्ला रणजी के हाथों में थमाते हुए बोले–'लो, इसे रखो। इस सीज़न के आख़िर तक इसे अपने पास रखो। यह तुम्हारे पास रहेगा तो कभी नाकाम नहीं होगे। रणजी ने बल्ला थामा तो उसके मन में आदर और आनंद के मिले-जुले भाव थे।

'सचमुच आपने इसी बल्ले से शतक लगाया था?' उसने पूछा।

'हाँ, इसी से,' कुमार साहब ने कहा, 'और यह तुम्हारे भी सौ रन बनवा सकता है!'

शनिवार को होने वाले मैच के इन्तज़ार में रणजी का पूरा सप्ताह बेचैनी के साथ बीता। उसके स्कूल की टीम का दूसरे शहर से आने वाली एक ज़ोरदार टीम से मैच था।

उस सप्ताह पढ़ाई का भी काफ़ी काम था, इसलिए रणजी को टीम के दूसरे खिलाड़ियों के साथ प्रैक्टिस करने का मौक़ा नहीं मिला। क्योंकि उसके अपने भाई-बहन नहीं थे, इसलिए उसने पड़ोस में रहने वाली कोकी को प्रैक्टिस के लिए गेंदबाज़ी करने को कहा। कोकी अच्छी गेंद फेंक रही थी और रणजी हर बार गेंद को तेज़ी से मारना चाहता था, ताकि बल्ला उसके हाथ पर सध जाए। कोकी सारे बग़ीचे में गेंद के पीछे भागते-भागते थक चुकी थी।

आख़िर शनिवार आ गया। उस दिन ख़ूब अच्छी धूप खिली थी और वह क्रिकेट खेलने के लिए एक बेहतरीन दिन था। अपने स्कूल की ओर से सूरज ने टॉस जीता और उसके स्कूल की टीम पहले बल्लेबाजी के लिए उतरी। पहले उतरने वाली बल्लेबाजों की जोड़ी ने तीस रन बना लिए और दोनों में से कोई भी आउट नहीं हुआ। दूसरे शहर से आए तेज़ गेंदबाज ज़्यादा कुछ नहीं कर पाये। फिर गेंदबाज़ी के लिए स्पिनर आए और उनके आते ही खेल ने पलटा खाया। एक ही ओवर में दो विकेट गिर गए और स्कोर बना तेंतीस रन पर दो विकेट। सूरज ने तेज़ी से कुछ रन बनाए, फिर वह भी एक स्पिनर की गेंद पर आउट हो गया–विकेट कीपर ने उसका कैच ले लिया। अगला बल्लेबाज 'क्लीन बोल्ड' हुआ। तब स्कोर था छियालिस पर चार। अब बल्लेबाजी की बारी रणजी की थी।

वह धीरे-धीरे चलते हुए विकेट पर पहुँचा। फील्डर उसके क़रीब आ गए। उसने अपनी जगह ली और पहली गेंद खेलने के लिए तैयार हो गया।

गेंदबाज़ ने कुछ क़दम दौड़कर गेंद फेंकी और अगले पल वह नाचती हुई रणजी की ओर चली आ रही थी। उसे आगे झुककर खेलने को तैयार देखकर ऐसा लग रहा था कि जब गेंद बल्ले पर आएगी तो उसकी मार से स्पिन करती हुई दूर सामने निकल जाएगी। और जैसे ही उसने गेंद को विलो की लकड़ी के

बल्ले पर महसूस किया, रणजी की बाहों में एक सनसनी सी दौड़ गई।

ताड़!

रणजी के बल्ले के बीच वाले हिस्से से टकराने के बाद गेंद सरसराती हुई गेंदबाज के बगल से निकली और उसके देखते ही देखते सीधे बाउंड्री की ओर बढ़ती गई। चार रन!

गेंदबाज को अच्छा नहीं लगा और नतीजा यह रहा कि अगली गेंद लूज़ फुल टॉस रही यानी बिना टप्पा खाये सीधे बल्ले पर आकर लगी। रणजी ने उसे भी घुमा कर और चार रन के लिए ऑनसाइड की बाउंड्री की ओर मार दिया।

अब तो रणजी को जितने स्ट्रोक खेलने आते थे, उसने एक-एक करके वह सारे स्ट्रोक लगाने शुरू कर दिए। लेटकट, स्क्वायर कट, स्ट्रेट ड्राइव, ऑन ड्राइव और ऑफ ड्राइव। दूसरी टीम के कप्तान ने अपने सारे बॉलर आज़माये, स्पिनर और तेज़ गेंदबाज। लेकिन कोई भी रणजी को विकेट से हिला नहीं पाया। उल्टे रणजी ने फील्डरों को मैदान में हर तरफ़ दौड़ाए रखा।

लंच ब्रेक तक उसने चालीस रन बना लिए थे और लंच के बीस मिनट बाद जब रणजी अट्ठावन पर जमकर खेल रहा था, तभी सूरज ने पारी समाप्ति की घोषणा कर दी।

इसके बाद दूसरी टीम को बहुत कम स्कोर में निपटा दिया गया और रणजी का स्कूल मैच जीत गया।

घर जाते समय रणजी कुमार साहब की दुकान पर अच्छी ख़बर देने के लिए रुका।

'हम जीत गए!' उसने कहा, 'और मैंने अट्ठावन रन बनाए जो कि मेरा अब तक का सबसे अच्छा स्कोर है! सचमुच यह बल्ला लकी है!'

'मैंने तुमसे कहा था न?' कुमार साहब ने रणजी से गर्मजोशी से हाथ मिलाते हुए कहा। अभी और भी अच्छे-अच्छे स्कोर बनने बाक़ी हैं।

रणजी बड़ी ख़ुशी के साथ घर को चला। इतना ख़ुश था कि उसने रास्ते में रुककर जुम्मा स्वीट शॉप से कोकी के लिए दो लड्डू लिए। कोकी को लड्डू बेहद पसंद थे।

कुमार साहब ने ठीक कहा था। यह तो इस बल्ले के साथ रणजी की कामयाबी की शुरुआत थी। अगले मैच में उसने चालीस रन बनाए और तब आउट हुआ जब उसने लापरवाही से खेलते हुए विकेट कीपर को स्टंप करने का मौक़ा दिया। इसके बाद वह दो दिन वाला मैच खेला जिसमें, तीसरे नंबर पर बल्लेबाजी करते हुए रणजी ने पैंतालिस रन बनाए। आउट होने से पहले उसने कई बाउंड्री मारीं। दूसरी पारी में जब उसके स्कूल की टीम को जीतने के लिए सिर्फ़ छह रन की ज़रूरत थी, रणजी पच्चीस रन बना चुका था जब उसने जीत दर्ज कराने वाला शॉट लगाया।

सब उससे बहुत ख़ुश थे। उसके कोच, कप्तान सूरज और कुमार साहब में से सिर्फ़ एक को बल्ले का रहस्य पता था। सिर्फ़ रणजी और कुमार साहब इसके राज़दार थे।

एक शाम मैदान में एक अनौपचारिक मैच के दौरान रणजी का दोस्त भीम दौड़ते समय फिसल गया और एक नोकदार पत्थर पर पड़ने से उसका हाथ एक जगह कट गया। रणजी उसे घंटाघर के नज़दीक एक डॉक्टर के पास ले गया जहाँ उसके घाव को साफ़ करके पट्टी बाँध दी गई।

क्योंकि रात ज़्यादा हो रही थी, इसलिए उसने सीधे घर जाने का फैसला किया। आमतौर पर वह पैदल जाता था, लेकिन उस शाम उसने घंटाघर के पास से बस पकड़ ली।

जब वह घर पहुँचा, उसकी माँ उसके लिए एक प्याला चाय बना कर लायीं। जब वह चाय पी रहा था, तभी कोकी वहाँ आ पहुँची और रणजी को देखते ही उसने सबसे पहले कहा–'रणजी तुम्हारा बल्ला कहाँ है?'

'अरे! लगता है भीम को चोट लगने के बाद मैदान में छूट गया,'

रणजी ने चौंकते हुए कहा। चौकने से उसकी चाय छलक गई थी। मुझे अभी उसे लेने जाना चाहिए वरना वह ग़ायब हो जाएगा।

'बल्ला तुम कल भी ला सकते हो,' उसकी माँ ने कहा, 'अब अंधेरा हो रहा है।'

'टॉर्च लेकर जाऊँगा,' रणजी ने कहा।

उसे बल्ले की फिक्र हो रही थी।

उसके बिना उसकी क़िस्मत कहीं साथ न छोड़ दे। उसके पास बस का इन्तज़ार करने के लिए भी सब्र नहीं था और वह दौड़ता हुआ मैदान तक चला गया।

मैदान वीरान पड़ा हुआ था और वहाँ कहीं बल्ले का नामोनिशान तक नहीं था। तब रणजी को याद आया कि जब वह घंटाघर पर भीम से विदा लेने के बाद बस में चढ़ा था, तब बल्ला उसके पास था। यानी बल्ला बस में छूट गया होगा!

अब वह कभी नहीं मिल पाएगा। बल्ला हमेशा के लिए खो गया। और शनिवार को रणजी का स्कूल क्रिकेट के सीजन का आखरी और सबसे अहम मैच, दिल्ली से आ रही एक पब्लिक स्कूल की टीम के साथ खेला जाने वाला था।

अगले दिन वह कुमार साहब की दुकान पर पहुँचा और उसे देख कर ऐसा लग रहा था जैसे वह ख़ुद पर तरस खा रहा हो।

'क्या बात है?' कुमार साहब ने पूछा।

'मैंने बल्ला खो दिया। आपका दिया लकी बल्ला जिससे मैंने इतने सारे रन बनाए, वह बस में छूट गया। और परसों हम दिल्ली के एक पब्लिक स्कूल की टीम के साथ खेलने वाले हैं। मैं फिर से कुछ नहीं कर पाऊँगा और हम चैम्पियन बनने का मौक़ा खो देंगे।'

पहले तो कुमार साहब कुछ परेशान दिखाई दिए। फिर उन्होंने मुस्कुरा कर कहा, 'तुम अब भी जितने चाहो उतने रन बना सकते हो।'

'लेकिन मेरे पास अब वह बल्ला नहीं है,' रणजी ने कहा।

'किसी भी बल्ले से काम चल सकता है,' कुमार साहब ने कहा।

'क्या मतलब है आपका?'

'मेरा मतलब है कि बल्ला नहीं, बल्लेबाज मायने रखता है। जो पुराना बल्ला मैंने तुम्हें दिया था, वह मेरे इस्तेमाल किए किसी भी दूसरे बल्ले से अलग नहीं था। यह सच है कि मैंने उस बल्ले से बहुत रन बनाए, लेकिन मैंने और बल्लों से भी काफ़ी रन बनाए। बल्ले में जादू तभी होता है जब बल्लेबाज में जादू हो। तुम्हें जिस चीज़ की ज़रूरत है वह है आत्मविश्वास।'

'कैसा आत्मविश्वास?' रणजी ने पूछा। यह उसके लिए एक नया शब्द था।

'आत्मविश्वास,' कुमार साहब ने धीरे से कहा, 'आत्मविश्वास का मतलब है यह भरोसा होना कि तुम अच्छे हो।'

'यानी मैं बिना उस बल्ले के भी बेकार नहीं हूँ?' 'बिल्कुल! तुम पहले भी अच्छे थे, आज भी अच्छे हो और परसों भी इतने ही अच्छे होगे। याद रखना। अगर तुम यह बात याद रखोगे तो ज़रूर रन बना पाओगे।'

शनिवार को रणजी जब बल्लेबाजी के लिए विकेट की ओर बढ़ रहा था, तब उसके हाथ में वह बल्ला था जो उसने भीम से खेलने के लिए माँगा था।

स्कूल की टीम ने जब पहला विकेट खोया, तब तक सिर्फ़ दो रन बने थे। ऐसे हालात में रंजीत खेलने पहुँचा। दिल्ली के स्कूल वाली टीम का सलामी गेंदबाज कुछ ज़्यादा ही तेज़ गेंद फेंक रहा था। रणजी उसका सामना करने के लिए खड़ा हुआ। पहली गेंद बहुत तेज़ थी, लेकिन ऐसी जगह नहीं आई कि खेली जाती। लेकिन फुर्ती से रणजी पीछे हटा और गेंद को बल्ले पर लेकर उसने ऑन साइड बाउंड्री की ओर ज़ोर से घुमाकर मार दिया। गेंद फील्डर्स के सिर के ऊपर से गई और कोल्ड ड्रिंक की

बोतलों के एक क्रेट पर जाकर गिरी।

छक्का! सब खड़े हो गए और तालियाँ बजाने लगे।

और यह सिर्फ़ रणजी की शानदार पारी की शुरुआत थी।

उस दिन का मैच तो ड्रॉ हो गया, लेकिन रणजी के बनाए पछहत्तर रन स्कूल में चर्चा का विषय बन गए।

घर लौटते वक़्त उसने एक दर्जन लड्डू लिए। छह कोकी के लिए और छह कुमार साहब के लिए।

मगर क्रिकेट का खेल नहीं

रणजी पौ फटते ही उठ गया।

उस दिन रविवार था, यानी स्कूल की छुट्टी का दिन।

हालाँकि उसे अगले पखवाड़े होने वाले अपने इम्तिहान के लिए तैयारी में जुटा होना चाहिए था, लेकिन इतिहास और बीजगणित और दूसरी नीरस चीज़ें पढ़ने से पहले वह एक, दो या उससे भी ज़्यादा मैच खेल लेना चाहता था।

'जब मैं बड़ा हो जाऊँगा तो टेस्ट क्रिकेटर बनूँगा,' उसने अपनी माँ से कहा, 'अब बताओ मेरे लिए गणित किस काम की?'

'क्या पता कब किस चीज़ की ज़रूरत पड़ जाए?' उसकी माँ ने कहा, जो उसके पिता के मुक़ाबले क्रिकेट के खेल में ज़्यादा दिलचस्पी लेती थी। तुम्हें अपने रन बनाने के औसत का हिसाब लगाने के लिए गणित की ज़रूरत पड़ सकती है। और जहाँ तक इतिहास का सवाल है, तो क्या तुम ख़ुद उसका हिस्सा नहीं बनना चाहते? मशहूर क्रिकेट खिलाड़ी इतिहास रचते हैं। 'इतिहास रचना तो ठीक है,' रणजी ने कहा, 'जब तक कि मुझे यह याद न रखना पड़े कि किस तारीख़ को मैंने इतिहास रचा है।'

रणजी पार्क में अपने दोस्तों और टीम के दूसरे सदस्यों से मिला। ओस की वजह से घास अब भी गीली थी और सूरज बस दूर पहाड़ियों के

पीछे से निकल ही रहा था। पार्क में फूलों की कई क्यारियाँ थीं और छोटे बच्चों के लिए झूले और फिसलपट्टियाँ भी। लड़कों को नदी के किनारे खेलना पड़ता था जहाँ उनके विरोध में होते थे गाँव के लड़के। रणजी की पूरी टीम सुबह उसके साथ नहीं थी लेकिन वह एक फ्रेंडली मैच खेलना चाहता था। वास्तव में महत्त्वपूर्ण खेल तो अगले रविवार को होना था।

गाँव की टीम काफ़ी अच्छी थी क्योंकि लड़के एक-दूसरे के आस-पास ही रहते थे और आपस में ख़ूब प्रैक्टिस करते थे, जबकि रणजी की टीम में शामिल लड़के शहर के अलग-अलग हिस्सों से थे। उसकी टीम में बेकरी वाले का बेटा नाथू, दर्जी का बेटा सुन्दर, पोस्ट मास्टर का बेटा प्रेम और बैंक मैनेजर का बेटा अनिल भी था। ये टीम के अच्छे खिलाड़ियों में से थे। कभी-कभी उनके पिता भी खेलने आ जाते। लेकिन पिता लोग अच्छा नहीं खेलते थे। पर उन्हें यह बात कौन बताता, क्योंकि आख़िर वही तो गेंद-बल्ले और जेबख़र्च देते थे।

हर बार मैच देखने आने वालों में नाकू मगरमच्छ भी था जो नदी में रहता था। नाकू का मतलब है नाक वाला। गाँव के लड़के उसका बड़ा सम्मान करते थे और आदर से उसे नाकू जी या नाकू सर कह कर पुकारते थे। उसके थूथन में टेढ़े मेढ़े दाँतों की लम्बी कतार थीं और शक्तिशाली मोटी सी खुरदुरी पूँछ। कुछ खोखले दाँतों को तो भरवाने की सख्त ज़रूरत थी। वह क़रीब-क़रीब पन्द्रह फुट लम्बा था लेकिन उसका पूरा शरीर नहीं दिखाई देता था। क्योंकि तैरते समय वह पानी में

डूबा रहता था और नदी के किनारे लगी ऊँची ऊँची घास के बीच से बड़े आराम से रेंगता हुआ निकल जाता था। कभी-कभी वह नदी के किनारे धूप खाने बाहर आता था। वह लोगों की, ख़ासतौर से क्रिकेट के खिलाड़ियों की, जरा भी परवाह नहीं करता था। वे शोर मचाते थे जो उसे बिल्कुल पसंद नहीं था क्योंकि शोर से जल पक्षी और दूसरे जीव भाग जाते थे और वह कुछ मज़ेदार निवाले खाने से वंचित रह जाता था। इसके अलावा क्रिकेट की गेंद के बार-बार कीचड़ में छपाक से गिरने पर उसकी नींद में खलल पड़ता था।

एक बार नाकू रेंगता हुआ बैंक मैनेजर के काफ़ी क़रीब आ गया, जो कि ठीक नदी के किनारे लगे पेड़ों में से एक के नीचे आराम कर रहे थे। मैनेजर जरा गोल मटोल से थे और नाकू को लगा कि आज तो दावत हो जाएगी। तभी कुछ गाँव वाले ढोल बजाते बारात लेकर जा रहे थे। इस शोर के कारण नाकू नदी के मटमैले पानी में वापस लौट गया। वह मेंढक, बाम मछली और बगुले खाते-खाते कुछ ऊब चुका था। एक दिन वह गोल-मटोल मैनेजर को धर दबोचेगा। स्वाद तो बदलेगा!

गाँव के लड़के रणजी और उसके दोस्तों से ज़्यादा लम्बे-चौड़े थे, लेकिन वह अपने पिताओं को साथ नहीं लाते थे। बड़ी उम्र के गाँव वालों को खेल जरा कम समझ में आता था। और जब गेंद खेत पार करके उनकी दूध की बाल्टी या खाने के पतीले में आन पड़ती थी, तो उन्हें भी वैसे ही गुस्सा आता था जैसे मगरमच्छ को।

आज लोग खेतों में काम कर रहे थे और नाकू सरकंडों और कमलिनी के पत्तों की आड़ में कीचड़ में लोट रहा था। यह कमलिनी कितनी सुन्दर और मासूम लगती हैं! बहुत तेज़ नज़र वाले भी कमलिनी के सपाट और फैले हुए पत्तों के बीच नाकू का लम्बा सा थूथन मुश्किल से देख पाते थे। बारीक सी दरार जैसी अपनी आँखों से वह सब कुछ देख रहा था।

रणजी ने गेंद को ज़ोर से ऊपर की ओर मारा। छपाक! गेंद नदी में

उस जगह से क़रीब तीस फीट दूर जाकर गिरी जहाँ नाकू लेटा था। गाँव और शहर वाले लड़कों ने नदी के किनारे के उथले पानी में गेंद ढूँढ़ने के लिए छलांग लगा दी। वे कई लड़के थे! और भीड़ से नाकू का जी घबराता था! वह अपनी जगह से सरक कर पानी में गया, फिर नदी के उस पार जा लगा। क्योंकि उस दिन ज़्यादा गर्मी थी इसलिए पानी से बाहर निकलने का किसी का मन नहीं था। कई लड़कों ने अपने कपड़े उतार फेंके और तय कर लिया कि वह दिन क्रिकेट खेलने के मुक़ाबले तैरने के लिए ज़्यादा अच्छा है। नाकू ने जब पानी में छपाके लगाते लड़कों की खुली बाँहों और टाँगों को देखा तो उसके मुँह में पानी आ गया।

'इस समय हमें प्रैक्टिस करनी चाहिए,' रणजी ने कहा, 'वरना हम अगले हफ़्ते नहीं जीत पाएँगे। वह क्रिकेट को गंभीरता से लेता था।

'अरे, हम आसानी से जीत जाएँगे,' अनिल ने पानी से निकलकर उसके पास आते हुए कहा।

'मेरे पिताजी ने कहा है कि वह भी खेलेंगे,' अनिल ने कहा।

'पिछली बार जब वह खेले थे तो हम हार गए थे,' रणजी ने कहा, 'उन्होंने दो रन बनाए और फील्डिंग करना भूल गए।'

'तब वह फ़ॉर्म में नहीं थे,' अनिल ने कहा, जो अपने बैंक मैनेजर के ख़िलाफ़ कुछ भी नहीं सुन सकता था।

गाँव की टीम का कप्तान शेरू उनके साथ मिल गया। दिल्ली से आया मेरा चचेरा भाई हमारे साथ खेलने वाला था। दिल्ली में उसने एक मैच में सौ रन बनाए थे।

'इस विकेट पर वह सौ नहीं बना पाएगा,' रणजी ने कहा, 'यह पिच एक सिरे पर स्पिनर गेंदबाज के लिए अच्छा है और दूसरे सिरे पर तेज़ गेंदबाज के लिए।'

'क्या मैं अपने पिता को ला सकता हूँ?' बेकरी वाले के बेटे नाथू ने पूछा।

‘क्या उन्हें खेलना आता है?’

‘बहुत अच्छा तो नहीं खेल सकते, लेकिन वह हमारे लिए टोकरी भर बिस्किट, बन और पकौड़े ला सकते हैं।

‘तो फिर वह खेल सकते हैं,’ रणजी ने कहा। कोई फैसला लेने में उसे देर नहीं लगती थी। यही वजह थी कि वह टीम का कप्तान था! ‘अगर हम ज़्यादा हो गए तो हम उन्हें बारहवें खिलाड़ी के तौर पर ले लेंगे।’

गेंद मिल नहीं पायी थी और वे अपनी बची हुई दूसरी गेंद को अगले मैच के लिए संभाल कर रखना चाहते थे। इसलिए प्रैक्टिस सेशन को ख़त्म करने का ऐलान कर दिया गया।

‘मेरे दादाजी ने मुझे नई गेंद देने का वादा किया है,’ गाँव की टीम के मणि ने कहा। मणि बल्लेबाजों को चकमा देने वाली लेग ब्रेक फेंकने में माहिर था जो टप्पा खाकर एक ओर को चली जाती है।

‘क्या वह भी खेलना चाहते हैं?’ रणजी ने पूछा।

‘नहीं, बिल्कुल नहीं! वह तो क़रीब-क़रीब अस्सी साल के हैं।’

‘अच्छा, ठीक है,’ रणजी ने कहा, ‘हम सब अगले रविवार को इसी जगह मिलेंगे।’ पचास-पचास ओवर की पारी खेलेंगे।

फिर सब अपने अपने घर को चल दिए, शेरु और उसकी टीम के खिलाड़ी गाँव चले गए जब कि रणजी और उसके दोस्तों ने साइकिलें उठायीं और एक-एक साइकिल पर दो-दो तीन-तीन लड़के सवार होकर शहर को चल दिए, क्योंकि सबके पास साइकिल नहीं थी।

नाकू को आख़िरकार शांति से रहने का मौक़ा मिला तो वह नदी के पसंदीदा किनारे पर आ गया और रेती पर कुछ दूर रेंग कर गया, जैसे उसे विकेट का मुआयना करना हो। खिलाड़ियों के चलने फिरने से ज़मीन सीधी सपाट हो गई थी और सुस्ताने के लिए ठीक लग रही थी। नाकू उसके दूसरी ओर गया। उसे गुनगुनी धूप में मीठी मीठी नींद आने लगी,

इसलिए उसने कुछ देर झपकी लेने के लिए आँखें मूंद लीं। कुछ देर के लिए पानी से बाहर आना अच्छा लग रहा था।

अगले रविवार की सुबह गेट पर से साइकिल की घंटी की आवाज़ आई। नाथू रणजी को लेने आया था। रणजी अपना बल्ला और माँ का दिया नींबू पानी से भरा थरमस हाथ में लिए जल्दी-जल्दी घर से निकला।

'तुमने स्टंप ले लिए?' उसने पूछा।

'सुन्दर के पास हैं।'

'और गेंद?'

'हाँ, ले ली। और अनिल के पिताजी भी एक लेकर आएँगे, अगर उन्हें सबसे पहले बल्लेबाजी करने का मौक़ा मिला तब!' नाथू गद्दी पर बैठा जब कि रणजी आगे डंडे पर बल्ला और थरमस थामे। अनिल अपने घर के बाहर खड़ा उनका इन्तज़ार कर रहा था।

मेरे पिताजी अपने स्कूटर पर हमसे आगे निकल गए थे। वह नाथू के पिताजी को लेकर पहुँचने वाले थे। मैं प्रेम और सुन्दर के साथ, उनके बाद पहुँचूँगा।

ज़्यादातर लड़के बैंक मैनेजर और बेकरी वाले से पहले नदी के किनारे पहुँच गए। उन्होंने अपनी साइकिल घने बरगद के पेड़ के साये में छोड़ीं और वहाँ से ढलान पर दौड़ते हुए नदी के किनारे पहुँच गए। और फिर एक-एक करके उन्होंने रुक-रुक के जो कुछ देखा उसे देख कर उनका मुँह खुला का खुला रह गया।

उनके क्रिकेट के पिच पर मगरमच्छ नाकू गुनगुनी धूप सेक रहा था।

'यह कहाँ से आ गया?' रणजी ने पूछा।

'वैसे तो यह नदी में ही रहता है।' अभी-अभी वहाँ पहुँचे शेरू ने कहा, 'लेकिन इस हफ्ते की शुरुआत से यह हमारे पिच पर आकर पड़ा रहता है। मुझे नहीं लगता यह हमें खेलने देना चाहता है।'

'हमें इसे यहाँ से भगाना होगा।' रणजी ने कहा।

'भलाई इसी में है कि तुम इसकी पूँछ और जबड़े से दूर ही रहो!'

'हम इसके यहाँ से चले जाने का इन्तज़ार करेंगे।'

लेकिन नाकू के वहाँ से जाने के कोई आसार नहीं नज़र आ रहे थे। उसे अपना खोजा ज़मीन का सीधा सपाट हिस्सा कुछ ज़्यादा ही भा गया था। और यह सारे लड़के लगातार उसके आराम में खलल डाल रहे थे।

कुछ देर में लड़कों ने नाथू को कंकड़ मारने शुरू कर दिए। उनका कोई असर नहीं हो रहा था। मगरमच्छ की मोटी खाल से टकराकर कंकड़ इधर-उधर हो जाते थे। उन्होंने मिट्टी के गोले और एक संतरा भी मार कर देखा। नाकू ने अपनी पूँछ थोड़ी हिलाई और एक आँख खोलकर देखा लेकिन अपनी जगह से हिलने को तैयार नहीं हुआ।

फिर प्रेम ने गेंद ली और पहली गेंद मगरमच्छ के लिए फेंकी। गेंद ने नाकू से कुछ पहले टप्पा खाया और सीधे जाकर उसकी नाक पर लगी। वह चौक गया और झटके से मुँह उठाकर, रेंगते हुए पिच को छोड़ सीधे नदी की ओर तेज़ी से बढ़ गया। छपाक की ज़ोरदार आवाज़ के साथ उसने नदी में छलांग लगाई और धारा में समा गया।

'शाबाश, प्रेम!' रणजी ने कहा, 'तुमने बढ़िया गेंद फेंकी।'

'इसके बाद नाकू जी का मिज़ाज बिगड़ जाएगा,' शेरू ने चेताया, 'अब कोई नदी के ज़्यादा पास मत जाना।'

बैंक मैनेजर और बेकरी वाले सबसे बाद में पहुँचे। उनका स्कूटर रास्ते में ख़राब हो गया था। लड़कों ने उन्हें मगरमच्छ के बारे में नहीं बताया, कि कहीं वह 'बड़े' लोग मैच रद्द न कर दें।

नाकू के बिल्कुल ठीक-ठाक हालत में छोड़े हुए विकेट का मुआयना करने के बाद शेरू और रणजी ने सिक्के को टॉस किया। रणजी ने पुकारा, 'हेड्स!' लेकिन आया टेल्स। शेरू ने पहले बैटिंग का फैसला किया।

छोटे से मणि के साथ दिल्ली वाले लम्बे लड़के ने इनिंग्स की शुरुआत की। मणि जमकर खेलने वाला बल्लेबाज था, लेकिन 'वनडे

मैच' में जल्दी-जल्दी रन बनाने होते हैं। दिल्ली वाला लड़का इसमें माहिर था। उसने एक चौका लगाया फिर ओवर की आख़िरी गेंद पर एक रन दौड़ कर लिया।

तीसरे ओवर में मणि ने एक ज़ोरदार शॉट मारने की कोशिश की लेकिन वह बिना कोई रन बनाए आउट हो गया। इस तरह गाँव की टीम का स्कोर हुआ तेरह रन पर एक विकेट।

'बहुत अच्छे! रणजी ने तेज़ गेंदबाज प्रेम से कहा, 'लेकिन हमें लम्बू का विकेट जल्दी गिराना होगा। वह पक्का खिलाड़ी लगता है।'

लेकिन लम्बू तो आउट होने का नाम ही नहीं ले रहा था। उसने दो चौके लगाये और फिर उसने नदी की ओर घुमा कर एक ज़ोरदार हवाई शॉट मारा। नाराज नाकू नदी के किनारे कम गहरे पानी में भन्नाया पड़ा था। उसने जब गेंद को अपनी ओर आते देखा तो जबड़े पूरे खोल दिए और हल्की सी आवाज़ के साथ गेंद उसके पीछे वाले दाँतो के बीच जा फंसी।

नाकु ने अपने दाँत क्रिकेट की गेंद में गहरे गड़ा दिए और उसे चबाने लगा। बदले का फल मीठा था! गेंद का स्वाद भी उसे भाया।

उसके लज़ीज़ स्वाद में चमड़े और कॉर्क का मेल था। नाकू ने फैसला किया कि आगे भी जब कोई गेंद उसकी ओर आएगी, तो वह उसे चट कर जाएगा।

'बेचारा मासूम जीव,' बैंक मैनेजर ने कहा। उन्होंने एक नई गेंद निकाली और ख़ुद ही उससे गेंदबाज़ी करने पर अड़ गए। वह ओवर मैच का सबसे महंगा ओवर साबित हुआ। बैंक मैनेजर की गेंदबाजी काफ़ी सीधी सरल थी और दिल्ली वाले खिलाड़ियों ने गेंद को पीट-पीटकर ख़ूब छक्के-चौके जड़े। जल्दी ही उनका स्कोर चालीस पर एक तक पहुँच गया। बैंक मैनेजर ने शर्मसार होकर ख़ुद ही गेंदबाज़ी से तौबा कर ली।

दसवाँ ओवर फेंके जाने तक स्कोर सत्तर पर पहुँच गया था।

फिर धीमी स्पिन फेंक रहे रणजी की गेंद पर पकड़ कमज़ोर पड़ी और बल्लेबाज के पास पहुँची एक फुलटॉस गेंद। अच्छी गेंदों को बेहतरीन ढंग से खेलने के बाद दिल्ली वाला खिलाड़ी बेकार सी गेंद को ज़ोरदार ढंग से घुमा कर खेलने से ख़ुद को नहीं रोक पाया। वह सही पल को पकड़ने में चूक गया और यह देखकर हैरान रह गया कि गेंद बावड़ी के पास खड़े एक फील्डर के हाथों में जा गिरी। सत्तर पर दो। रणजी की टीम के लिए खेल हारने जैसा कुछ नहीं था।

एकाध विकेट धड़ाधड़ गिरे और फिर शेरू खेलने आया और काफ़ी अच्छा खेलना शुरू किया। वह बड़ी सफाई से सीधी ड्राइव मारने लगा। गेंद सनसनाती हुई घास के ऊपर से गुज़रती और बीच-बीच में उग आए जलधनिया के पीले जंगली फूलों से टकराती चली जा रही थी। उसने एक ज़ोरदार शॉट मारा तो गेंद मुर्गियों के बाड़े में जा गिरी। हवा में पंख ही पंख बिख़र गए और मुर्गियों की हाय तौबा का शोर भी। यह देखने के लिए कि यह सारा शोर-शराबा क्यों हो रहा है, नाकू ने अपना सिर उठाया। गेंद दोबारा उसके पास नहीं आई और वह लाचारी भरी निगाहों से अपनी पहुँच से कुछ ही दूर खड़े बगुले को ताक़ता रहा। .

स्कोर लगातार बढ़ रहा था। फील्डिंग ढीली पड़ रही थी, जैसा कि अक्सर तब होता है जब बल्लेबाज हावी होने लगते हैं। एक कैच और छूट गया। और नाथू के पिताजी ने, जो विकेट कीपर थे, स्टंप करने का एक मौक़ा खो दिया।

'टीम में कोई समझदार खिलाड़ी नहीं बचा है,' नाथू बड़बड़ाया।

बेकरी वाले ने विकेट के पीछे एक बढ़िया कैच लेकर कुछ नुकसान की भरपाई की। अब स्कोर एक सौ पन्द्रह पर पाँच था और क़रीब आधे ओवर फेंके जाने बाक़ी थे। शेरू अपनी ओर के विकेट को संभाले था, लेकिन जब पाँच ओवर बचे थे तब तक बाक़ी बल्लेबाज सिर्फ़ रन बनाने की जद्दोजहद में लगे रहे। बड़ी मुश्किल से एक सौ पैंतालिस रन बने।

'बन जाएँगे,' रणजी ने कहा।

'चलता है।' प्रेम बोला।

'अब पहले खाना खा लेना चाहिए,' बैंक मैनेजर ने कहा और आधे घंटे के लिए खेल बन्द हो गया। गाँव वाले लड़के खाने-पीने और आराम करने अपने-अपने घर गए, जब कि रणजी और उसकी टीम के खिलाड़ी बरगद के पेड़ के नीचे बैठ गए।

नाथू के पिताजी पेटीज और पकोड़े लाए थे, बैंक मैनेजर संतरे और केले की टोकरी, प्रेम कटहल की सब्जी लाया था, रणजी दूध और चीनी से बना गाजर का हलवा, सुन्दर मटर और भुनी हुई प्याज़ वाले चावल के पुलाव का बड़ा भगौना। और बाक़ी लोग भी कोई न कोई सब्जी, अचार या चटनी लाए थे। सारी चीज़ें मिल बैठकर खायी गईं। पर जब यह पिकनिक अपने पूरे उठान पर थी, किसी का ध्यान इस बात पर नहीं गया कि नाकू नदी से निकलकर लम्बी घास की आड़ में रेंगता हुआ नदी के किनारे रेती पर आ चुका था।

खाने की स्वादिष्ट चीज़ों की गंध उसके पास तक पहुँच गई थी और उसे पिकनिक में शामिल न किया जाना बिल्कुल भी मंज़ूर नहीं था। शायद लड़के उसके लिए भी कुछ छोड़ दें। और अगर नहीं छोड़ा तो...

चलो खेल शुरू करने का समय हो गया है बैंक मैनेजर ने उठते हुए एलान किया। मैं शुरुआत में बल्लेबाजी करूँगा। अगर हमें जीतना है तो हमें अच्छी शुरुआत करनी होगी!

बैंक मैनेजर नाथू को साथ लेकर विकेट की ओर चल पड़े। गाँव की टीम की ओर से शेरू ने गेंदबाजी शुरू की।

पहली ही गेंद पर बैंक मैनेजर ने एक रन लिया। इसी के साथ वह कुप्पे की तरह फूल गए और हवा में बल्ला ऐसे लहराने लगे जैसे मैच जीत लिया हो। ओवर की बाक़ी गेंद नाथू ने बिना कोई ख़तरा उठाए खेलीं।

दिल्ली के लम्बे वाले लड़के ने पिच के दूसरे सिरे से गेंदबाजी की। बैंक मैनेजर बेसब्री से अपना बल्ला ज़मीन पर ठोकते रहे। फिर उन्होंने बल्ले को कंधे तक ऊपर उठाया और अगली गेंद का इन्तज़ार करने लगे। गेंदबाज ने कुछ ज़्यादा दूर से तेज़ी के साथ दौड़ते हुए क्रीज़ तक की दूरी तय की। फिर एक छोटी सी छलांग मारते हुए अपनी बाज़ू को पूरा चक्कर घुमाया और गेंद कुछ ऊपर उठ कर तेज़ी के साथ बैंक मैनेजर की ओर बढ़ी।

मैनेजर ने अभी अपना बल्ला क्रीज पर नहीं टिकाया था कि तभी उड़ती हुई गेंद ने उसे पीछे छोड़ बीच वाले स्टम्प को उखाड़ दिया। सारे फील्डर ख़ुशी से चिल्लाए। बैंक मैनेजर वापस बरगद के पेड़ के साये की ओर चल पड़े।

मक्खी मेरी आँख में घुस गई, वह बुदबुदाए। मुझे जरा भी अन्दाज़ा नहीं था। हर जगह मक्खियाँ ही मक्खियाँ है! और वह उन मक्खियों को अपने हाथ से मारने लगे जो किसी और को दिखाई नहीं दे रही थी।

यह सुनकर कि बैंक मैनेजर जैसा कोई बड़ा आदमी उनके बीच मौजूद है, गाँव वालों ने तय किया कि बाक़ी लोगों की तरह उनका ज़मीन पर बैठना ठीक नहीं होगा। इसलिए उनके लिए गाँव से एक खाट उठा लाए। लकड़ी के ढांचे में पतली मूंज की रस्सी की बुनाई वाली खाट। बैंक मैनेजर संभल कर उस पर बैठे। खाट चरमराई, पर उनका वज़न सह गई।

अब स्कोर था एक विकेट पर एक रन।

अब अनिल अपने पिता की जगह बल्लेबाजी करने गया और उसने दो ओवर में दस रन बनाए। बैंक मैनेजर ने किसी को पता नहीं लगने दिया कि उसने अपने बेटे को रन बनाते देखा, लेकिन वह इस बात पर बहुत ख़ुश था। मुझ पर गया है, उसने कहा और खाट पर थोड़ा और फैल गया।

पिच पर एक तरफ़ नाथू जमा रहा और दूसरी तरफ़ अनिल रन बनाता रहा। फिर अनिल ने एक गेंद ऐसी उछाल कर खेली कि उसे मिडविकेट पर कैच कर लिया गया। छह ओवर में पच्चीस रन पर दो विकेट। स्कोर इससे भी बुरा हो सकता था।

'बढ़िया खेले!' बैंक मैनेजर ने अपने बेटे से कहा और फिर उनका बाक़ी मैच देखने का मन नहीं हुआ। खाट पर पड़े-पड़े जल्दी ही उन्हें नींद आ गई और अब उन्हें मक्खियाँ भी परेशान नहीं कर रही थीं।

नाथू ने अच्छी पारी खेली और चौथे और पाँचवें विकेट के लिए दो खिलाड़ियों के साथ शानदार साझेदारी की। जब दिल्ली वाले गेंदबाज के हिस्से के ओवर पूरे हो गए तब बल्लेबाजों ने ज़्यादा खुले हाथ से स्ट्रोक लगाए। फिर मणि ने एक ऐसी स्पिन करती हुई गेंद फेंकी कि विकेट कीपर ने नाथू को कैच आउट कर दिया।

पछहत्तर रन पर चार विकेट हो चुके थे जब रणजी बल्लेबाजी के लिए आया।

इससे पहले कि वह एक भी रन बना पाता, दूसरी ओर का उसका जोड़ीदार बोल्ड आउट हो गया। फिर नाथू के पिताजी बैंक मैनेजर से ज़्यादा अच्छा खेलने के इरादे के साथ विकेट पर पहुँचे। इसमें उन्हें एक रन से बढ़त हासिल करने में कामयाबी मिली।

उन्होंने दो रन बनाए और फिर जब एक ही रन बनाने का मौक़ा था तब दो और रन बनाने की कोशिश में उन्होंने ख़ुद को मैदान के बीच में पाया। न इधर के रहे न उधर के और विकेट कीपर ने उनके स्टंप उड़ा दिए।

लड़के इतने विनम्र थे कि वह कुछ नहीं बोले। और जहाँ तक बैंक मैनेजर का सवाल है वह अब बरगद के पेड़ के नीचे गहरी नींद में सो रहे थे।

सब क्रिकेट का खेल देखने में इतने खोए हुए थे कि किसी ने इस

बात पर ध्यान नहीं दिया कि मगरमच्छ नाकू नदी से बाहर आने के बाद आगे बढ़ते-बढ़ते उसी खाट के नीचे पहुँच गया था जिस पर बैंक मैनेजर सो रहे थे।

खाट के पायों के बीच सिर्फ़ नाकू के घुसने लायक जगह थी। उसने सोचा कि छुपे रहने के लिए यह अच्छी जगह है। ऐसा लगता है कि अपने ठीक ऊपर खाट पर शांति के साथ सोये हुए बड़े से आदमी पर उसका ध्यान नहीं गया। कुछ देर में बैंक मैनेजर धीरे-धीरे खर्राटे मारने लगे और नाकू को भी नींद में डूबते देर नहीं लगी। फर्क इतना था कि खर्राटे लेने के बजाय नाकू अपने टेढ़े-मेढ़े दाँतों के बीच से सीटियाँ सी बजा रहा था।

पछहत्तर रन पर पाँच विकेट गिर चुके थे और ऐसा लग रहा था कि रणजी की टीम जल्द ही हार का मुँह देखेगी।

फिर सुन्दर रणजी के साथ जोड़ी बनाकर खेलने आया और मैच देख रहे लोगों को तब मज़ा आ गया, जब उसने बाउंड्री तक दो ख़ूबसूरत ड्राइव मारीं। फिर रणजी ने अपना खेल दिखाया और लगातार चौके लगाये। स्कोर तेज़ी से बढ़ता गया। एक सौ बारह पर पाँच तक पहुँच गया। एक बार फिर से जीतने के आसार नज़र आने लगे।

सुन्दर के गिल्लियाँ उड़ने से आउट होने पर रणजी के साथ खेलने आया प्रेम, जो की धुन-धुन कर मारता था। तेज़ी से रन बनने लगे। स्कोर एक सौ चालीस पर पहुँच गया। जीत के लिए सिर्फ़ छह रन की ज़रूरत थी।

रणजी ने सोचा कि यह छह रन शानदार तरीक़े से बनने चाहिए।

जैसे ही उसे एक हाफ वाली गेंद खेलने का मौक़ा मिला, उसने आगे आकर उसे ऐसा जड़ा की गेंद सीधे बरगद के पेड़ की ओर उड़ चली।

धप्प! गेंद सीधे नाकू के जबड़े पर लगी, जिससे उसका एक दाँत हिल गया। उस दिन वह दूसरी बार सोते हुए पकड़ा गया था। बहुत हुआ, अब वह और नहीं सह सकता था।

नाकू पूँछ पटकता और जबड़े खोलता बन्द करता आगे को दौड़ पड़ा। उसके ऊपर को उठते ही, सोते हुए मैनेजर समेत वह खाट भी ऊपर उठ गई। मगरमच्छ और खाट अब एक-दूसरे में अच्छी तरह फंस चुके थे और जब नाकू आगे बढ़ा तो खाट भी साथ घिसट रही थी। बैंक मैनेजर को सपना आ रहा था कि वह समुद्र में चप्पू वाली नाव में है, लेकिन जागने पर पाया कि खाट बुरी तरह इधर-उधर हिचकोले खा रही है।

'बचाओ!' वह चिल्लाए, 'बचाओ!'

लड़के इधर-उधर भागने लगे क्योंकि मगरमच्छ अब ठीक पिच पर पहुँच गया था। स्टंप उखड़ गए और पिच पर जगह-जगह गड्ढे हो गए। उसे एक लावारिस टोप मिला जिसे वह निगल गया। विकेट कीपर के दस्तानों का भी यही हश्र हुआ। बल्लेबाज़ों के पैड उसकी पूँछ में फंस गए।

इस दौरान बैंक मैनेजर ने खाट को कसकर पकड़े रखा, लेकिन क्या वह ख़ुद को नाकू के जबड़े और पूँछ से बचाने में कामयाब हुए? उन्होंने तय किया कि जब तक खाट अलग नहीं होती, तब तक वह उसे पकड़े रहेंगे।

'क्या कर रहे हो, मुझे बचाओ! लड़कों!' वह चिल्लाए।

'मुझे इससे अलग करो!'

लेकिन खाट मगरमच्छ के शरीर पर फंसी रही और उसके साथ बैंक मैनेजर भी।

समस्या का हल तब निकला जब नाकू नदी की ओर भागा और अपनी जानी-पहचानी धारा में कूद गया। साथ में मैनेजर भी पानी में जा पहुँचे, लेकिन मैनेजर हड़बड़ा कर किनारे की ओर लौटे जबकि नाकू दूसरे किनारे पर पहुँचकर ही ठहरा।

बैंक मैनेजर के लिए जैसे किसी भयानक सपने का अंत हुआ, साथ ही क्रिकेट मैच का भी।

'तुम लोगों ने देखा कि मैंने उस मगरमच्छ से कैसे पार पाया?' उन्होंने कहा। उनके कपड़ों से अब भी पानी टपक रहा था, लेकिन अब वह सुरक्षित थे और उनकी मनोदशा अब पहले से अच्छी थी। 'वैसे मैच जीता कौन?'

'हमें नहीं पता,' रणजी ने दूसरे लड़कों के साथ साइकिलों की ओर बढ़ते हुए कहा। अगर आप आड़े नहीं आते तो मेरा छक्का था।

शेरू सबको छोड़ने मेन रोड तक गया और चलते-चलते अगले हफ़्ते उसने अपनी ओर से एक और मैच रखने की पेशकश की।

'अगले हफ्ते मेरे पास बहुत काम है,' बेकरी वाले बोले।

'मुझे कहीं और खेलने जाना है।' बैंक मैनेजर ने कहा।

'कौन सा खेल खेलने जाना है, सर?' रणजी ने पूछा।

'शतरंज,' बैंक मैनेजर ने कहा।

रणजी और उसके दोस्तों ने अगले मैच का खाका तैयार करना शुरू कर दिया।

'तुम लोग हमारे बिना जीत नहीं पाओगे।' बैंक मैनेजर ने कहा।

कोई उम्मीद ही नहीं। बेकरी वाले बोले।

लेकिन वास्तव में रणजी की टीम अगला मैच भी जीत गई।

नाकू मगरमच्छ ने भी उन्हें परेशान नहीं किया, क्योंकि खाट अब भी उसकी पीठ पर फंसी थी और उसे निकलने में कई हफ़्ते लग गए।

इस बीच कितने ही लोग नदी के किनारे उस मगरमच्छ को देखने आए जो अपनी खाट अपने साथ लेकर चलता था। आने वाले कुछ लोग क्रिकेट देखने को भी रुक जाया करते थे।

ऐसे खेली कोकी

शनिवार को क्रिकेट मैच है, है न? कोकी ने पूछा।

'बेशक है,' रणजी ने कहा। हमारा मुक़ाबला पब्लिक स्कूल की टीम से होगा।

'हो सकता है मैं देखने के लिए आऊँ,' कोकी ने कहा।

'जैसा तुम चाहो। कोई ज़ोरदार मुक़ाबला तो होगा नहीं। उन्हें तो हम आसानी से हरा देंगे।'

रणजी की अपनी क्रिकेट टीम उसके स्कूल की टीम से बहुत अलग थी। उसकी टीम में बड़े और छोटे, लम्बे और ठिगने, सभी तरह के लड़के थे, अलग-अलग तरह के रंग-ढंग वाली ज़िन्दगी थी उनकी। यहाँ तक कि एक लड़की कोकी को भी टीम का सदस्य बनाया गया था और वह कभी-कभी बारहवें खिलाड़ी के तौर पर खेल में हिस्सा भी लेती थी। उसे क्रिकेट की अच्छी ख़ासी जानकारी थी और अक्सर

सुबह के समय रणजी की बल्लेबाजी की प्रैक्टिस के लिए गेंदबाजी भी करती थी। टीम के सिर्फ़ दो तीन सदस्य ही रणजी की तरह प्राइवेट स्कूल में पढ़ते थे। बाक़ी सब सरकारी स्कूल में जाते थे और दो-तीन तो स्कूल जाना छोड़ भी चुके थे।

उनमें से एक भरत था जो सुबह अख़बार बाँटा करता था। दो भाई थे मुकेश और राकेश जिनके पिता की मिठाई की दुकान थी और एक था दर्जी का बेटा आमिर अली। रणजी की इस टीम में बिली जोन्स नाम का एक एँग्लो-इंडियन लड़का, धोबी का बेटा सीताराम और लम्बू भी था, जो सबसे लम्बा था। इनके अलावा भीम भी था जिसे खेलना नहीं आता था, लेकिन वह अंपायर अच्छा था, बशर्ते उसके चशमे पर भाप न जमी हो। टीम जहाँ भी खेलने जाती थी वह वहाँ साथ जाता था।

इस शनिवार को वे अपने शहर में ही खेल रहे थे, हाल ही में बने अप्सरा सिनेमा के पीछे पड़ी खाली ज़मीन पर, जो उनके खेलने की पक्की जगह थी।

पब्लिक स्कूल वाले लड़के पहले आ गए। यह उनके लिए बिल्कुल भी मुश्किल नहीं था, क्योंकि वह सब एक साथ एक ही बोर्डिंग स्कूल के हॉस्टल में रहते थे। रणजी की टीम के खिलाड़ी अलग-अलग दिशाओं से आ रहे थे इसलिए उनको आते आते समय लग गया।

इसके बावजूद दो खिलाड़ी कम पड़ गए। लेकिन रणजी ने टॉस जीता और पहले बल्लेबाजी करने का फैसला किया, इस उम्मीद में कि टीम के जो सदस्य अभी तक नहीं पहुँच पाये हैं, वह बल्लेबाजी की अपनी बारी आने तक आ ही जाएँगे। 'अगर मुकेश और राकेश समय से नहीं पहुँचे तो हम उन्हें टीम में नहीं रखेंगे,' रणजी ने सख्ती से कहा।

'उन्हें टीम से बाहर मत करना,' लम्बू ने कहा। वह लोग अपने पिता की दुकान से हमारे लिए मिठाइयाँ और नमकीन लेकर आते हैं। अगर वे एक भी रन न बनाएँ तो भी हमें अपनी टीम में उनकी ज़रूरत है।

'देखो, अगर वे खाने-पीने की चीज़ें लिए बिना आए, तो उन्हें टीम से निकाल देंगे,' रणजी ने कहा, जो हमेशा सही बात का साथ देता था।

दोनों अंपायर स्टम्प लगाने के लिए पिच पर जा चुके थे। रणजी की टीम की ओर से भीम और पब्लिक स्कूल की तरफ़ से उनके एक टीचर।

'मुझे इस टीचर की शक्ल अच्छी नहीं लगती,' आमिर अली ने कहा।

'देखो, हम इसमें कुछ नहीं कर सकते।

बिली जोन्स और लम्बू हमेशा सबसे पहले खेलने जाते हैं। लम्बू को अपने कद की वजह से तेज़ और ऊँचाई पर आती गेंद को खेलने में आसानी होती थी। पहली बॉल उसी ने खेली।

पब्लिक स्कूल की टीम का पहला ओवर फेंकने वाला गेंदबाज तेज़ तो था, लेकिन उसकी गेंद विकेट की सीध में नहीं थी। इसकी वजह यह थी कि वह कुछ ज़्यादा ही तेज़ गेंद फेंकने की कोशिश कर रहा था। उसकी पहली गेंद वाइड थी जिससे रणजी की टीम को उनका पहला रन मिला। दूसरी गेंद उतनी वाइड तो नहीं थी लेकिन लेग स्टंप से क़रीब एक फुट दूर से निकली। लम्बू ने उसे घुमाने की कोशिश की लेकिन चूक गया। तीसरी गेंद आधे पिच के पहले ही टप्पा खा गई और फिर उठ नहीं पायी। वह लम्बू के पैड से जाकर टकरायी।

'हाउज़ दैट!' गेंदबाज, विकेटकीपर और स्लिप पर लगे फ़ील्डर ने एक साथ पुकारा।

पब्लिक स्कूल वाले अंपायर ने बिना झिझके उँगली उठा दी। लम्बू को लेग बिफोर विकेट करार दिया गया। उसका मुँह खुला का खुला रह गया। पहले उसने नीचे देखा कि उसके पाँव कहाँ हैं। फिर स्टंप्स को देखा।

'मैं विकेट के सामने नहीं हूँ,' उसके मुँह से निकला। यह शिकायत उसने किसी व्यक्ति विशेष से नहीं की। 'अंपायर की बात पत्थर की लकीर होती है,' विकेट कीपर ने कहा।

लम्बू धीरे-धीरे चल कर ईंटों के उस ढेर की ओर गया जिसके सहारे उसकी टीम के सदस्य पीठ टिका कर बैठे थे।

'मैं आउट नहीं था!' उसने विरोध जताया।

'कोई बात नहीं,' रणजी ने कहा, 'जब गेंदबाज़ी करोगे, तब तुम्हें फिर मौक़ा मिलेगा।' और बल्लेबाजी की अपनी बारी के लिए चल पड़ा।

चाल में झलकते आत्मविश्वास के साथ, बल्ले को कंधे पर रख वह विकेट पर पहुँचा। रणजी बल्ले को ज़मीन पर ठोकते हुए होशियारी के साथ अपनी जगह जम कर सामने गेंदबाज की ओर देखते हुए गेंद का इन्तज़ार करने लगा। उसे सबसे पहले बिल्कुल सीध में फेंकी गई तेज़ गेंद मिली, जिसे उसने बिना आगे बढ़े सीधे खेल दिया और गेंदबाज़ को पीछे छोड़ते हुए गेंद तेज़ी से सीधे बाउंड्री की ओर बढ़ चली। रणजी की टीम के लड़के ख़ुशी से आवाज़ें निकालने लगे और चार रन बन गए।

अगली गेंद ठीक ऑफ स्टंप के बाहर गिरी और रणजी ने उसे एक क़दम पीछे हट कर स्क्वेयर कट खेल दिया।

एक और चौका। वाहवाही और ख़ुशी से चिल्लाने वालों का शोर फिर गूँजा, लेकिन इस बार रणजी को एक लड़की की आवाज़ अलग से सुनाई दी—बढ़िया खेले, रणजी!'

रणजी ने उधर देखा जिधर उसके साथी इकट्ठे थे। उनमें तो कोई लड़की थी नहीं। फिर उसने दूसरी दिशा में बाउंड्री की ओर देखा। और वहाँ लगे बड़े से सिनेमा के होर्डिंग के नीचे कोकी खड़ी थी। उसके देखने पर कोकी ने हाथ हिलाया।

जवाब में रणजी ने हाथ नहीं हिलाया। उसे ऐसा लगने लगा जैसे कोकी की नज़रें उसी पर गड़ी हैं। अब वह अगली गेंद का इन्तज़ार कर रहा था लेकिन उसके मन में एक साथ दो चीज़ें चल रही थी। उसकी और गेंद फेंकने को तैयार गेंदबाज़ का चेहरा और बाउंड्री पर खड़ी कोकी, जो इस बात का इन्तज़ार कर रही थी कि वह अगला चौका मारे।

गेंद आई और उसके बल्ले के एक सिरे से टकराकर सीधे विकेट कीपर के दस्तानों के बीच जा पहुँची।

'हाउज़ दैट!' कैच के लिए अपील करते हुए सारे फील्डर एक स्वर में चिल्लाए।

लेकिन रणजी ने इस बार उसे आउट करार दिए जाने के लिए अंपायर भीम का इन्तज़ार नहीं किया। उसे मालूम था कि गेंद उसके बल्ले से छू कर गई थी। खीजते हुए वह अपनी टीम के सदस्यों की ओर चल पड़ा। यह सब कोकी के कारण हुआ! उसके बाद सीताराम और भरत की जोड़ी ने जमकर बल्लेबाजी की।

सीताराम हर रविवार शहर के लोगों के कपड़ों की धुलाई में अपने पिता की मदद करता था और दूसरे धोबियों की तरह कपड़ों को पत्थर की सिल्ली पर रखकर उन्हें लकड़ी के बट्टे से पीटने की उसे आदत थी।

क्रिकेट के मैदान में भी वैसा ही करते हुए उसने गेंद की ख़ूब धुनाई की और गेंद को अलग-अलग दिशाओं में मारा। ऐसे ही एक गेंद को पीटने पर कैच आउट होने से पहले उसने पच्चीस बेशक़ीमती रन बनाए। ख़ुद एलबीडब्ल्यू आउट करार दिए जाने तक भरत बस बल्ले को थोड़ा बहुत घुमाता रहा ताकि उसकी ओर के विकेट पर भी कुछ न कुछ होता रहे। बिली जोंस भी भरत की तरह गेंद के रास्ते में पैड अड़ने से गया। एलबीडब्ल्यू करार दिए जाने से कोई ख़ुश नहीं था। 'अंपायरों को भेदभाव नहीं करना चाहिए,' आमिर अली ने कहा।

'लेकिन अंपायर कौन बनना चाहता है?' रणजी ने कहा। हमें कोई ऐसा नहीं मिलेगा, इसलिए या तो हम अपनी टीम के सदस्यों में से ही किसी को चुनें, या फिर दूसरी टीम को ही दोनों अंपायर चुनने दें!

'आज के बाद यह नहीं चलेगा,' लम्बू ने कहा।

इस बीच मुकेश और राकेश काग़ज़ के थैलों में समोसे और जलेबी लिए आ गए थे। उन्हें देखकर सारे के सारे ख़ुश हो गए। जितनी तेज़ी से

नाश्ते की चीज़ों का सफाया हो रहा था उतनी ही तेज़ी से विकेट गिरने लगे। मुकेश और राकेश की जोड़ी ने कई ओवर खेले और राकेश के एलबीडब्ल्यू आउट होने तक यह जोड़ी पिच पर जमी रही। रणजी की पूरी टीम सत्तासी रन पर सिमट गई और यह कोई जीतने वाला स्कोर नहीं था। विकेट पेचीदा होता तो और बात थी।

अब बल्लेबाज़ी करने की बारी पब्लिक स्कूल की टीम की थी। उनका एक सलामी बल्लेबाज़ लम्बू की गेंद पर बिना एक भी रन बनाए निपट गया। दूसरे बल्लेबाज के पैड पर दो बार रणजी की फेंकी गेंद टकरायीं, लेकिन उसकी ज़ोरदार अपील के बावजूद अंपायर ने आउट नहीं करार दिया। जाहिर है, वे पब्लिक स्कूल के थे, इसलिए! ख़ुद से ही कुछ बड़बड़ाते हुए रणजी ने एक तूफानी गेंद फेंकी। जो तेज़ी से उठी और सीधे बल्लेबाज के हाथ पर लगी। दर्द से बुरी तरह कराहते हुए उसने बल्ला वहीं पटक दिया और हाथ को रगड़ने-दबाने लगा। फिर उसने अपनी सूजी हुई उँगली सबको दिखाते हुए कह दिया कि चोट के कारण उससे आज और नहीं खेला जाएगा।

'इन्हें आउट करने के और भी तरीक़े हैं,' अंपायर के बगल से निकलते हुए रंजीत बुदबुदाया।

अगले दो बल्लेबाज़ अच्छे खिलाड़ी थे, न कि सलामी बल्लेबाज़ों की तरह ज़रा-सी बात में घबरा जाने वाले। उनमें से एक के लिए आमतौर पर आउट-स्विंगर फेंकने वाले लम्बू ने एक ऐसी गेंद फेंकी जो एक हल्की सी शरारत से ज़्यादा कुछ नहीं थी, लेकिन उसके विकेट छूते हुए निकल जाने पर भी भीम ने बल्लेबाज़ को संदेह का लाभ दिया और आदर्श अंपायर बन, ध्रुव तारे की तरह उसूलों पर डटा रहा। अपनी टीम की उसने कभी तरफ़दारी नहीं की, चाहे दूसरा अंपायर कुछ भी करे। यह ठीक नहीं है, रणजी ने महसूस किया।

तीसरे और चौथे नंबर पर आने वाले बल्लेबाज़ों ने मिलकर चालीस

रन बनाए और दोपहर होने पर रणजी के खिलाड़ी थकान और भूख से परेशान होने लगे। फिर सीताराम की स्पिन गेंदबाजी से तीन विकेट धड़ाधड़ गिरे। पब्लिक स्कूल के तीन विकेट बचे थे और उन्हें जीतने के लिए बीस रन की ज़रूरत थी।

तभी कैच लेने के लिए ऊपर देखते हुए दौड़ रहे भरत की गोल-मटोल मुकेश से टक्कर हो गई। दोनों घास पर चित्त हो गए और जब उठे तो गेंद मुकेश की पैंट के पिछवाड़े फंसी मिली। गेंद वहाँ कैसे पहुँची यह कोई नहीं बता सका, लेकिन आपस में काफ़ी सोच-विचार के बाद अंपायर उसे कैच मानने को राज़ी हो गए और बल्लेबाज को आउट करार दिया गया। लेकिन भरत को मैदान छोड़ना पड़ा, क्योंकि उसकी नाक से ख़ून निकल रहा था।

भरत के बदले में खेलने के लिए किसे लिया जाए, इस तलाश में रणजी ने इधर-उधर देखा। उसे कोई नहीं दिखा सिवाय कोकी के।

'चलो फीलि्डंग करो,' रणजी ने कुछ रूखेपन से कहा।

वैसे कोकी को भी किसी मान मनौव्वल की ज़रूरत कहाँ थी। उसने अपने सैंडल उतारे और नंगे पैर ही, बाउंड्री के पास भरत की जगह लेने के लिए मैदान की ओर दौड़ पड़ी। अब आख़िर में बचे बल्लेबाज़ जल्दी-जल्दी रन बनाने की धुन में गेंदों को ताबड़तोड़ जड़े जा रहे थे। एक ने पूरे दम से एक ज़ोरदार ड्राइव मारी तो गेंद कोकी के काफ़ी क़रीब से चार रन के लिए निकल गई। रणजी ने उसे घूर कर देखा। इसके बाद जल्दी से एक रन लेने के लिए दौड़े दोनों बल्लेबाज़ों में से एक कुछ गफ़लत में रन आउट हो गया।

अब खेलने आया आख़िर बल्लेबाज़। पब्लिक स्कूल की टीम अब जीत से कुल आठ रन दूर थी। बस दो चौके मारने से काम चल जाता।

तभी बल्लेबाजों को दौड़ कर दो रन लेने का मौक़ा मिल गया। और फिर उनमें से एक ने, अपने खेल और जीत पर कुछ ज़्यादा ही भरोसा

करते हुए, सीताराम की धीमी ललचाने वाली गेंद को इस तरह मारा कि गेंद काफ़ी ऊँचाई तक जाकर कोकी की ओर गिरने लगी।

कोकी को अपने बांईं ओर बस कुछ गज़ दौड़ना पड़ा। फिर उसने हिरनी की तरह एक लम्बी छलांग लगायी और गेंद को दोनों हाथों में ले लिया।

रणजी की टीम जीत गई और जिताने वाला कैच लिया कोकी ने।

बारहवें खिलाड़ी के तौर पर यह उसका आख़िर मैच था। उस दिन के बाद वह टीम का हिस्सा बन गई।

किसकी जीत किसकी हार

सोते हुए शहर में सवेरा चुपचाप घुस आया। सिर्फ़ एक मुर्गे को इस बात का पता चला और उस ने बांग लगायी। कोकी ने खिड़की के शीशे पर हल्के हाथों से थपथपाने की आवाज़ सुनी। और वह उसी पल उठकर बिस्तर में बैठ गई। वह दस साल की थी। कंधों तक लटकते बेतरतीब बाल और काली आँखों के नीचे नींद के साये थे, लेकिन अब वह पूरी तरह जाग चुकी थी और पूरे होश में थी। थपथपाने की आवाज़ दोबारा आई।

कोकी पलंग से उतरी और दबे पाँव जाकर उसने खिड़की की कुंडी खोल दी। बाहर रणजी खड़ा था, जो कुछ चिड़चिड़ाया सा लग रहा था।

'जल्दी चलो,' उसने कहा, 'बिल्कुल समय नहीं बचा है। कोकी ने अपने होंठों पर उँगली लगाकर चुप रहने का इशारा किया, क्योंकि वह नहीं चाहती थी कि उसके माता-पिता और दादी जाग जाएँ। 'तुम जाओ और भीम को ले जाओ,' उसने

फुसफुसा कर कहा, 'मैं मैदान में आकर मिलती हूँ।'

रणजी तेज़ी से भीम के घर की ओर चल पड़ा और कोकी खिड़की छोड़ ड्रेसिंग टेबल की ओर गई। उसने थोड़ी लापरवाही के साथ अपने बाल काढ़े और उन्हें एक रिबन से बाँध लिया। वह जोश में थी और जल्दी में भी। और जो कपड़े पहनकर रात को सोयी थी वही मुसे हुए कपड़े पहने-पहने वह जाने को तैयार थी। उसने बिना शोर मचाए ड्रेसिंग टेबल की दराज़ को बाहर खींचकर खोला और उसमें से दफ़्ती का एक छोटा सा डिब्बा बाहर निकाला, जिसमें कई सारे छेद किए हुए थे। उसने यह देखने के लिए ढक्कन खोला कि राजकुमारी ठीक तो है।

राजकुमारी यानी बेडौल सा गैंडे जैसा दिखने वाला गुबरैला सेब के बीच वाले हिस्से से चिपका सो रहा था। कोकी ने उसे छेड़ा नहीं। उसने डिब्बे का ढक्कन बन्द कर दिया और दबे पाँव पीछे वाले दरवाज़े से नंगे पैर ही घर से निकल गई। घर से निकलते ही उसने दौड़ना शुरू कर दिया और मैदान पर पहुँचकर ही रुकी।

मैदान में सुबह के सूरज की तिरछी किरणों ने ओस की बूँदों को पन्ने के मनकों में बदलना बस अभी शुरू ही किया था।

दिन चढ़ने पर घास सूख जाएगी और पैरों में चुभने लगेगी, लेकिन अभी वह ठंडी और नरम थी। मैदान के एक कोने में कुछ लड़के इकट्ठे होकर आपस में बड़े उत्साह के साथ कुछ चर्चा कर रहे थे। उनमें रणजी और भीम भी थे। चौदह साल का पतला-दुबला भीम चश्मा लगाता था। उनके बीच कोकी अकेली लड़की थी। भीम का गुबरैला दौड़ के मामले में सबका चहेता था। वह बांस पर रहने वाला एक बड़ा सा गुबरैला था जिसके पैर दुबले-पतले और शरीर लम्बा था, काफ़ी कुछ अपने मालिक की तरह।

उसका नाम 2001 रखा गया था। रणजी का गुबरैला बड़ी-बड़ी गुठलियाँ तो उठा लेता था और उसके मुँह के पास कुछ निकला हुआ था

जो बहुत लम्बी-लम्बी मूछों जैसा लगता था। उसका नाम मूछा उस पर जंचता था। कोकी का गुबरैला इन दोनों का आधा भी नहीं था। वह नहीं जानती थी कि कैसे पता करे कि वह नर है या मादा, लेकिन उसे लगता था कि वह मादा है और इसीलिए उसने उसका नाम राजकुमारी रखा था।

दौड़ में सिर्फ़ तीन ही गुबरैले शामिल हो रहे थे। उनकी दौड़ पर दांव लगाना मना था, लेकिन लड़कों ने आपस में चुपचाप उनकी हार-जीत पर शर्त लगा रखी थी। इनाम में वह बड़ा सा कीड़ा मिलने की बात थी जिसके बारे में साफ़ नहीं था कि वह गुबरैला है या बड़ा सा कॉकरोच, लेकिन जीतने वाले को इसलिए दिया जा रहा था ताकि वह ज़्यादा बड़े गुबरैलों की नस्ल तैयार कर सके।

रणजी का मूछा अपने डिब्बे से निकला और दौड़ शुरू होने से पहले ही तेज़ चाल से घास में कुछ दूर चला गया, जिससे थोड़ी देर के लिए अफरा-तफरी मच गई। लेकिन उसे जल्दी ही पकड़ कर उसके डिब्बे में बन्द कर दिया गया।

मूछा के इरादे बुलंद थे और ऐसा लग रहा था कि वह भीम के 2001 को कड़ी टक्कर देने वाला है। दौड़ के लिए दो मीटर लम्बे और पन्द्रह सेंटीमीटर चौड़े ट्रैक बनाए गए थे। इनके दोनों ओर गत्ते की पट्टियाँ लगायी गई थीं, ताकि धावक एक-दूसरे के रास्ते में न आएँ और पूरी तरह से ट्रैक छोड़कर कहीं न जाएँ। जहाँ से दौड़ शुरू होनी थी, दौड़ शुरू होने से पहले प्रतियोगियों को उस जगह रोके रखने के लिए भी गत्ते की पट्टियाँ लगायी गई थीं, जिन्हें दौड़ शुरू होने पर उनके पीछे लगाया जाना था, ताकि कहीं वह वापस न लौट पड़ें।

पीले रंग का पायजामा-कुर्ता पहने छोटा सा सिख लड़का इस दौड़ का संचालन रहा था। वह लगातार सीटी बजाए जा रहा था ताकि व्यवस्था बनी रहे और सब उसकी ओर ध्यान दें। देखने वालों को जब लगा कि रेस शुरू होने वाली है, तो सब शांत हो गए। पीले कपड़ों वाले लड़के ने

तब दौड़ के नियम बताने शुरू किए। दौड़ में हिस्सा लेने वाले कीड़ों को छूने, आगे बढ़ाने के लिए उन्हें पीछे से फूंकने और खाने की चीज़ का लालच देकर आगे बढ़ाने की मनाही थी। हाँ, जितना चाहे ज़ोर-ज़ोर से आवाज़े लगाकर उनका जोश बढ़ाने की पूरी छूट थी।

मूछा और 2001 पहले से ही उस जगह मौजूद थे जहाँ से दौड़ शुरू होनी थी, लेकिन कोकी राजकुमारी को कुछ समझा रही थी। राजकुमारी सेब के बीच वाले हिस्से से चिपकी थी और उसे छोड़ना ही नहीं चाहती थी, इसलिए उसे पकड़ कर उस जगह ले जाना पड़ा जहाँ से दौड़ शुरू होनी थी। जब मूछा और 2001 ने अपनी सींग और मूंछें आपस में उलझा लीं, तो दौड़ को कुछ और देर के लिए टालना पड़ा। उन्हें अलग करके शांत करना पड़ा, फिर अपने-अपने ट्रैक पर छोड़ा गया। अब दौड़ बस शुरू ही होने वाली थी।

घास पर घुटनों के बल बैठी कोकी, चुपचाप और गंभीरता के साथ दौड़ के अंतिम बिंदु तक उस पूरे ट्रैक पर नज़र रखे थी जिस पर राजकुमारी को दौड़ना था। रणजी अपनी उंगलियों के नाख़ून कुतर रहा था। भीम के चश्मे पर बार-बार भाप जम जाती थी और उन्हें उतार कर उसे अपनी कमीज के नीचे वाले हिस्से से पोंछना पड़ रहा था। वहाँ मौजूद क़रीब दर्जन भर देखने वालों में बिल्कुल शांति छा गई। उस छोटे सिख लड़के ने सीटी बजायी। दौड़ में हिस्सा लेने वाले दौड़ पड़े।

यह भी कह सकते हैं कि मूछा और 2001 दौड़ पड़े, क्योंकि राजकुमारी अभी वहीं थी जहाँ से दौड़ शुरू हुई थी और शायद यह सोच रही थी कि उसका सेब का बीच वाला हिस्सा कहाँ गया। हर कोई ज़ोर-ज़ोर से पुकार कर अपने पसंदीदा धावक को जोश दिला रहा था और रणजी ऊपर-नीचे उछल-उछल कर। इसी उछल-कूद में भीम का चश्मा गिर गया। मूछा काफ़ी तेज़ी से दौड़ा जा रहा था। 2001 इस सब में ज़्यादा दिलचस्पी नहीं ले रहा था, लेकिन वह बस चल रहा था। इस

तरह की दौड़ में कुछ भी हो सकता है। कोकी रुआसी हो आई, बस उसके आंसू नहीं निकले थे। उसने राजकुमारी को जितना कुछ सिखा कर तैयार किया था, सब बेकार हो गया था। उसका गुबरैला अब भी सेब से अलग होने से दुखी और बौखलाया सा दिख रहा था।

'एक बात पकड़ कर मत बैठी रहो,' कोकी बोली, 'अगर तुम कोशिश नहीं करोगी तो मैं तुम्हें अपने पास नहीं रखूंगी।' फिर मूछा दौड़ते-दौड़ते अचानक रुक गया। ऐसा लग रहा था जैसे उसे अपनी मूछों से कोई दिक़्क़त हो और उन्हें कभी इधर कभी उधर ऐंठ रहा था। 2001 धीरे-धीरे मूछा के बराबर पहुँचने को था और उन्हें जोश दिलाने के लिए रणजी और भीम दोनों गला फाड़-फाड़ कर आवाज़ें लगा रहे थे। राजकुमारी की ओर किसी का ध्यान नहीं था और ऐसा माना जा रहा था कि वह दौड़ से बाहर हो चुकी है, लेकिन अपने धावक को बढ़ावा देने के लिए कोकी पूरे जी-जान से लगी थी।

जैसे ही 2001 मूछा के नज़दीक पहुँचा, ऐसा लगा जैसे उसे अपने प्रतिद्वंद्वी की दिक़्क़तों का पता चल गया है और वह यह जानने के लिए ठहर गया कि मामला क्या है।

दो ट्रैक के बीच में गत्ते की बाड़ होने की वजह से वह एक-दूसरे को देख नहीं सकते थे, लेकिन ऐसा लग रहा था जैसे उनके बीच बातचीत के तार बहुत अच्छी तरह जुड़े हैं।

रणजी और भीम अपने ढीले पड़ते धावकों को और तेज़ दौड़ाने की कोशिशों को लेकर बहुत बेचैन हुए जा रहे थे और देखने वालों ने भी कान फाड़ने वाला शोर मचा रखा था।

अपने हिस्से का सेब छीन लिए जाने से बौखलाई और नाउम्मीदी से भरी राजकुमारी के मन में यह बात घर कर गई कि उसे अब इस तरह के हालात से छुटकारा पाकर नया रास्ता तलाशना है। और फिर वह शानदार अन्दाज़ में आगे बढ़ने लगी। कोकी ख़ुशी से चिल्लायी, लेकिन अपनी

धुन में मस्त दूसरे लोगों का ध्यान इस नई चुनौती पर तब गया जब कोकी आगे चल रहे अपने प्रतिद्वंद्वियों के बराबर आ गई। जब राजकुमारी ने लक्ष्य रेखा पर सबसे पहले पहुँच कर दौड़ जीत ली, तो देखने वाले धक से रह गए।

विजेता राजकुमारी की जय जयकार होने लगी। रणजी और भीम ने खेल भावना का परिचय देते हुए कोकी से पूरी गर्मजोशी के साथ हाथ मिलाए और उसे राजकुमारी की जीत पर बधाई दी। पीले पजामे वाले उस छोटे सिख बच्चे ने सीटी बजा कर सबको शांत किया और कोकी को उसका नाम इनाम दिया।

ख़ुशी से पागल कोकी राजकुमारी को निहार रही थी, लेकिन उसे समझ में नहीं आ रहा था कि वह गुबरैला है या कॉकरोच जैसा कोई दूसरा जीव। फिर उसने अंगूठे से उसकी पीठ को सहलाया। उसे कोई फ़र्क़ नहीं पड़ रहा था। लेकिन यह सोच कर कि कहीं उसे इस बात पर कोकी से जलन न होने लगे कि दौड़ में जीती तो वह है लेकिन इनाम कोकी ने लिया है, कोकी ने इनाम का डिब्बा बन्द किया और राजकुमारी को उसके सेब के बीच वाले हिस्से पर छोड़ दिया। भीड़ छटने लगी। रणजी ने तय किया कि वह अगली दौड़ से पहले मूछा की मूछें कतर कर छोटी कर देगा और भीम ने मन बनाया कि उसे 2001 के खाने-पीने का ज़्यादा अच्छी तरह ध्यान रखना होगा।

'बस, अगले रविवार तक इन्तज़ार करो,' रणजी ने कहा, 'फिर देखना मेरा मूछा तुम सबको यहीं खड़ा छोड़ कर कितना आगे जाता है!

भीम ने कुछ नहीं कहा, लेकिन ऐसा लग रहा था कि वह बड़ी गहराई से कुछ सोच रहा है। अगली बार के लिए वह कुछ नए तरीक़े से तैयारी कराने वाला है।

कोकी दोनों बाजुओं में एक-एक गत्ते का डब्बा दबाए घर की ओर चली। उसके विचार भी भविष्य में ही उलझे हुए थे। वह गुबरैला या

कॉकरोच जो भी कीड़ा हो, उसकी बेहतर नस्ल तैयार करके क़रीब बीस अपने पास रखेगी। उसके गुबरैले हर दौड़ में जीतेंगे, यहाँ भी और पास वाले शहर में भी। उनकी वजह से वह मशहूर हो जाएगी। और गुबरैलों की दौड़ राष्ट्रीय खेल बन जाएगा!

कोकी अपने मन में चल रही इन बातों से ख़ुश थी और राजकुमारी अपने सेब के बीच वाले हिस्से से। कीड़ा तो कीड़ा ही होता है। उसे न कुछ पता होता है और न ही किसी बात की परवाह, सिवाय इसके कि उसे मनहूस डिब्बे से कैसे छुटकारा मिले!

पक गए अमरूद

अमरूद के पेड़ों पर आसानी से चढ़ा जा सकता है। और वह खाने में भी अच्छे होते हैं। इसलिए, अमरूद के बाग़ का लड़के-लड़कियों की मनपसंद जगह होना कोई ताज्जुब की बात नहीं है।

रणजी के घर के ठीक सामने सड़क के दूसरी तरफ़ एक नीची सी चारदीवारी के उस पार अमरूद का बाग़ था। बारिश का मौसम क़रीब-क़रीब बीत ही चुका था। वह सितंबर का एक गर्म और उमस भरा दिन था और अमरूद पक कर हरे से सुनहरे हो रहे थे। अब वह पहले की तरह सख्त नहीं रह गए थे, बल्कि नर्म, मीठे और रसीले होते जा रहे थे।

त्यौहार की छुट्टियाँ होने के कारण स्कूल बन्द थे। रणजी के पिता काम पर दफ़्तर जा चुके थे। रणजी की माँ दोपहर का खाना निपटाने के बाद पिछवाड़े वाले आंगन में चारपाई पर पड़ी झपकी ले रही थीं। उसकी दादी पालतू तोते को भजन गाना सिखा रही थीं।

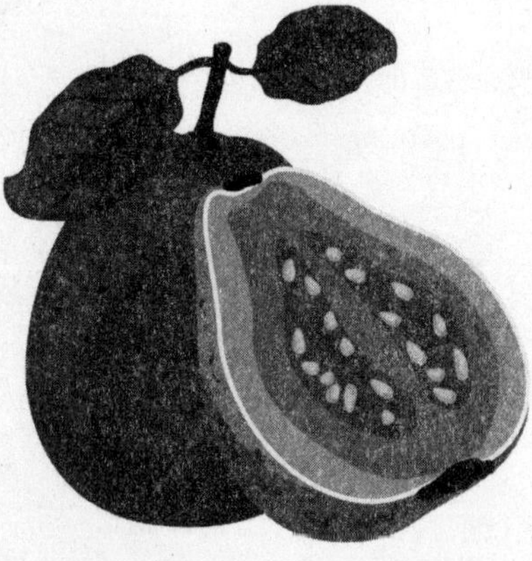

'मेरा अमरूद के बाग़ में जाने का मन कर रहा है,' रणजी ने ख़ुद से कहा, 'महीनों बीत गए हैं पेड़ पर चढ़े।'

उसने झटपट सड़क पार की और

दीवार फांद कर पेड़ों के बीच जा पहुँचा। बाग़ के बीचों-बीच उसने एक पेड़ चुना क्योंकि वहाँ उसे रोकने शायद ही कोई आता। बिना समय गँवाए वह पेड़ पर चढ़ गया। उसके ठीक ऊपर कई अमरूद लटके हुए थे। उसने एक अमरूद पकड़ने के लिए हाथ बढ़ाया, लेकिन हैरान रह गया जब उसने अमरूद की जगह ख़ुद को किसी का पैर पकड़े पाया, जो अचानक पत्तों के बीच से निकल कर उसकी ओर बढ़ आया था।

जब पैर पकड़ ही लिया था, तो रणजी ने उसे पकड़े रखा, छोड़ा नहीं। बल्कि ज़ोर से अपनी और खींचा। एक चीख के साथ कोई उसके ऊपर आकर गिरा। अगले पल रणजी ने ख़ुद को उसके हाथ-पैर पकड़ कर लटके हुए पाया। फिर दोनों एक साथ शाखाओं के बीच से होते हुए पेड़ के नीचे मिट्टी में लद्द से गिरे।

रणजी और उस दूसरे घुसपैठिये में बुरी तरह गुत्थम-गुत्थी होने लगी। लड़ते-लड़ते वे घास में लोटपोट होने लगे। रणजी ने जूडो का एक दांव लगाया, लेकिन उसे कामयाबी नहीं मिली। फिर उसने देखा कि वह जिस से लड़ रहा था, वह एक लड़की है। वह भी पड़ोस में रहने वाली उसकी दोस्त कोकी।

'अरे, तुम!' उसका मुँह खुला का खुला रह गया।

'हाँ, मैं,' कोकी बोली, 'और तुम यहाँ क्या कर रहे हो?'

'अपने घुटने मेरे पेट पर से हटाओ तो मैं बताऊँ।'

जब उसने ठीक से साँस ले ली तो बोला–'मेरा मन कर रहा था पेड़ पर चढ़ने का।'

'मेरा भी।'

वह कोकी की शक्ल देखने लगा। उसके होठ और ठोड़ी पर अमरूद का गूदा लगा था।

'क्या अमरूद अच्छे हैं?' उसने पूछा

'इस पेड़ के बड़े मीठे हैं,' कोकी ने कहा,

'तुम अपने लिए दूसरा पेड़ ढूँढ़ लो, रणजी।' 'तीस-चालीस पेड़ों में से तुम कोई भी चुन सकते हो।'

'इतने अमरूद! और सब बेकार हो रहे हैं। देखो कुछ अमरूद पक्षियों ने कुतरकर ख़राब कर दिए हैं।'

'ऐसा लग रहा है कि ये अमरूद किसी को नहीं चाहिए।'

कोकी वापस अपने पेड़ पर चढ़ गई और रणजी थोड़ा आगे बढ़कर एक-दूसरे पेड़ पर चढ़ गया।

एक-दूसरे से थोड़ी-बहुत बातचीत करने के बाद दोनों चुप हो गए और अपना पूरा ध्यान अमरूद खाने पर लगाने लगे। कुछ देर बाद कोकी बोली–'मैं पाँच खा चुकी!'

'अब बस करो।'

'तुम ऐसा सिर्फ़ इसलिए कह रहे हो क्योंकि तुमने अभी-अभी खाना शुरू किया है। देखो 'मेरे लिए तो तीन ही काफ़ी हैं।'

'मुझे लगता है मेरे पेट में दर्द शुरू हो रहा है।' 'देखो, मैंने पहले ही तुमसे कहा था।'

'चलो, मैं तुम्हें घर लेकर चलता हूँ। हम कल फिर आ जाएँगे खाने। अभी बहुत सारे कच्चे अमरूद बचे हैं।'

'मुझे नहीं लगता कि मैं अब और खा पाऊँगी,' कोकी ने कहा।

अगले दिन उसकी तबीयत बिल्कुल ठीक हो गई, बल्कि इतनी ठीक हो गई कि जब रणजी उसके घर पहुँचा तो वह उसके साथ जाने के लिए उसका इन्तज़ार करते हुए घर के फाटक पर झूलती मिली। दूसरे दिन उसका छोटा भाई, तेजू भी साथ गया। वह सिर्फ़ साल भर छोटा था, लेकिन था बेहद शरारती।

'आज तुम कैसा महसूस कर रही हो,' रणजी ने पूछा।

'मुझे भूख लग रही है,' कोकी ने कहा।

'तुम अपने भाई को साथ क्यों लायीं?'

'वह पेड़ों पर चढ़ना सीखना चाहता है।'

जल्दी ही वे बाग़ में पहुँच गए। रणजी और कोकी ने तेजू को एक छोटे पेड़ की शाखा पर चढ़ने में मदद की और फिर ख़ुद दूसरे पेड़ों पर चढ़ने लगे, जिससे पेड़ पर बैठे तोतों का एक झुंड उड़ गया। पूरा झुंड ज़ोर-ज़ोर से आवाज़ें करते हुए उनके आने पर अपना विरोध जताते बाग़ के ऊपर ही हवा में चक्कर लगाता रहा।

दो लड़के और एक लड़की तीन अलग-अलग पेड़ों पर चढ़कर आपस में बातचीत कर रहे हों, तो इतना शोर मच सकता है जिससे सिर्फ़ पंक्षी ही नहीं परेशान होंगे। हालाँकि उन्हें यह बात नहीं पता थी कि अमरूद का बाग़ एक अमीर ज़मीदार का था, जिसने एक चौकीदार को नौकरी पर रखा हुआ था, जिसका काम था पक्षियों, बच्चों, बन्दरों, चमगादड़ों और फलों को नुकसान पहुँचाने वाले दूसरे जीवों से उन्हें बचाना।लेकिन गर्मी की उस उमस भरी दोपहरी को चौकीदार गोपाल भी झपकी लेने से ख़ुद को नहीं रोक पाया। वह कटहल के घने पेड़ की छाया में पसर कर इतनी ज़ोर ज़ोर से खर्राटे ले रहा था कि उसके आसपास भिनभिना रही मक्खियों को लगा कि वहाँ तूफ़ान आने वाला है और फिर वे उससे दूर ही रहीं।

उसकी नींद कुछ ऐसी तेज़ आवाज़ों से खुली जिनमें आनंद ही आनंद के स्वर थे। वह उठ बैठा और अपनी लम्बी मूंछों पर चढ़ आई बीरबहूटी को हटाया और अपनी लम्बी और मज़बूत पहरेदारों वाली लाठी को हाथ में ले लिया।

'कौन है?' वह चिल्लाया और खड़े होने की कोशिश की।

पेड़ों के बीच अचानक सन्नाटा छा गया।

'कौन है वहाँ?' उसने फिर पुकारा।

कोई जवाब नहीं आया।

'कहीं मैं सपना तो नहीं देख रहा था,' वह बुदबुदाया और एक और

नींद लेने के लिए फिर से लेटने ही वाला था कि तेज़ू, जो उसे देख रहा था, खिलखिला कर हँस पड़ा।

'अरे, हो!' पहरेदार चिल्लाया और उसकी नींद काफूर हो गई। 'चोर! अभी ठिकाने लगाता हूँ तुम्हें!' और इतना कह वह लम्बे-लम्बे डग भरते और अपनी ताक़त का बखान करते हुए बाग़ के अन्दर वाले हिस्से की ओर बढ़ने लगा। 'मुझे चोरों से डर नहीं लगता। डाकू और जंगली जानवरों से भी डर नहीं लगता। अभी तुम्हें पता लग जाएगा कि मैं वह हूँ जिसने पूरे देहरा ज़िले के पहलवानों को दंगल में चित किया है।' अगर हिम्मत है तो सामने आओ और मेरे साथ दो-दो हाथ करो।

'भागो,' कोकी ने हड़बड़ी में पेड़ से उतरते हुए धीरे से कहा।

'भागो!' रणजी चिल्लाया, जैसे कि यह कोई क्रिकेट मैच हो!

इस सबसे तेजू तो इतना डर गया कि वह जिस पेड़ पर चढ़ा हुआ था उससे उतरते ही रोने लगा और कोकी और रणजी को उसे संभालने के लिए उसके पास जाना पड़ा।

पहलवान रह चुके विशालकाय चौकीदार का अपनी ओर आता दिखाई देना, तेजू को रोना भूल कर भागने के लिए तैयार करने को काफ़ी था। अगले ही पल तीनों बाग़ से बाहर भागते नज़र आये। और गला फाड़ कर चिल्लाते हुए लाठी लहराता पहरेदार उनके कुछ पीछे था। हालाँकि वह पहले पहलवान था और शायद इसीलिए वह बहुत तेज़ नहीं दौड़ पा रहा था और जब बच्चे दीवार पर चढ़कर बाहर कूदे, तब वह हाँफता हुआ उनसे कोई बीस मीटर पीछे था। वह दीवार पर भी नहीं चढ़ सकता था। कूदने के बाद तीनों अलग-अलग दिशाओं में भागे और फिर अपने घर पहुँचे।

अगले दिन रणजी सड़क के दूसरे सिरे पर कोकी और तेजू से मिला।

'क्या वह है?' कोकी ने पूछा।

'मैंने उसे देखा तो नहीं, लेकिन होगा यहीं आसपास ही कहीं!'

'हो सकता है खाना खाने घर गया हो। चलो देखते हुए उधर से निकल चलते हैं।

तीनों आराम से सड़क पर टहलते हुए बाग़ के आगे से निकले।

कोकी ने कहा कि बग़ीचे बहुत सुन्दर लग रहे हैं।

तेज़ू छत से पतंग उड़ा रहे एक लड़के को देख कर ख़ुश हो रहा था। रणजी की एक आँख बाग़ की दीवार पर थी और दूसरी सड़क पर। एक गिलहरी बाग़ की दीवार पर दौड़ती हुई गई। तोते अमरूद के पेड़ों पर वापस लौट आए थे।

वे दीवार के क़रीब पहुँचे। रणजी उसके सहारे खड़ा हो गया और

कोकी दीवार और सड़क के बीच उगे छोटे-छोटे जंगली फूल चुनने लगी। तेजू अपनी उत्सुकता को छुपा नहीं सका और बाग़ के अन्दर झाँकने के लिए उछलकर दीवार पर झूल गया। उधर दीवार के ठीक पीछे उनका इन्तज़ार कर रहा चौकीदार गोपाल अचानक सामने आ गया और तेजू को खा जाने वाली नज़रों से घूरने लगा।

तेज़ू ने लार सटकी लेकिन अपनी जगह डटा रहा। वह गुस्साए चौकीदार की सुर्ख आँखों में आँखें डाले रहा।

'क्या चाहिए तुम्हें?' गोपाल गुर्राया।

'मैं तो बस देख रहा था,' तेजू ने कहा।

'क्या देख रहे थे?'

'नजारा!'

गोपाल चकरा गया। ये बच्चे उन बच्चों जैसे ही लग रहे थे, जिन्हें उसने कल भगाया था। लेकिन वह दावे के साथ नहीं कह सकता था कि ये वही बच्चे हैं।

वे बिल्कुल मासूम लग रहे थे। लेकिन क्या कभी ऐसा होता है कि बच्चे मासूम न लगें?

'सड़क के उस तरफ़ से ज़्यादा अच्छा नज़ारा दिखता है।' उसने कर्कश स्वर में कहा, 'चलो भागो यहाँ से!'

'कितने प्यारे अमरूद हैं,' कोकी ने मीठी सी मुस्कान बिखेरते हुए कहा। ऐसी मुस्कान के जादू से भला कौन बच सकता था!

'सच,' रणजी ने कहा कुछ ऐसे अन्दाज़ में जैसे वह अमरूद और खाने की दूसरी अच्छी चीज़ों का बड़ा जानकार हो। ये अमरूद न तो बहुत बड़े हैं, न छोटे, बिल्कुल ठीक हैं। और रंगत भी शानदार है। मुझे नहीं लगता कि इससे अच्छे अमरूद मैंने पहले कहीं देखे हैं। लेकिन अगर तुम इन्हें जल्दी नहीं तोड़ोगे तो पक्षी ख़राब कर देंगे।

'तुम्हें इससे क्या मतलब,' चौकीदार ने कहा।

'इनके बाजू तो देखो, तेजू ने कुछ सोच कर कहा। यह वास्तव में ताक़तवर हैं!'

गोपाल को मन ही मन बहुत अच्छा लगा। उसे अपने बीते दिन याद हो आये, भले ही अब उसकी तोंद अच्छी ख़ासी निकल आई थी।

'आप पहलवान लगते हैं,' रणजी बोला।

'मैं पहलवान हूँ,' गोपाल ने कहा।

'मैंने तुमसे कहा था न?' कोकी बोली, वे और क्या हो सकते थे!'

'मैं पहले पहलवान था,' गोपाल ने बताया।

'आप पहलवान थे नहीं, अब भी पहलवान लग रहे हैं,' तेजू ने कहा। वह तेज़ी से सीख रहा था कि चापलूसी की मदद से आप कहीं भी पहुँच सकते हैं।

गोपाल का सीना गर्व से फूल गया। बहुत दिनों से किसी ने उसकी इतनी बड़ाई नहीं की थी। कोकी को वह ज़्यादा खाने से मोटे हुए मेंढक जैसा लग रहा था, लेकिन उसने सोचा कि ऐसा न कहना ही ठीक रहेगा।

'क्या तुम मेरी मांसपेशियाँ देखना चाहते हो?' उसने पूछा।

'हाँ, हाँ!' सब एक साथ चिल्लाए, 'दिखाइए न हमें!'

गोपाल ने अपनी कमीज खोली और सीना ठोका। सीना मृदंग सा बजा। बच्चे सचमुच बड़े प्रभावित हुए। फिर उसने अपनी कोहनी पर से हाथ को मोड़ा और बाजू के गोल-गोल डोले उभर आये।

'तुम चाहो तो इन्हें छू सकते हो, उसने उदारता से कहा।

तेज़ू ने अपनी उँगली को गोपाल की मांसपेशियों में घुसा कर देखा।

'रुस्तम-ए-हिंद!' वह बोल पड़ा।

'गोपाल के चेहरे पर रौनक आ गई। उसे ये बच्चे अच्छे लगने लगे– कितने अकलमंद हैं ये! हर किसी के पास उसकी ताक़त, उसकी मर्दानगी और उसकी शानदार कद-काठी की कदर करने लायक समझ नहीं होती।

'दीवार पर चढ़कर मेरी तरफ़ आ जाओ,' गोपाल ने कहा, 'आओ,

इधर आकर घास पर बैठो। और मैं तुम्हें उन दिनों के बारे में बताता हूँ, जब मैं खिताबी पहलवान था।'

वे दीवार फांद कर आ गए और सलीके से घास पर बैठ गए। गोपाल ने उन्हें अपने कुछ कारनामे सुनाए–उसने कैसे दुनिया भर में धूम मचाने वाले एक पहलवान को कुल पाँच सेकंड में चारों खाने चित कर दिया था और कैसे अकेले दम पर सवारियों से भरी कार को नदी में से बाहर खींच कर उनकी जान बचायी थी।

वे बड़े धैर्य से सुनते रहे। फिर तेजू ने कहा कि उसे भूख लग रही है।

'भूख?' गोपाल ने कहा,' 'तुमने मुझे पहले क्यों नहीं बताया?'

'मैं तुम्हारे लिए कुछ अमरूद लेकर आता हूँ क्योंकि यहाँ सिर्फ़ वही खाने की इकलौती चीज़ है।'

'मुझे पता है किस पेड़ के अमरूद सबसे अच्छे हैं। और अगर उन्हें कोई नहीं खाएगा तो वे सारे सड़ जाएँगे। इस साल की फसल कोई नहीं ख़रीद रहा है, क्योंकि बाग़ के मालिक ने ज़्यादा ऊँची क़ीमत माँगी है!'

गोपाल झटपट गया और कुछ ही देर में अमरूदों से भरी एक टोकरी लेकर लौटा।

'लो खाओ, उसने कहा, 'लेकिन बहुत ज़्यादा मत खाना वरना पेट में दर्द होने लगेगा।'

इस तरह वे अमरूद खाते रहे और साथ-साथ गोपाल को यह बताते हुए सुनते रहे कि कैसे तीन डकैतों ने उस पर घात लगाकर हमला किया था और उसने उन्हें कैसे गाँव के पोखर में फेंक दिया था।

जब अमरूद ख़त्म हो गए और बच्चे जाने के लिए उठ खड़े हुए, तो गोपाल ने कहा—

'क्या तुम लोग कल फिर आओगे? कल आना, फिर मैं तुम्हें दूसरा किस्सा सुनाऊँगा।'

'हम कल फिर आएँगे,' तेजू ने कहा। उसकी नज़रें उन तमाम

अमरूद के पेड़ों पर थीं जो अभी फलों से लदे थे।

ऐसा लग रहा था कि गोपाल को इस बात की ज़रूरत महसूस हो रही थी कि वे फिर आएँ। बाग़ में उसे अकेलापन महसूस होता था। कोकी ने यह बात भांप ली और बोली–'आपके किस्से हमें बहुत अच्छे लगे।'

'किस्से अच्छे थे,' रणजी ने कहा। चाहे वे पूरी तरह सच न हों, उनके मन में आया।

उन्होंने दीवार फांदी और गोपाल को हाथ हिला कर अलविदा कहा।

वे दूसरे दिन फिर आये।

जब अमरूद का मौसम बीत गया और गोपाल के पास उनके सामने परोसने के लिए अपने किस्सों के सिवा कुछ नहीं बचा, तब भी वे उसके पास आते रहे, क्योंकि तब तक वह उन्हें अच्छा लगने लगा था।

मुक़ाबला

रणजी को राजपुर आए हुए एक महीना भी नहीं हुआ था कि उसे जंगल में तालाब का पता चला। गर्मी अपने पूरे ज़ोरों पर थी और उसका स्कूल अभी खुला नहीं था और अब तक एक छोटे से हिल स्टेशन जैसी इस जगह उसके कोई दोस्त नहीं बने थे, इसलिए वह काफ़ी समय अकेले ही शहर के हर ओर दूर-दूर तक फैले जंगलों और पहाड़ियों में घूमा करता था। साल के उन दिनों में गर्मी बहुत थी और रणजी बनियान और जांघिया पहनकर घूमने निकल जाता था और उसके सांवली रंगत वाले पाँव ज़मीन से उठने वाली धूल से सफ़ेद से हो जाते थे।

सूखी धरती की सतह जगह-जगह चटक गई थी, घास पीली पड़ गई थी, बेहाल पेड़ बिना हिले ठंडी हवा के झोंके या बारिश की ख़ुशनुमा फुहार का इन्तज़ार कर रहे थे। एक ऐसे ही बेहद गर्म और अलसाये से दिन जंगल में घूमता रणजी तालाब पर जा पहुँचा था। कई चट्टानों के बीच से निकलती एक पतली सी धारा का पानी तालाब को भरता था। बरसात के मौसम में यही छोटी सी धारा तेज़ी से चट्टानों पर उछलते-कूदते हुए बहते, बरसाती नाले की शक्ल ले लेती थी। वही गर्मी के दिनों में पतली सी धारा भर रह जाती थी। चट्टानें पूरे साल पानी को तालाब में रोके रखती थीं और वह मैदानी इलाक़ों के तालाबों की तरह गर्मियों में सूखता नहीं था।

जब रणजी ने तालाब देखा, उसे उसमें उतरते बिल्कुल भी हिचकिचाहट नहीं हुई। जब वह अपने माता-पिता के साथ राजपूताने के रेगिस्तान के बीच बसे सूखे के मारे शहर में रहता था, तब वह अक्सर ताल में तैरने जाता था, कभी दोस्तों के साथ और कभी अकेले।

वहाँ सिर्फ़ मटमैले पानी और कीचड़ वाले उथले तालाब थे जिनमें भैंसें लोटा करती थी और औरतें कपड़े धोती थी। उसने साफ़ और ठंडे पानी वाला ऐसा तालाब पहले कभी नहीं देखा था, जिसमें डुबकी लगाने का मन करे। उसने अपने सारे कपड़े ठीक वैसे ही उतार फेंके जैसे वह मैदानी इलाक़े में तैरने के लिए करता था और तालाब में छलांग मार दी। उसके हाथ-पैर लचीले थे और कहीं चर्बी नहीं जमा थी। पेड़ों की धूप-छांव में उसका गीला और सांवला शरीर चमक मारता था।

दूसरे दिन फिर वह जंगल के उस तालाब के ठंडे पानी से अपने शरीर की तपन मिटाने आया। वह वहाँ क़रीब एक घंटा रहा और इस दौरान काई के कारण हरे दिख रहे पानी में कई बार उतरा और बाहर निकला, या फिर बड़े-बड़े पत्तों वाले साल के पेड़ों के साये में चिकनी पीली चट्टानों पर पसरा पड़ा रहा। इस तरह चट्टानों पर उघारे पड़े-पड़े उसका ध्यान उस लड़के पर गया जो दूर खड़ा उसे कुछ इस तरह घूर रहा था जैसे उससे कोई बैर हो। वह लड़का उम्र और कद में रणजी से थोड़ा बड़ा था, गठीला बदन, चौड़ी नाक और मोटे लाल-लाल होंठ वाला था। रणजी पर बस अभी उसकी नज़र पड़ी ही थी और वह तालाब के किनारे जांघिया पहने खड़ा शायद इस बात का इन्तज़ार कर रहा था कि रणजी उसे अपने बारे में कुछ बताए।

जब रणजी ने कुछ नहीं कहा, तो दूसरा लड़का ख़ुद ही बोल पड़ा, 'क्यों महाशय, आप यहाँ क्या कर रहे हैं?'

रणजी दोस्ती के लिए तो तैयार रहता था, लेकिन उस लड़के के ऐसे गरम तेवर देख कर उसे झटका लगा।

'मैं तैर रहा हूँ, आओ, तुम भी मेरे साथ क्यों नहीं आ जाते?'

'मैं हमेशा अकेला तैरता हूँ,' उसने कहा, 'यह मेरा तालाब है।'

मैंने तुम्हें यहाँ आने का न्योता नहीं दिया था। और तुमने सारे कपड़े क्यों उतार रखें हैं?

'मैं कपड़े पहनूँ या न पहनूँ, तुमसे क्या मतलब? मेरे पास ऐसा कुछ नहीं है जिससे मुझे शर्म आये।'

'अरे पतलू अपने कपड़े पहन ले!'

'मूरख मोटू, तू अपने कपड़े उतार दे!'

उस अजनबी लड़के को इतना कुछ सहना ज़्यादा भारी पड़ रहा था। वह रणजी के पास गया, जो अब भी एक पत्थर पर बैठा था। अपने चौड़े पैर रेती पर अच्छी तरह जमाते हुए बोला, जैसे कि इससे मामला हमेशा के लिए निपट जाएगा—

'तुम्हें पता है कि मैं पंजाबी हूँ और तुम्हारे जैसे देहाती की बातें सुनने का आदी नहीं हूँ?'

'तो तुम देहाती लोगों से लड़ने के आदी हो?' रणजी ने कहा, 'लेकिन मैं देहाती नहीं हूँ। मैं राजपूत हूँ!'

'मैं पंजाबी हूँ!'

'मैं राजपूत हूँ!'

दोनों की बातचीत एक ऐसे अंधे मोड़ पर जा पहुँची थी जहाँ से आगे कोई रास्ता नहीं जाता। एक ने ख़ुद को पंजाबी कहा तो दूसरे ने ख़ुद को राजपूत बताया। दोनों के पास इससे ज़्यादा कहने को कुछ नहीं था।

'तुम्हें बताया न कि मैं पंजाबी हूँ,' उस लड़के ने कहा। शायद उसे ऐसा लग रहा था कि यह बात रणजी के दिमाग़ में नहीं घुसी है।

'यह बात तुम्हारे मुँह से मैं तीन बार सुन चुका हूँ,' रणबीर ने जवाब दिया।

'तो तुम यहाँ से चले क्यों नहीं जाते?'

'मैं तुम्हारे यहाँ से जाने का इन्तज़ार कर रहा हूँ!'

'लगता है मुझे तुम्हारी ठुकाई करनी पड़ेगी,' उस लड़के ने हिंसक रवैया अपनाया और रणजी को थप्पड़ मारने का इशारा करते हुए कहा।

'मैं यह देखने का इन्तज़ार कर रहा हूँ कि तुम ऐसा कैसे करते हो,' रणजी ने कहा।

'अभी दिखाता हूँ, मैं क्या करूँगा।' लड़के ने कहा।

रणजी चुपचाप खड़ा रहा। दूसरे लड़के ने मुँह से गहरी साँस खींचते हुए अजीब सी आवाज़ निकाली। दोनों एक-दूसरे को क़रीब एक मिनट तक घूरते रहे। फिर पंजाबी लड़के ने रणजी के गाल पर पूरी ताक़त से थप्पड़ जड़ दिया। रणजी लड़खड़ा गया और उसका सिर घूमने लगा। उंगलियों के लाल-लाल निशान उसके गाल पर छप गए थे।

'यह लो!' थप्पड़ मारने वाले लड़के ने कहा। 'तो अब तो तुम जाओगे न?'

जवाब में रणजी ने अपनी बाजू को पीछे को घुमाया और एक ज़ोरदार घूंसा सामने वाले के चेहरे पर दे मारा।

इसके बाद तो वह दोनों कभी एक-दूसरे की गर्दन पकड़ते, चट्टानों पर उलझते-झटकते करते, रेत में लोटपोट होते, एक साथ कई कलाबाज़ियाँ खाते और एक-दूसरे को काबू में करने को बेचैन, गुत्थम गुत्था होते, मरने-मारने को जुट गए थे।

हाँफ़ते और बड़बड़ाते, नाख़ूनों से नोचते, थप्पड़-मारते, लुढ़कते-लुढ़कते वे तालाब के पानी तक पहुँच गए।

पानी में भी उनकी लड़ाई जारी रही और कीचड़ में सने, मुँह से कीचड़ थूकते वे एक-दूसरे को गर्दन और सिर से पकड़ने की जद्दोजहद में लगे रहे। लेकिन पाँच मिनट तक चली इस बेतुकी और बेहूदा जद्दोजहद के बाद भी दोनों में से कोई लड़का दूसरे को पछाड़ नहीं पाया। थकान से पस्त शरीर के साथ वह एक-दूसरे से कुछ दूरी बनाकर खड़े हो गए।

बोलने तक के लिए उन्हें काफ़ी कोशिश करनी पड़ रही थी।

'अब तुम्हें समझ में आया कि मैं पंजाबी हूँ?' दूसरे लड़के ने बुरी तरह हाँफते हुए कहा।

'और तुम्हें पता चल गया कि मैं राजपूत हूँ?' रणजी ने बड़ी मुश्किल से कहा।

दोनों ऐसे चुप हो गए जैसे एक-दूसरे के सवालों के जवाब सोच रहे हों और ख़ामोषी के उन पलों में अगर कोई आवाज़ थी तो वे थीं उनके तेज़ी से धड़कते दिलों और भारी साँसों की।

'इसका मतलब तुम तालाब छोड़कर नहीं जाओगे,' पंजाबी लड़के ने कहा।

'नहीं छोड़ कर जाऊँगा,' रणजी ने जवाब दिया।

'तो फिर हमें लड़ाई जारी रखनी पड़ेगी,' दूसरे ने कहा।

'ठीक है,' रणजी बोला। लेकिन दोनों लड़कों में से कोई भी अपनी जगह से नहीं हिला, किसी ने पहल नहीं की।

तभी पंजाबी लड़के को कुछ सूझा।

'हम कल लड़ाई जारी रखेंगे,' उसने कहा, 'अगर तुमने कल फिर यहाँ आने की हिम्मत की, तो हम यह लड़ाई जारी रखेंगे और मैं आज की तरह तुम्हारे ऊपर दया नहीं करूँगा।'

'मैं कल आऊँगा,' रणजी ने कहा, 'मैं भी देखता हूँ तुम क्या कर लोगे।'

इसके बाद वे मुड़े और उन चट्टानों पर गए जहाँ उन्होंने अपने-अपने कपड़े रखे थे। उन्होंने कपड़े पहने और अलग-अलग रास्ते पकड़ जंगल से बाहर चले गए।

जब रणजी घर पहुँचा तो उसके पास अपने चेहरे और हाथ पैरों पर कटने, छिलने और रगड़ खाने के निशानों के बारे में सफाई देने के लिए कोई शब्द नहीं थे।

यह सच छुपाना मुश्किल था कि किसी के साथ उसकी कुछ ज़्यादा ही ख़तरनाक हाथापाई हुई है और उसकी माँ ने ज़ोर देकर कहा कि अब आज कहीं बाहर नहीं जाना है। लेकिन उसी शाम वह घर से निकल लिया और बाज़ार पहुँच गया, जहाँ केले के पत्ते पर गरमा-गरम जलेबी और रंगीन सोडे की बोतल की ठंडक में उसे कुछ राहत मिली। सोडा ख़त्म ही हुआ था कि तभी उसने अपने दुश्मन को सामने से आते देखा। पहले पहल तो उसके मन में आया कि वह मुँह फेर कर दूसरी ओर देखने लगे, फिर उसने सोचा कि सोडे की बोतल उसके दे मारे। लेकिन उसने इन दोनों में से कुछ भी नहीं किया। इसके बजाय वह अपनी जगह खड़ा रहा और दुश्मन के पास से गुज़रने पर गुस्से से बड़बड़ाता रहा। पंजाबी लड़के ने भी कुछ नहीं कहा, लेकिन वैसे ही गुस्से के साथ वह भी मन ही मन कुछ बड़बड़ाता रहा।

अगला दिन भी पहले वाले दिन की तरह बेहद गर्म था। रणजी कमज़ोरी महसूस कर रहा था और उसे आलस भी आ रहा था। वह लड़ना बिल्कुल भी नहीं चाहता था। पिछले दिन की लड़ाई के बाद वह शरीर के दर्द और जकड़न से बेहाल था। लेकिन वह चुनौती का सामना करने से मुकर नहीं कर सकता था। तालाब पर न पहुँचना हार मान लेने

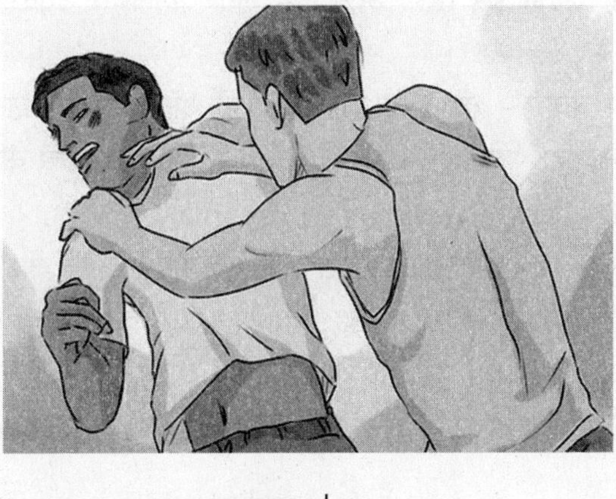

जैसा ही था। उस पल उसे कुछ ऐसा एहसास हुआ, जिससे साफ़ था कि अगर फिर लड़ाई हुई तो वह हार जाएगा।

लेकिन वह यूँ ही अपनी हार मानने को तैयार नहीं था। या तो वह अंत तक दुश्मन का मुक़ाबला करे या फिर बुद्धिमानी से उसे पछाड़े, तभी वह अपना सम्मान बनाए रख सकता है। अगर उसने अभी घुटने टेक दिए तो वह हमेशा के लिए हार जाएगा। लेकिन आज की लड़ाई में हारने के बाद भी कम से कम वह दोबारा लड़ने के लिए आज़ाद तो था, चाहे फिर हार हाथ लगे। जब तक वह लड़ता है, तब तक जंगल के उस तालाब पर उसका अधिकार रहेगा।

मन ही मन वह चाह रहा था की पंजाबी लड़का इस चुनौती को भूल जाए, लेकिन उसकी उम्मीद उस वक़्त चकनाचूर हो गई जब उसने अपने विरोधी को कमर के ऊपर बिना कुछ पहने तालाब के दूसरी तरफ़ एक चट्टान पर बैठे देखा।

पंजाबी लड़का अपने शरीर पर तेल मल रहा था, अपनी चौड़ी-चौड़ी जांघों को तेल पिला पिला कर मालिश्3ा कर रहा था। उसने रणजी को साल के पेड़ों के नीचे बैठे देखा, तो तालाब के पानी के उस पार से ही उसे चुनौती देते हुए आवाज़ लगायी।

'आ जाओ इस तरफ़ और लड़ लो!' रणजी ने उतने ही ज़ोर से चिल्ला कर ललकारा।

'तैर कर इस तरफ़ आओ और यहाँ आकर मुझसे लड़ो,' दूसरे लड़के ने कहा, 'या फिर शायद तुम इतने से तालाब को तैर कर पार नहीं कर सकते?'

लेकिन रणजी तालाब को इस पार से उस पार दर्जनों बार बिना थके पार कर सकता था और यह वह बात थी जिसमें वह पंजाबी लड़के को अपना दमखम दिखा सकता था। इसलिए उसने अपनी बनियान और जांघिया उतारे और पानी में छलांग लगा दी। चाकू की तरह सफ़ाई से

पानी की सतह को चीरता हुआ वह अन्दर गया और बिना ज़्यादा हलचल के ऊपर भी आ गया। यह देख पंजाबी लड़के का मुँह खुला का खुला रह गया।

'तुम तो छलांग लगा लेते हो,' उसने हैरानी से कहा।

'यह तो बहुत आसान है,' रणजी ने कहा और अगली चुनौती का इन्तज़ार करते हुए पानी में ही आगे क़दम बढ़ाता गया।

'क्या तुम पानी में छलांग नहीं लगा सकते?'

'नहीं, दूसरे लड़के ने कहा। मैं तो यूँ ही कूद पड़ता हूँ। अगर तुम मुझे छलांग लगाने का सही तरीका सिखाओ तो मैं भी लगा लूँगा।'

'यह तो बहुत आसान है,' रणजी ने कहा, 'चट्टान पर खड़े हो, दोनों हाथों को आगे की ओर फैलाओ और सिर को आगे जाने दो ताकि पैर ज़मीन छोड़ दें।'

पंजाबी लड़का बिल्कुल अकड़ कर सीधा खड़ा हो गया, फिर अपने दोनों बाजुओं को आगे की ओर बढ़ाते हुए आगे झुका और ख़ुद को पानी में चला जाने दिया। वह पेट के बल पानी की सतह पर गिरा जिससे इतनी ज़ोर की आवाज़ हुई की पेड़ पर बैठे पक्षी डर गए और चिल्लाते हुए उड़ गए।

रणजी ने ठहाका लगाया।

जब उसने पंजाबी लड़के को पानी की सतह पर आने के बाद छोटी सी व्हेल की तरह पानी उगलते देखा, तो उसने पूछा–'क्या तुम तालाब को खाली करने की कोशिश कर रहे हो?'

'अच्छा नहीं था क्या?' लड़के ने पूछा, इस सवाल में अपने काम पर गर्व साफ़ नज़र आ रहा था।

'बहुत अच्छा नहीं रहा,' रणजी ने कहा, 'तुम्हें बेहतर करने के लिए बार-बार कोशिश करनी चाहिए। देखो मैं फिर से करके दिखाता हूँ।'

और रणजी ने चट्टान पर चढ़कर फिर एक बार फिर पानी में

बेहतरीन छलांग लगायी। दूसरा लड़का उसके ऊपर आने का इन्तज़ार करता रहा, लेकिन पानी के अन्दर ही अन्दर तैरते हुए एक पूरा चक्कर काट कर रणजी पीछे से उसके पास आया।

'यह तुमने कैसे किया?' भौचक्के पंजाबी लड़के ने पूछा।

'क्या तुम पानी के अन्दर अन्दर नहीं तैर सकते?' रणजी ने पूछा।

'नहीं, लेकिन मैं कोशिश करूँगा।'

'पंजाबी लड़के ने तालाब के तल तक पहुँचने की बहुत कोशिश की और उसे लगता था कि वह नीचे तक पहुँच भी रहा है। लेकिन तैरते हुए उलट कर तलछट खंगालती बत्तखों की तरह उसके पिछवाड़े का हिस्सा थोड़ा सा पानी के ऊपर फिर भी नज़र आता था।

जो भी हो रणजी ने ऐसा कुछ नहीं कहा जिससे उसका उत्साह ठंडा पड़े।

'बुरा नहीं था, लेकिन तुम्हें अभी काफ़ी कोशिश करते रहना है।'

'क्या तुम मुझे सिखाओगे?' रणजी के दुश्मन ने पूछा।

'अगर तुम चाहोगे, तो ज़रूर सिखाऊँगा।'

'तुम्हें मुझे सिखाना पड़ेगा। अगर तुम नहीं सिखाओगे, तो मैं तुम्हें मारूँगा। क्या तुम हर रोज़ मुझे सिखाने यहाँ आओगे?'

'अगर तुम चाहोगे,' रणजी ने कहा अब तक दोनों पानी से निकल आए थे और मटमैले रंग की चिकनी चट्टान पर अगल-बगल बैठे थे।

'मेरा नाम सूरज है,' पंजाबी लड़के ने कहा, 'तुम्हारा क्या नाम है?'

'मेरा नाम रणजी है।'

'मैं ताक़तवर हूँ। हूँ न?' सूरज ने पूछा और कोहनी पर से अपने हाथ को इस तरह मोड़ा जिससे उसकी बाँह की मांसपेशियाँ उभरकर दिखाई दें।

'तुम बहुत ताक़तवर हो। तुम सचमुच में पहलवान हो।'

'एक दिन मैं विश्व विजेता पहलवान बनूँगा,' सूरज ने ताल ठोकते

हुए कहा। जब उसने अपनी जांघ को हाथ से पीटा तो पूरी जांघ हिल गई। फिर उसने रणजी के दुबले-पतले लेकिन ठोस शरीर पर नज़र डाली। 'तुम भी काफ़ी ताक़तवर हो,' उसने कहा, 'लेकिन तुम्हारी हड्डियाँ कुछ ज़्यादा ही दिखती हैं! मुझे पता है कि तुम लोग ठीक से नहीं खाते। तुम्हें मेरे साथ खाना खाना चाहिए। मैं रोज़ एक सेर दूध पीता हूँ। हमारी अपनी गाय हैं! मेरे दोस्त बन जाओ, तो मैं तुम्हें अपनी तरह पहलवान बना दूँगा! बिल्कुल पक्का! अगर तुम मुझे पानी में छलांग लगाना और पानी के अन्दर अन्दर रहते हुए तैरना सिखा दो, तो तुम्हें पहलवान बना दूँगा!'

'यह ठीक है, है न?'

'बिल्कुल ठीक है,' रणजी ने कहा, जबकि उसे शक था कि इस सौदे में उसका फायदा था।

सूरज ने रणजी के गले में अपनी बाँह डाली और कहा, अब हम दोस्त बन गए हैं, है न?'

दोनों एक-दूसरे को बिना पलक झपके देखते रहे, उनकी नज़रों में ईमानदारी की झलक थी और उस पल ही दोनों के बीच प्रेम और आपसी समझ पैदा हो गई।

'हम दोस्त हैं,' रणजी ने कहा।

पक्षी वापस आकर पेड़ की डालों पर बैठ गए थे और साल के पेड़ों के साये में तालाब शानत और निर्मल था।

'यह हमारा तालाब है,' सूरज ने कहा, 'हमारे अलावा कोई और बिना हमारी इजाज़त के यहाँ नहीं आ सकता। कौन हिम्मत करेगा?'

'किसकी हिम्मत?' रणजी ने कहा।

उसके होठों पर यह सोच कर मुस्कान खेल गई, कि आज के दिन बाजी उसकी रही।

रंग कई कमरे में

पिछले हफ़्ते मैंने एक कहानी लिखी और जब मैं लिख रहा था, तब मुझे यही लगता रहा कि वह एक अच्छी कहानी है। लेकिन जब कहानी पूरी हुई और मैंने उसे पढ़ा, तब मुझे लगा कि उसमें कुछ कमी रह गई है—वह सच्ची नहीं लग रही है। इसलिए मैंने उसे फाड़ डाला। फिर मैंने धूप में सो रहे एक बूढ़े के बारे में कविता लिखी, जिसमें सच्चाई थी। लेकिन वह बहुत जल्दी पूरी हो गई, इसलिए मेरे सामने फिर वही समस्या आन खड़ी हुई कि मैं और क्या लिखूं। तब मुझे अपने पिता याद आये, जिन्होंने मुझे लिखना सिखाया। और मैंने सोचा कि क्यों न अपने पिता के बारे में ही लिखा जाए। उन पेड़ों के बारे में लिखा जाए जो हमने मिलकर लगाये थे, उन लोगों के बारे में जिन्हें मैंने बड़ा होने के दौरान जाना और इस पूरे समय में जो कुछ हुआ उसके बारे में।

और इसलिए, ऐलिस इन वंडरलैंड की नायिका की तरह, मुझे भी शुरू से शुरुआत करनी थी। शुरुआत हुई एक लाल कीड़े से, बिल्कुल मखमल मढ़े बटन जैसा, जो मुझे बंगले के आगे वाले लॉन में मिला था।

रात को हुई बारिश की वजह से घास अभी गीली थी।

मैंने कीड़े को उठाकर अपनी हथेली पर रखा और उसे अपने पिताजी को दिखाने घर के अन्दर ले गया।

'देखो डैड,' मैंने कहा, 'मैंने ऐसा कीड़ा पहले कभी नहीं देखा। यह

यहाँ कहाँ से आया होगा?'

'तुम्हें यह कहाँ मिला?' उन्होंने पूछा।

'घास में।'

'ज़रूर यह आसमान से आया होगा,' उन्होंने कहा, 'और बारिश के साथ ज़मीन पर आ गिरा होगा।'

बाद में उन्होंने कीड़े के वहाँ होने के पीछे की सच्चाई मुझे बतायी, लेकिन मुझे उनकी पहले वाली बात ज़्यादा पसंद आई। कीड़े के आसमान से टपकने वाली बात में एक अलग ही मज़ा था।

उस समय मैं सात साल का था और मेरे पिता सैंतीस के। लेकिन शुरुआत से ही वह मुझे ऐसा एहसास कराते रहे थे कि मैं उनसे किसी भी चीज़ के बारे में बात कर सकता हूँ–कीड़े-मकोड़े, इंसान, पेड़-पौधे, भाप के इंजन, किंग जॉर्ज, कॉमिक्स, मगरमच्छ, महात्मा गांधी, वायसरॉय, अमेरिका, मोजांबिक और टिम्बकटू। हम साथ में दूर तक सैर करने जाया करते, पुराने खंडहरों में घुस जाते, तितलियों के पीछे भागते और रेलगाड़ियों के उधर से गुज़रने पर खड़े-खड़े हाथ हिलाया करते थे।

मेरी माँ तभी चली गई थीं, जब मैं चार साल का था और मेरे पास उनकी धुंधली सी यादें रह गई हैं। ज्यादातर बच्चों की माँ उनके साथ थीं और मुझे यह बात कुछ अजीब लगती थी कि मेरी माँ हमारे साथ नहीं रहीं। जब कभी मैंने अपने पिता से पूछा कि वह क्यों चली गईं, तो वह यही कह देते थे कि जब तुम बड़े हो जाओगे तब ख़ुद समझ जाओगे। जब मैं पूछता था कि वह कहाँ चली गईं, तो वह बहुत परेशान हो जाते थे और यही कहते थे कि मुझे कुछ नहीं पता। मेरे बस इसी एक सवाल का जवाब वह नहीं दे पाते थे।

लेकिन मैं अपने पिता के साथ अकेले रहते हुए काफ़ी ख़ुश था और मैं जानता ही नहीं था कि इससे अलग कुछ और तरह की ज़िंदगी भी हो सकती है।

हम एक पुरानी दीवार पर बैठे दूर समुद्र में धीरे-धीरे चले जा रहे दो अरबी ढाव (पाल वाले जहाज़) और न जाने कहाँ से उनके क़रीब चले आए एक स्टीमर को देख रहे थे। तभी मेरे पिता ने कहा, 'क्या तुम भी बड़े होकर समुद्री यात्रा पर जाना चाहोगे?'

'यह समुद्र कहाँ तक फैला है,' मैंने पूछा।

'यह हर जगह फैला है।'

'क्या यह दुनिया के आख़िरी छोर तक फैला है?'

'यह दुनिया के चारों ओर फैला है, क्योंकि दुनिया गोल है।'

'गोल कैसे हो सकती है?'

'गोल ही है। लेकिन यह इतनी बड़ी है कि इसकी गोलाई का पता नहीं चलता। जब एक मक्खी तरबूज़ पर बैठती है तो वह तरबूज़ के दूसरी ओर नहीं देख पाती। है न? मक्खी को तरबूज़ सपाट सा दिखता होगा। ठीक इसी तरह, इतनी बड़ी दुनिया के आगे हम बहुत छोटे से कीड़े से भी छोटे हैं।'

'क्या आपने दुनिया घूमी है?' मैंने पूछा।

'नहीं, बस इंग्लैंड तक गया था। वहाँ, जहाँ तुम्हारे दादाजी पैदा हुए थे।'

'और मेरी दादी?'

'जब वह बहुत छोटी थीं तब नॉर्वे से भारत आ गई थीं। नॉर्वे एक ठंडा देश है जहाँ हर तरफ़ पहाड़ और बर्फ़ है और जहाँ जगह-जगह समंदर ज़मीन की हद के अन्दर घुसा हुआ है। जब मैं छोटा था तब वहाँ गया था।'

'बहुत ख़ूबसूरत देश है, जहाँ के लोग भले हैं और ख़ूब मेहनती भी।'

'मैं भी कभी वहाँ जाना चाहूँगा।'

'ज़रूर जाना।'

'एक दिन जब तुम बड़े हो जाओगे तो मैं तुम्हें नॉर्वे ले चलूँगा।'

'क्या वह इंग्लैंड से बेहतर है?'

'काफ़ी अलग है।'

'क्या भारत से बेहतर है?'

'काफ़ी अलग है।'

'क्या भारत इंग्लैंड जैसा है?'

'नहीं, अलग है।'

'इस अलग का क्या मतलब है?'

'मतलब यह है कि सब कुछ एक जैसा नहीं होता। मतलब यह है कि लोग अलग तरह के हैं। मतलब यह है कि मौसम का मिज़ाज कुछ अलग तरह का होता है। मतलब यह है कि पेड़-पौधे, पक्षी और कीट-पतंगे दोनों जगह अलग-अलग तरह के हैं।'

'क्या इंग्लैंड के मगरमच्छ भारत के मगरमच्छ से अलग होते हैं?'

'इंग्लैंड में मगरमच्छ होते ही नहीं हैं।'

'अच्छा! तब तो इंग्लैंड ज़रूर अलग ही होगा।'

'अगर दुनिया में सारी जगह एक जैसी हो जाएँ, तो मज़ा ही क्या रह जाएगा!' पिताजी ने कहा।

मेरे कभी न ख़त्म होने वाले सवालों के सिलसिले से परेशान होकर उन्होंने कभी धैर्य नहीं खोया। अगर उनका आराम करने का मन होता, तो पाइप निकाल कर उसे बहुत देर तक सुलगाने की कोशिश करते रहते। अगर उनका यह काम देर तक चलता, तो मैं भी हार कर कुछ और करने लगता था। लेकिन कभी-कभी मैं बड़े धैर्य के साथ इन्तज़ार करता और पाइप जल जाने पर फिर सवाल दागना शुरू कर देता।

'हम हमेशा भारत में ही रहेंगे क्या?' मैंने पूछा।

'नहीं, हमें एक दिन यहाँ से जाना पड़ेगा। देखो, यह बात समझाना ज़रा मुश्किल है, लेकिन वास्तव में यह हमारा देश नहीं है।'

'आया कहती है कि भारत इंग्लैंड के राजा का है और उनके ताज में जो रतन जड़े हैं, वे भारत से ले जाए गए थे। और जब भारतीयों को उनके रत्न वापस मिल जाएँगे, तब भारत राजा के हाथ से निकल जाएगा! लेकिन पहले उन्हें राजा से ताज लेना होगा जो कि बहुत मुश्किल है, क्योंकि राजा हर समय ताज सिर पर पहने रहते हैं,' वह बताती है, 'बल्कि ताज पहने-पहने ही सोते भी है!'

मेरी देखभाल करने वाली आया मुझे बहुत प्यार करती थीं और उनकी सुनायी अजीबो-ग़रीब और मज़ेदार कहानियाँ हमेशा मेरे दिमाग़ में छायी रहती थीं। मेरे पिता आया की बातों पर कभी कुछ नहीं बोलते थे। वह तो बस इतना ही कहते थे कि हमें एक न एक दिन यहाँ से जाना होगा।

'हम यहाँ कब से हैं?' मैंने पूछा।

'दो सौ साल से।'

'नहीं, मेरा मतलब है हम!'

'अच्छा, तुम भारत में पैदा हुए थे, इसलिए तुम्हारे सात साल हो गए।'

'तो क्या मैं यहाँ नहीं रह सकता हूँ?'

'क्या तुम यहाँ रहना चाहते हो?'

'मैं समंदर पार जाना तो चाहता हूँ लेकिन क्या हम आया को अपने साथ ले जा सकते हैं?'

'मुझे नहीं पता, बेटा! चलो समंदर के किनारे सैर करके आते हैं।'

हम झील के किनारे एक पुराने महल में रहते थे। महल बाहर से खंडहर जैसा लगता था, लेकिन उसके कमरे बढ़िया और आरामदेह थे। महल के एक हिस्से में हम रहते थे और दूसरे हिस्से में मेरे पिताजी एक छोटा सा स्कूल चलाते थे। राजा और उनके रिश्तेदारों के बच्चे उनके इस स्कूल में पढ़ते थे। मेरे पिताजी ने भारत में चाय बागानों में पौधे रोपने के काम से भारत में अपनी ज़िन्दगी की शुरुआत की थी। लेकिन पढ़ाने का प्रषिक्षण भी वह ले चुके थे, इसलिए अरब सागर के किनारे एक छोटी सी रियासत में स्कूल चलाने की बात उन्हें रास आई।

पिताजी की तनख़्वाह तो ज़्यादा नहीं थी, लेकिन हमें महल में रहने को जगह, घूमने के लिए 1938 मॉडल की नई-नवेली हिलमैन गाड़ी और कई नौकर मिले हुए थे। उन दिनों सभी के पास नौकर होते थे

(बस नौकरों के पास नहीं होते थे!)। आया हमारी अपनी थी। लेकिन खानसामा, माली, भिश्ती और बाक़ी घरेलू काम करने वाला एक नौकर, रियासत की ओर से मिले हुए थे। कभी-कभी मैं कक्षा में दूसरे बच्चों (जो कि सारे के सारे मुझसे काफ़ी बड़े थे) के साथ बैठ जाया करता, कभी आया के साथ घर पर रहता, तो कभी माली दुक्खी के पीछे-पीछे बड़े से बग़ीचे में डोलता फिरता था।

दुक्खी का मतलब होता है उदास या दुखी पर मैं कभी पता नहीं लगा पाया कि माली को किस बात का दुःख है, लेकिन यह नाम उस पर बिल्कुल सही बैठता था। वह ख़ुद भी काफ़ी कुछ उन मुरझाए हुए खरपतवार जैसा लगने लगा था, जिन्हें वह दिन भर खुरपी से खोद-खोद कर निकाला करता था। मैंने उसे शायद ही कभी खड़े हुए देखा होगा। जब देखो वह मुड़े हुए घुटनों के पास ठोड़ी किए उकड़ूं बैठकर कुछ न कुछ खोदता-बीनता मिलता। इसी तरह बैठे-बैठे बस अपने पाँव सरकाते हुए बग़ीचे में कहीं भी पहुँच जाता। मैं भी घुटनों को बगल में अटा कर बैठने के उसके इस अन्दाज़ की नकल करने की कोशिश करता, लेकिन कभी भी पाँच मिनट से ज़्यादा इस तरह नहीं बैठ पाता था।

बड़े से बग़ीचे में समय कोई मायने नहीं रखता। दुक्खी भी जल्दी में नहीं रहता था। उसके लिए ज़िंदगी का मतलब एक के बाद एक सालों का गुज़रते जाना नहीं, बल्कि शीत, बसंत, तपन, बारिश और शरद ऋतु का आना और जाना था। उसकी क्यारियाँ हमेशा आने वाले मौसम के लिए तैयार रहें और बारिश अच्छी हो जाए, इससे आगे की वह नहीं सोचता था। उसकी उम्र का अन्दाज़ा कोई नहीं लगा पाता था। वह छत्तीस का भी हो सकता था और छियासी का भी। जितने बसंत उसने देखे थे, वह उतना बूढ़ा नहीं था, लेकिन जितने साल उसने जिये थे, उससे कहीं ज़्यादा ज़िन्दगी वह देख चुका था।

दुक्खी को चटक रंग ख़ूब भाते थे, ख़ासतौर से लाल और पीला।

उसे तेज़ ख़ुशबू वाले फूल जैसे बेला और रात की रानी पसंद थे। मेरे पिताजी को बेहद भीनी ख़ुशबू वाले पिटूनिया और स्वीट पी जैसे फूल अच्छे लगना उसकी समझ से बाहर था। लेकिन दुक्खी की तरह मुझे भी आमतौर पर मिलने वाले गेंदे के नारंगी फूल अच्छे लगते थे, जो मंदिरों में चढ़ाए जाते हैं और गुलदस्ते में लगाये जाते हैं। जब बग़ीचे में और किसी रंग के फूल नहीं होते तब भी गेंदे के ख़ुशनुमा और चटक रंग वाले फूल सूरज की रौनक को चुनौती देते रहते थे।

दुक्खी को गुलदस्ते बनाना अच्छा लगता था और उसको काम करते हुए देखने में मुझे बड़ा मज़ा आता था। ठीक बीच में एक बड़ा सा सूरजमुखी, उसके चारों ओर गुलाब, गेंदे और कनेर के फूल लगाने के बाद चारों तरफ़ तरह-तरह की हरी पत्तियों का घेरा बनाकर उन सबको रुपहले धागे से बाँध देता। ख़ूब अच्छी ख़ुशबू आती, हर किसी पर छा जाती। ख़ास मौकों, जैसे जन्मदिन पर मेरे या पिताजी के लिए ऐसे गुलदस्ते बनाता, या फिर पिताजी के ख़ास मेहमानों के लिए।

एक दिन मैंने दुक्खी को एक गुलदस्ता बनाते देखा तो कहा, 'आज तो कोई नहीं आ रहा है दुक्खी। और किसी का जन्मदिन भी नहीं है।'

'आज जन्मदिन है छोटे साहब,' उसने कहा।

उसने मुझे छोटे साहब की उपाधि दे रखी थी। वैसे यह राजा साहब, दीवान साहब, या बड़े साहब जैसी कोई ख़ास उपाधि नहीं थी, लेकिन सात साल की उम्र में कोई भी उपाधि मिलना बहुत अच्छा लगता था।

'अच्छा,' मैंने कहा, 'और क्या पार्टी भी है?'

'पार्टी नहीं है।'

'बिना पार्टी के जन्मदिन का क्या मतलब है? और तोहफ़े के बिना जन्मदिन कैसा?'

'जिसका जन्मदिन है उसे फूलों के सिवा और कोई तोहफ़ा पसंद नहीं है।'

'कौन है वह?' जानने की बेचैनी के साथ मैंने पूछा।

'अगर तुम जानना ही चाहते हो तो यह फूल उसके लिए ले जा सकते हो। वह महल के दूसरी ओर सबसे ऊपर वाले हिस्से में रहती हैं। बाइस सीढ़ियाँ चढ़नी हैं। यह याद रखना छोटे साहब, तेइसवीं सीढ़ी चढ़ने के लिए क़दम बढ़ाते ही झील में गिर जाओगे, क्योंकि वहाँ मुंडेर नहीं है!'

मैंने सीढ़ियों पर चढ़ना शुरू किया। ढलवां लोहे की गोल घुमावदार सीढ़ियाँ थीं। जो गोल-गोल घूमते हुए ऊपर की ओर जा रही थीं। उन पर चढ़ते हुए मेरा सिर घूमने लगा और मुझे काफ़ी थकान भी हो गई।

बिल्कुल ऊपर पहुँच कर मैंने ख़ुद को एक छोटे से छज्जे पर पाया जिसके ठीक नीचे झील थी और सामने एक दूसरा महल। उससे आगे भीड़भाड़ वाला शहर और उसके पीछे काफ़ी दूर पर बन्दरगाह। मुझे एक आवाज़ सुनाई दी, जो तेज़ तो थी लेकिन थी सुरीली। उसने अंग्रेज़ी में पूछा–'क्या तुम भूत हो?' मैं यह देखने के लिए घूमा कि यह सवाल किसने पूछा, लेकिन छज्जा खाली पड़ा था। आवाज़ अंधेरे कमरे से आई थी।

वहाँ से भागने की तैयारी में मैं सीढ़ियों की तरफ़ मुड़ा, लेकिन तभी उस आवाज़ ने कहा–'अरे, जाओ मत, डरने की कोई बात नहीं है!' मैं वहीं ठहर गया और बड़ी होशियारी से कमरे के अंधेरे में गौर से देखने लगा।

'पहले मुझे यह बताओ कि क्या तुम भूत हो?'

'नहीं मैं एक लड़का हूँ।'

'मैं एक लड़की हूँ। हमारी दोस्ती हो सकती है। मैं वहाँ बाहर नहीं आ सकती। अच्छा हुआ तुम यहाँ आ गए। आ जाओ, मैं भी भूत नहीं हूँ। कम से कम अभी तो बिल्कुल भी नहीं हूँ!'

क्योंकि वह आवाज़ कहीं से भी डरावनी नहीं लग रही थी, इसलिए मैं कमरे के अन्दर चला गया। अन्दर अंधेरा था। और बाहर मेरी आँखें

रोशनी से चकाचौंध हो चुकी थीं, इसलिए अन्दर की कम रोशनी में मुझे सुनहरी पत्ती से मढ़ी गद्दीदार कुर्सी पर बैठी उस छोटी सी बुज़ुर्ग महिला को देख पाने में कुछ समय लगा। उसने लाल साड़ी पहन रखी थी और उसकी कलाइयों में बहुत सारी रंग-बिरंगी चूड़ियाँ और कानों में बुंदे थे। सिर पर सफ़ेद बालों की कई पट्टियाँ होने के बावजूद भी उसकी त्वचा चिकनी और झुर्रियाँ रहित थी। उसकी आँखें बड़ी-बड़ी और बहुत ख़ूबसूरत थीं।

'ज़रूर तुम मास्टर बांड होगे!' वह बोलीं।

'तुम्हें पता है कि मैं कौन हूँ?'

'आप वही हैं जिसका आज जन्मदिन है,' मैंने कहा, 'मैं बस इतना ही जानता हूँ। दुक्खी ने इसके अलावा मुझे कुछ नहीं बताया।'

'अगर तुम मुझसे वादा करो कि तुम किसी और को नहीं बताओगे, तो मैं तुम्हें बता देती हूँ कि मैं कौन हूँ। देखो, हर कोई सोचता है कि मैं पागल हूँ। क्या तुम्हें भी ऐसा लगता है?'

'मुझे नहीं मालूम।'

'देखो अगर तुम्हें भी ऐसा ही लगता है तो मुझे बता सकते हो!' वह बोलते-बोलते हँस पड़ी। उसकी हँसी में कुछ ऐसी खरखराहट थी जैसे दीवार पर रेंगने वाली छिपकली के गले के नीचे से निकलने वाली आवाज़।

'मुझे अन्दर से लगता है कि तुम सच बोलने वाले लड़के हो। क्या तुम्हें सच बोलने में कोई दिक़्क़त होती है?'

'कभी-कभी।'

'कभी-कभी। सच बात है, कई बार ऐसा होता है कि मैं झूठ बोलता हूँ, बहुत सारे छोटे-छोटे झूठ बोलता हूँ, क्योंकि इसमें मज़ा आता है! लेकिन क्या आप मुझे झूठा कहेंगी?'

'अगर मैं तुम्हारी जगह होती, तो मैं तो नहीं कहती।' लेकिन क्या

तुम कहते?'

'क्या आप झूठ बोलती हैं?'

'मैं तुमसे पूछ रही हूँ! अगर मैं तुमसे कहूँ कि मैं कहीं की रानी थी या कहीं की रानी हूँ, तो क्या तुम मेरा विश्वास करोगे?'

मैंने गहराई से इस बारे में सोचा और कहा–'मैं आपकी बात पर यक़ीन करने की कोशिश करूँगा।'

'वैसे तुम्हें मेरी बात मान लेनी चाहिए। मैं वाकई में रानी हूँ, सचमुच की रानी! देखो अपनी बात साबित करने के लिए मेरे पास हीरे हैं!'

और यह कहकर उन्होंने अपना हाथ आगे बढ़ाया। हाथ की हर उँगली में अंगूठी थी और उसमें लगे नग वहाँ की हल्की सी रोशनी में चमक रहे थे। हीरे, माणिक्य, मोती, पन्ने! किसी रानी के पास ही ऐसे रत्न हो सकते थे! वह इस बात के लिए बेचैन थी कि मैं उसकी बात पर विश्वास कर लूँ।

'बेशक आप रानी होंगी,' मैंने कहा।

'बिल्कुल!' वह तपाक से बोली। 'तो फिर मुझे रानी साहिबा कहने में तुम्हें कोई एतराज़ नहीं होना चाहिए?'

'रानी साहिबा,' मैंने कहा।

वह मुस्कुराई। बेहद ख़ूबसूरत, हल्की सी मुस्कान। उसके चेहरे पर एक नूर फैल गया।

'मैं तुम्हें प्यार करती,' उसने कहा, 'लेकिन इससे बेहतर होगा कि मैं तुम्हें खाने को कुछ दूँ। क्या तुम्हें चॉकलेट पसंद हैं?'

'जी, रानी साहिबा!'

'ठीक है,' वह बोली और बगल में रखी मेज़ पर से एक डिब्बा उठाया।

'यह इंग्लैंड से आई हैं! इनमें से दो तुम ले लो। देखो, दो ही लेना। वरना गुरुवार से पहले डिब्बा खाली हो जाएगा और मैं ऐसा बिल्कुल

नहीं चाहती, क्योंकि मुझे शनिवार से पहले और चॉकलेट नहीं मिलेंगी।'

'उस दिन कैप्टन मैकवर्स का जहाज़ एस एस लूसी आएगा, जिसमें चॉकलेट के डिब्बे ही डिब्बे लदे होंगे!'

'सारे आपके लिए?' मैंने हैरानी से पूछा।

'हाँ और क्या। एक बार आई चॉकलेट तीन महीने चलनी चाहिए। मेरे लिए चॉकलेट इंग्लैंड से आती है। सबसे उम्दा चॉकलेट मंगवाती हूँ मैं। मुझे सबसे ज़्यादा वह पसंद हैं जिनके अन्दर गुलाबी रंग का कुरकुरा सा कुछ भरा होता है। तुम्हें नहीं अच्छी लगतीं?'

'हाँ, लगती है न!' मैंने तपाक से जवाब दिया, जबकि मन ही मन मुझे उनके पास इतनी चॉकलेट होने से जलन हो रही थी।

'कोई बात नहीं,' वह बोली, 'मैं तुम्हें बीच-बीच में एकाध चॉकलेट देती रहूँगी, अगर तुम मुझे ख़ुश रखोगे! लो इसमें से एक ले लो।'

उसने चॉकलेट का डिब्बा मेरी ओर बढ़ा दिया।

मैंने रुपहली पन्नी में लिपटी एक चॉकलेट उठा ली और जैसे ही मैंने एक और लेने की सोची, उसने झटपट डिब्बा मेरे आगे से हटा लिया।

'और नहीं!' वह बोली, 'यह शनिवार तक चलानी है।'

'लेकिन मैंने तो एक ही ली थी,' मैंने कहा, क्योंकि मुझे उसका टोकना बुरा लगा था।

'अच्छा, ऐसा है?' उसने तीखी निगाहों से मुझे घूरते हुए पूछा, फिर शायद मेरे कहे पर भरोसा करके दरियादिली दिखाते हुए बोली, 'अगर ऐसी बात है तो तुम एक चॉकलेट और ले सकते हो।'

यह सोच कर कि कहीं रानी पिछली बार की तरह मेरे आगे से डिब्बा न खींच ले, उस पर नज़र टिकाए रखते हुए मैंने दूसरी चॉकलेट चुनी। इस बार मैंने हरी पन्नी में लिपटी चॉकलेट उठायी। मुझे याद नहीं है कि उस दिन मौसम कैसा था, लेकिन मुझे चॉकलेट की उस पन्नी का झिलमिलाता हरा रंग अच्छी तरह याद है।

मैंने सोचा की रानी के सामने चॉकलेट खाना बेअदबी होगी, इसलिए मैंने चॉकलेट जेब में रख लीं और बोला–'अब मुझे चलना चाहिए। आया मुझे ढूँढ़ रही होगी।'

'तो अब तुम अगली बार मुझसे मिलने कब आओगे?'

'मुझे नहीं पता, रानी साहिबा।'

'एक काम है जो मैं चाहती हूँ तुम मेरे लिए करो,' उसने कहा, 'करोगे न?' यह कहते हुए उसने अपनी एक उँगली मेरे कंधे पर रख कर वह मुझे ऐसे देख रही थी जैसे मन ही मन कोई साजिश रच रही हो।

'मुझे क्या करना होगा, रानी साहिबा?'

'क्या करना होगा! तुमने यह क्यों पूछा? असली राजकुमार कभी नहीं पूछते कि क्या करना होगा, कैसे करना होगा, क्यों करना होगा, वह तो बस राजकुमारी का कहा कर देते हैं। रानी बनने से पहले जब मैं राजकुमारी थी, तब मैंने एक राजकुमार से तैर कर झील के दूसरे किनारे से कुमुदिनी का फूल लाकर देने को कहा था।'

'तो राजकुमार ने आपको फूल लाकर दिया?'

'वह आधे रास्ते में ही डूब गया। तुम्हें इससे सबक लेना चाहिए। कुछ भी करने के लिए यूँ ही राज़ी मत हो जाओ जब तक कि तुम्हें पता न चल जाए कि करना क्या है!'

'लेकिन मैंने सोचा कि आपने कहा था...'

'मैंने क्या कहा था उसे भूल जाओ। जो मैं कह रही हूँ उसे ध्यान से सुनो!'

'अच्छा, ठीक है,' मैंने कहा। जबकि मन ही मन मना रहा था कि काश यहाँ से इसी पल ग़ायब हो जाता। 'आप मुझसे क्या करवाना चाहती हैं?'

'कुछ नहीं।' उनके गुलाब की पंखुड़ियों जैसे होंठ लटक गए और वह दीवार पर टंगी तस्वीर को देखते हुए उदास होकर न जाने किन ख़यालों में खो गईं।

अब तक मेरी आँखें कमरे में कम रोशनी के हिसाब से ढल गई थीं। मैंने देखा कि दीवारों पर पगड़ियाँ और शानदार पोशाकें पहने राजा और रानियों की तस्वीरें टंगी थीं। वहाँ इंग्लैंड की महारानी विक्टोरिया और किंग जॉर्ज पंचम की तस्वीरें भी थीं।

और इन सब के बीच मिकी माउस की एक बड़ी सी तस्वीर भी थी।

'अगर कोई बहुत ज़्यादा ख़तरनाक काम नहीं होगा तो मैं कर दूँगा,' मैंने कहा।

'तो सुनो,' उन्होंने मेरा हाथ पकड़ा और धीरे से मुझे अपनी और खींच लिया। कितना छोटा सा था उनका हाथ! फिर धीरे से फुसफुसाया, 'मुझे एक लाल गुलाब चाहिए। महल के बग़ीचे से। लेकिन होशियार रहना! कहीं वहाँ का माली दुक्खी तुम्हें पकड़ न ले। वह जान जाएगा कि फूल मेरे लिए तोड़ा गया है। उसे मालूम है कि मुझे गुलाब बहुत पसंद है। और वह मुझसे नफ़रत करता है! किसी दिन बताऊँगी कि क्यों। लेकिन अगर उसने तुम्हें पकड़ लिया तो ज़रूर कुछ बहुत बुरा कर डालेगा।'

'मेरे साथ?'

'नहीं, अपने साथ। जो कि और भी बुरा होगा! है न? वह ख़ुद की गठरी सी बना कर बैठ जाएगा, वह कपड़े उतार कर काँटों की सेज पर लेट जाएगा, या अनशन पर बैठ जाएगा और फल, मिठाईयाँ और मुर्गे के अलावा कुछ नहीं खाएगा! इसलिए तुम जरा ध्यान रखना। रखोगे न?'

'अरे, लेकिन वह आप से नफ़रत नहीं करता है।' मैंने उनकी बातों के जवाब में ज़ोरदार तरीक़े से अपनी बात रखी, क्योंकि उसने मेरे हाथों ही उनके लिए फूल भेजे थे। मैं अचानक फूल तलाशने लगा तो पाया कि मैं ख़ुद उन्हीं पर बैठा हुआ था।

'देखिए, यह फूल उसने आपके जन्मदिन पर भेजे हैं!' मैंने कहा।

'अगर उसने फूल मेरे जन्मदिन पर भेजे हैं तो तुम इन्हें वापस ले जा सकते हो, 'लेकिन अगर मेरे लिए भेजे हैं..., उनके तेवर अचानक नरम

पड़ गए और कुछ शर्माते हुए बोली,' ...तो मैं इन्हें रख लेती हूँ।'

'शुक्रिया, मेरे प्यारे... कितनी प्यारी बात है।' यह कहते हुए वह आगे को झुकीं, जैसे मुझे चूम लेना चाहती हों।

'बहुत देर हो चुकी है। अब मुझे जाना चाहिए!' मैं उनकी इस कोशिश से चौंक गया, झटपट खड़ा हुआ, तेज़ी के साथ कमरे से बाहर निकला और घुमावदार सीढ़ियों से नीचे उतर गया।

अभी पिताजी ने दोपहर का भोजन, जिसे हम टिफिन कहते थे, खाना शुरू नहीं किया था। आमतौर पर अगर मुझे देर हो जाए तो वह मेरा इन्तज़ार करते थे। मुझे नहीं लगता कि उन्हें अकेले खाना पसंद था।

टिफिन में अक्सर चावल, मटन करी (ख़ूब सारी तरी के साथ कोफ़्ते मुझे सबसे ज़्यादा पसंद थे), छौंकी हुई दाल और नींबू या आम का ख़ूब चटपटा अचार होता था।

रात के खाने में अंग्रेज़ी व्यंजन होते थे–एक सूप, भुना हुआ मांस, तले हुए आलू, पिताजी के हाथ की गाढ़ी तरी और कस्टर्ड या कैरामेल पुडिंग। मेरे पिताजी को खाना बनाने में मज़ा आता था, लेकिन इसके लिए उन्हें सुबह ही समय मिल पाता था।

नाश्ता वह ख़ुद बनाते थे। उन्हें तरह-तरह के मज़ेदार तरीक़े से अंडे बनाना आता था और कुछ इतालवी खाने की चीज़ें ख़ासतौर से उनकी पसंदीदा थीं, जो उन्होंने मेरे पैदा होने से पहले यूरोप की यात्रा के दौरान सीखी थीं।

अपने हिंदू मित्रों की भावनाओं का ध्यान रखते हुए हम गाय का मांस नहीं खाते थे, लेकिन बकरे और मुर्गे के अलावा, तीतर, हिरन, झींगे और सेही वग़ैरह का मांस बड़ी आसानी से खाने को मिल जाया करता था!

'अरे, तुम कहाँ चले गए थे?' जैसे ही पिताजी ने मुझे आते देखा, अपनी प्लेट में चावल परोसते हुए मुझसे पूछा।

'पुराने महल के ऊपर वाली मंज़िल पर,' मैंने बताया।

'क्या तुम्हें वहाँ कोई मिला?'

'हाँ, मुझे एक छोटी सी महिला मिली जिसने मुझे बताया कि वह रानी हैं।'

'उसने मुझे चॉकलेट दीं।'

'वैसे वह किसी का आना-जाना पसंद नहीं करती हैं।'

'अच्छा! मुझसे तो कुछ नहीं कहा। लेकिन क्या वह वाकई में रानी हैं?'

'ऐसा है, वह एक महाराजा की बेटी हैं। इस तरह वह एक राजकुमारी हुईं। उन्होंने कभी शादी नहीं की। कहा जाता है कि उन्हें एक ऐसे आदमी से प्यार हो गया था जो किसी राजघराने से नहीं था। वह महल का ही एक कारिंदा था। और राजकुमारी उससे शादी करना चाहती थी, लेकिन ज़ाहिर है, उन्हें ऐसा नहीं करने दिया गया। तब से वह बहुत दुखी रहती हैं। और फिर वह पुराने महल में अकेले रहने लगीं। उन्हें जिन चीज़ों की ज़रूरत होती है सब पहुँचा दी जाती हैं, लेकिन न तो वह बाहर जाती हैं और न ही कोई बाहरी व्यक्ति उनसे मिलने जाता है।

'हर कोई कहता है कि वह पागल हैं।'

'उन्हें कैसे पता,' मैंने पूछा।

'क्योंकि वह दूसरे लोगों से अलग हैं; मुझे ऐसा लगता है।'

'क्या पागल होने का मतलब यह होता है?'

'नहीं, ऐसा नहीं है। मुझे लगता है कि पागलपन का मतलब है चीज़ों को वैसे न देख पाना जैसे दूसरे देखते हैं।'

'क्या यह कोई बहुत बुरी बात है?'

'नहीं,' पिताजी ने कहा!' पहली बार कोई बात मुझे समझाने में वह बड़ी दिक़्क़त महसूस कर रहे थे।

'ऐसे लोग जिनके दिमाग़ इतनी अलग तरह से काम करते हैं, कि वह हमारी तरह एक-एक क़दम आगे बढ़ते हुए नहीं सोचते, बल्कि उनके

विचार एक जगह से दूसरी जगह छलांग लगाते रहते हैं। ऐसे लोगों के साथ रहना मुश्किल होता है।'

'एक-एक कदम,' मैंने दोहराया, 'एक-एक कदम।'

'तुम खा नहीं रहे हो,' पिताजी ने कहा, 'जल्दी करो और आज तुम मेरे साथ चलो। मैं तुम्हें स्कूल ले चलता हूँ।'

मुझे अपने पिताजी की कक्षा में बैठना हमेशा अच्छा लगता था।

लेकिन वह मुझे अक्सर अपने साथ नहीं ले जाते थे। उनका मानना था कि स्कूल में मज़ा आना चाहिए। तब कहीं बात बनती है। और फिर स्कूल की दिनचर्या बोझिल भी न हो।

स्कूल में अपनी उम्र से बड़े बच्चों के साथ कक्षा में बैठकर, जहाँ भले ही आधी बातें समझ में न आती हों, पर यह ज़रूर महसूस करता था कि मैं भी कुछ हूँ और उम्र में भी बहुत छोटा नहीं हूँ। और हाँ, मैंने पढ़ना और लिखना भी सीखा, भले ही पहले उल्टा पढ़ना सीखा, क्लास में दूसरों की मेज़ के आगे खड़े होकर उनकी किताबों को पढ़ने की कोशिश करते-करते। बाद में, जब मैं स्कूल में पढ़ने गया तो मुझे सीधी किताब में से पढ़ने में कुछ दिक़्क़त आई और आज भी मैं कभी-कभी जब मन करता है तो उल्टी किताब हाथ में लेकर पढ़ता हूँ।

मेरा मतलब यह नहीं है कि मैं सिर के बल खड़े होकर पढ़ता हूँ, बल्कि पढ़ते समय बस किताब को उल्टा करके पकड़ लेता हूँ। तुकबन्दी और गायी जाने वाली कई कविताएँ मुझे रटी हुई थीं। सबसे मज़ेदार थी घमंडी लाल वाली कविता।

लाल घमंडी का संसार
जन्मे जिस दिन, था सोमवार
नामकरण हुआ मंगलवार
शादी का दिन था बुधवार,
गुरूवार को हुए बिमार,

शुक्र को जीवन बन गया भार,
शनिवार छोड़ा संसार,
शव यात्रा का दिन रविवार,
इसी तरह घमंडी लाल
हो गए भव सागर से पार।

आख़िरकार क्या जीवन का इतना सा ही मतलब होता है? और क्या हम सभी का जीवन मोटे तौर पर सोलोमन ग्रंडी की ज़िन्दगी जैसा होता है? ये सवाल एक समय मुझे बहुत परेशान किया करते थे। पहेली सी अबूझ लगने वाली एक दूसरी कविता थी–

सुनो सभी लगाकर ध्यान
भौंकें कुत्ते सब हैरान
आये भिक्षुक माँगें दान
कुछ बेहद ही ख़स्ताहाल
कुछ के थैलों में था माल
और एक गुदड़ी का लाल!

इस कविता में छिपी पहेली भी बहुत दिनों तक मेरे लिए अबूझ रही। इसमें भिखारियों की ही बात थी या कुछ और भी था? बाज़ार में भिखारियों की कभी कमी नहीं थी, लेकिन बीच-बीच में वह घर-घर चक्कर लगा जाते थे। उनमें से कई वास्तव में बेहद खस्ताहाल होते थे और कुछ के पास कई-कई गठरी और थैले भी होते थे। और यह बात भी सही है कि अक्सर भिखारियों पर कुत्ते भौंकते हैं। लेकिन गुदड़ी के लाल वाली बात समझ से परे थी। एक दिन मैंने पिता जी से पूछ ही लिया–

'यह गुदड़ी का लाल कौन है?'

'वह कोई भिखारी नहीं!' उन्होंने बस इतना बताया।

'फिर भिखारियों की कविता में उसका क्या काम?'

तब मैं आया के पास गया और उसके सामने अपना सवाल रखा–

'यह भिखारियों की कविता में किस गुदड़ी के लाल की बात की गई है?

'प्रभु ईसा मसीह,' आया ने बताया।

आया को धर्म-संस्कार में गहरी आस्था थी और वह सोने से पहले मुझसे ईश्वर को धन्यवाद देने वाली प्रार्थना ज़रूर करवाती थी, चाहे मुझे कितनी भी ज़ोर की नींद क्यों न आ रही हो!

मुझे लगता है कि उसकी रगों में कोली जनजाति के मछुआरे परिवार की उसकी माँ के साथ अरब और अफ्रीका के पूर्वजों का भी ख़ून बहता था। उसके पिता अरब देश की पाल वाली एक नौका पर नाविक थे और उन्होंने ईसाई धर्म अपना लिया था।

आया बड़े-बड़े हाथ-पाँव वाली ख़ूब लम्बी-तगड़ी गोल-मटोल महिला थी और उसकी चाल किसी शाही फ़ीलखाने के पुराने हाथी जैसी मतवाली और राजसी थी। भले ही हाथी डीलडौल में इतने बड़े होते हैं, लेकिन चुस्ती-फुर्ती में भी किसी से कम नहीं होते। उन्हीं की तरह बड़े-बड़े हाथ-पैरों वाली हमारी आया भी बेहद फुर्तीली लेकिन सौम्य और संवेदनशील थी। उसके चेहरे पर हमेशा बच्चों जैसी मधुर मुस्कान रहती थी।

ईसाई होने के बावजूद उसने अपने माता-पिता की कई मान्यताओं का दामन नहीं छोड़ा था और मुझे शरारती और बुरी आत्माओं, रूप बदलकर जानवर बन जाने वाले इंसानों और ऐसे साँपों की कहानियाँ सुनाने में उसे मज़ा आता था जो पिछले जन्म में राजकुमार थे।

एक कहानी ऐसे साँप की थी जिसने राजकुमारी से विवाह किया था। पहले तो राजकुमारी उस साँप से शादी नहीं करना चाहती थी, जो उसे जंगल में मिला था, लेकिन साँप ने यह कहकर दबाव डाला कि अगर तुम मुझसे शादी नहीं करोगी तो मैं तुम्हें मार डालूँगा। तब राजकुमारी को उससे शादी करनी पड़ी। साँप अपनी दुल्हन राजकुमारी को लेकर वहाँ पहुँचा जहाँ एक बहुत बड़ा खज़ाना ज़मीन में दबा था। उसने राजकुमारी

को बताया–'मैं पिछले जनम में एक राजकुमार था और यह सारा खज़ाना अब तुम्हारा है। इतना कहकर साँप वहाँ से ग़ायब हो गया।

'सुबह-सुबह साँप दिखाई देना बड़ा शुभ होता है,' आया ने बताया।

'और अगर साँप ने काट लिया तो कैसे शुभ होगा?' मैंने पूछा।

'वह भी उसके लिए शुभ ही होगा,' आया ने कहा। इस बात के पीछे कोई ऐसा तर्क होगा जो आया ही जानती होगी।

हमारे बड़े से बग़ीचे में कई साँप रहते थे और पिताजी ने मुझे समझा रखा था कि जहाँ घास ज़्यादा बड़ी हो वहाँ न जाऊँ। लेकिन मुझे तो साँप पक्के रास्ते पार करते हुए भी मिलते थे, जो आया के मुताबिक शुभ था। कभी किसी साँप ने मुझ पर हमला नहीं किया।

'अगर तुम साँप के साथ कोई छेड़छाड़ नहीं करोगे, तो वह तुम पर हमला नहीं करेगा,' पिताजी ने कहा, 'लेकिन अगर उस पर पैर पड़ा, तो ज़रूर काट सकता है।'

'क्या सारे साँप जहरीले होते हैं?'

'हाँ, लेकिन सिर्फ़ कुछ का ज़हर इतना तेज़ होता है कि इंसान की जान ले ले, पर बाक़ी अपना ज़हर चूहे और मेंढकों पर इस्तेमाल करते हैं। यही अच्छा भी है, वरना बरसात के मौसम में सारे घर पर मेंढकों का ही कब्जा हो जाता।

एक दिन दोपहर में जब पिताजी स्कूल गए हुए थे, आया को गुसलखाने के टब में एक साँप दिखाई दिया। वह सुबह का समय नहीं था, शायद इसलिए आया को साँप का दिखाई देना शुभ नहीं लगा। आया डर गई और मदद के लिए पुकारती बग़ीचे की ओर भागी। दुक्खी दौड़ा-दौड़ा आया। आया ने मुझे घर से बाहर ही रहने को कहा और वह दोनों साँप पकड़ने घर के अन्दर चले गए।

शायद उस समय पहली बार मैंने ख़ुद को बग़ीचे में अकेला पाया, क्योंकि दुक्खी हमेशा वहीं होता था। ऐसे हालात में मुझे रानी की इच्छा

याद आ गई। झटपट मैंने गुलाब की पास वाली झाड़ से सबसे बड़ा फूल तोड़ लिया। फूल तोड़ने के चक्कर में काँटा अंगूठे में घुस गया।

मैं यह देखने के लिए भी वहाँ नहीं ठहरा कि साँप का क्या हुआ (पकड़ में आने से पहले ही वह भाग निकला था) और पुराने महल की ऊपरी मंज़िल की ओर जाने वाली सीढ़ियाँ चढ़ने लगा। जब वहाँ पहुँच गया तो मैंने रानी के कमरे का दरवाज़ा खटखटाया। जब दरवाज़ा नहीं खुला, तो मैं छज्जे पर आगे बढ़ता गया जहाँ मुझे एक दूसरा दरवाज़ा मिला। दरवाज़े के चारों ओर लगी लकड़ी की चौड़ी चौखट में हाथी और पगड़ी पहने योद्धाओं की छवियाँ उकेरी हुई थीं। क्योंकि दरवाजा खुला था, इसलिए मैं बेधड़क अन्दर चला गया और अन्दर पहुँचते ही हैरानी से मेरे पाँव एक जगह ठहर गए। वहाँ एक अजीब सी रोशनी फैली हुई थी। कमरे में हर तरफ़ खिड़कियाँ ही खिड़कियाँ थीं और खिड़कियों में कई रंगों के काँच लगे थे। सूरज की सीध में पड़ने वाली खिड़की के शीशे से चेहरा सटाकर खड़ी रानी की छोटी सी काठी लाल, हरे और बैंगनी काँचों से छनकर आ रही रंगीन रोशनी से सराबोर थी।

खिड़की की ओर से मुँह घुमाये बिना वह मुझसे बोली, 'यह मेरा पसंदीदा कमरा है। इसमें सारे रंग हैं। मैं हर रंग के काँच से अलग रंग की दुनिया देख सकती हूँ। आओ, मेरे साथ आ जाओ! और उन्होंने अपने छोटे से हाथ को कोमल तितली की तरह लहराते हुए मुझे अपनी ओर बुलाया।

मैं रानी के पास गया। वह मुझसे बस जरा सी लम्बी थी और हम एक ही खिड़की पर पास पास खड़े हो गए।

'देखो, यहाँ से दुनिया लाल नज़र आती है!' वह बोली।

नीचे बगीचा, महल और झील, सब कुछ लाल-लाल दिखाई दे रहा था। मैं रानी की दुनिया को कुछ देर देखता रहा और फिर उसकी बाँह को धीरे से छूकर बोला–

'मैं आपके लिए गुलाब लाया हूँ।'

वह परे हटीं और उसकी आँखों में डर उतर आया। उन्होंने गुलाब पर नज़र भी नहीं डाली।

'अरे तुम यह क्यों ले आये?' वह अपने हाथ मलते हुए उदास होकर बोलीं।

'अब उसे पकड़ लिया जाएगा!'

'किसे पकड़ लिया जाएगा?'

'ज़ाहिर है, राजकुमार को!'

'लेकिन फूल तो मैंने तोड़ा है!' मैंने कहा, 'किसी ने मुझे नहीं देखा। आया और दुक्खी घर के अन्दर साँप पकड़ने गए थे।'

'उन्होंने साँप पकड़ लिया?' गुलाब की बात दरकिनार कर उसने पूछा।

'मुझे नहीं पता। मैं तब तक वहाँ रुका ही नहीं!'

'पकड़ने के बजाय उन्हें साँप का पीछा करना चाहिए था। हो सकता है वह उन्हें खजाने तक पहुँचा देता। सारे साँप किसी न किसी खजाने की रक्षा करते हैं।'

इससे आया की वह बात ज़रूर सही लगने लगी जो वह मुझसे पहले से कहती आ रही थी और मैंने तय किया अब जब कभी कोई साँप दिखेगा तो मैं उसका पीछा ज़रूर करूँगा।'

'तो क्या आप को गुलाब पसंद नहीं आया?' मैंने पूछा।

'तुम चुरा कर लाए हो न?'

'हाँ।'

'अच्छा किया! फूल चुरा कर ही लाने चाहिए। तभी वे ज़्यादा ख़ुशबू बिखेरते हैं।'

हिटलर नाम के आदमी की वजह से यूरोप में जंग छिड़ गई थी और ब्रिटेन जर्मनी से लड़ रहा था। मेरी कॉमिक पत्रिकाओं में अक्सर जर्मन

लोगों को बड़ी-बड़ी भूल करने वाले बेवकूफ़ों के रूप में पेश किया जाता था। इसलिए मुझे ब्रिटेन कहीं से हारता हुआ नज़र नहीं आता और न ही यह समझ में आता था कि इस सब का भारत से क्या लेना देना और न ही यह कि मेरे पिता के लिए इस लड़ाई में हिस्सा लेना क्यों ज़रूरी होना चाहिए। लेकिन मुझे याद है कि उन्होंने एक अख़बार की सुर्खियाँ मुझसे साझा की थी जिसमें छपा था–

बकिंघम पैलेस पर गिरे बम
राजा और रानी सुरक्षित

मुझे लगता है कि इस बात का उससे कुछ न कुछ संबंध ज़रूर था। पिताजी रॉयल एयर फोर्स के इंटरव्यू के लिए दिल्ली गए और मुझे आया की देखरेख में छोड़ गए। वह पूरा हफ़्ता मुझे अच्छी तरह याद है, क्योंकि तब पहली बार मुझे घर पर पूरी तरह अकेले रहने के लिए छोड़ा गया था। पहली रात मुझे डर लगा; अंधेरे से डर लगा, घर के खालीपन से डर लगा और बाहर ज़ोर-ज़ोर से हुआं-हुआं कर रहे सियारों की पुकार से डर लगा। साफ़-साफ़ सुनाई दे रही घड़ी की टिक-टिक ही वह आवाज़ थी जिससे ढांढस बंधता था। उस दौर में घड़ियाँ ऐसे चलती थीं कि उनकी आवाज़ सुनी जा सके! मैं कोशिश कर रहा था कि किसी दूसरी आवाज़ और अंधेरे के खौफ़ के बजाय घड़ी की आवाज़ पर ध्यान लगाऊँ, लेकिन ऐसा हो नहीं पा रहा था। मुझे लगा कि मैंने पलंग के पास से एक हल्की सी फुफकार की आवाज़ आती सुनी और मैं उठ बैठा। सारा शरीर पसीने से तरबतर। मुझे लगा कि ज़रूर कमरे में साँप था। मैंने आया को आवाज़ लगायी और वह एक-एक करके सारी लाइट जलाते हुए दौड़ी चली आई।

'साँप!' मैं चीखा, 'कमरे में साँप है!'

'कहाँ है बाबा?'

'मुझे नहीं पता कहाँ है, लेकिन मैंने उसकी फुफकार सुनी है। आया

ने पलंग के नीचे देखा, कुर्सियों और मेज़ के पीछे देखा, लेकिन कहीं कोई साँप नहीं मिला। उसने मुझे विश्वास दिलाने की कोशिश की कि मैंने हवा से हिलते जाली वाले पर्दों की आवाज़ सुनी होगी।

लेकिन मैं नहीं चाहता था कि मुझे अकेला छोड़ा जाए।

'मैं तुम्हारे साथ चल रहा हूँ,' मैंने कहा और उसके पीछे-पीछे रसोई के बगल वाले उसके छोटे से कमरे में चला गया।

आया बान से बुनी हुई नीची सी खाट पर सोती थी, गद्दा पतला था और कंबल पुराना और पैबन्द लगा। लेकिन आया के शरीर की गर्माहट से बिस्तर की बाक़ी सारी कमी पूरी होगई थी। मैं उससे चिपक कर लेट गया और जल्दी ही मुझे नींद आ गई।

पुराने महल वाली रानी को तो मैं जैसे भूल ही गया था, लेकिन जब मैं उसके पास जाने की सोच ही रहा था, तभी एक दिन उसे बग़ीचे में पाकर हैरान रह गया। उस सुबह मैं जल्दी उठा था और ओस से गीली घास पर नंगे पैर दौड़ने के लिए गया था। वहाँ कोई और नहीं था। मेरे वहाँ पहुँचने पर बरगद के पेड़ पर बैठे तोते डर गए और शोर मचाते हुए एक साथ उड़े। फिर पूरा झुंड चक्कर काटते हुए शाही बग़ीचे के किसी दूसरे कोने में चला गया। तभी मैंने एक नेवले को मुँह में अंडा दबाए हरी घास पर दौड़कर जाते हुए देखा। ज़रूर नेवला महल के मुर्गीखाने में सेंध लगाता होगा।

मैं नेवले के बिल का पता लगाने की कोशिश में कॉसमॉस के पौधों के बीच घुटनों और हाथों के बल आगे बढ़ रहा था, कि तभी मुझे कपड़ों की सरसराहट सुनाई दी और जब घूमकर देखा तो वहाँ रानी खड़ी थी और लगातार मुझे घूर रही थी। उसने यह नहीं पूछा कि मैं वहाँ क्या कर रहा हूँ, बस यही कहा–'मुझे नहीं लगता कि वह उधर गया होगा।'

'लेकिन मैंने उसे इसी तरफ़ आते देखा था,' मैंने कहा।

'बेकार की बात है! वह बग़ीचे के इस हिस्से में नहीं रहता है। वह

तो बरगद के पेड़ की जड़ों में रहता है।'

'लेकिन वहाँ तो साँप रहता है,' मैंने कहा।

'तुम्हारा मतलब है वह साँप जो पहले राजकुमार था? मैं उसी को तो ढूंढ़ रही हूँ!

'साँप जो पहले राजकुमार था!' मैं रानी का मुँह देखता रह गया।

अपना हाथ तितली के पंख की तरह लहरा कर बेचैनी ज़ाहिर करते हुए उसने कहा, 'त...त... तुम अभी बच्चे हो, तुम नहीं समझोगे। राजकुमार बरगद के पेड़ में रहता है और रोज़ सवेरे तड़के बाहर आता है। तुमने उसे देखा है?'

'नहीं, मैंने नेवले को देखा है।'

रानी डर गई। 'अरे बाप रे, क्या बग़ीचे में नेवला है? कहीं वह राजकुमार को न मार डाले!'

'एक नेवला राजकुमार को कैसे मार सकता है,' मैंने पूछा।

'तुम नहीं समझोगे मास्टर बॉन्ड, राजकुमार जब मर जाते हैं, तो फिर से साँप बनकर पैदा होते हैं।'

'सारे राजकुमार?'

'नहीं, सिर्फ़ वे जो शादी करने से पहले मर जाते हैं।'

'क्या आपके राजकुमार की आपसे शादी करने से पहले मौत हो गई थी?'

'हाँ और वह एक ख़ूबसूरत साँप बनकर इस बग़ीचे में लौट आया।'

'ठीक है,' मैंने कहा, 'उम्मीद है वह साँप नहीं होगा जिसे भिश्ती ने पिछले हफ़्ते मार डाला था।'

'उसने साँप को मार डाला!' रानी सहम गई। वह बुरी तरह काँप रही थी।

'हो सकता है वह राजकुमार हो!'

'वह भूरे रंग का साँप था,' मैंने कहा।

'तब तो वह राजकुमार नहीं था।' रानी की बेचैनी दूर हो गई थी।

'भूरे रंग के साँप सिर्फ़ मंत्री और इस तरह के लोग होते हैं।'

'राजकुमार होने के लिए हरा साँप होना चाहिए।'

'मैंने तो यहाँ कोई हरा साँप नहीं देखा।'

'एक है जो बरगद की जड़ों में रहता है। तुम तो उसे नहीं मारोगे? नहीं मारोगे न?'

'अगर वह सचमुच राजकुमार है तो बिल्कुल भी नहीं।'

'और तुम किसी और को भी नहीं मारने दोगे।'

'मैं आया को भी बता दूँगा।'

'ठीक। तुम मेरी तरफ़ हो। लेकिन माली से होशियार रहना। उसे बरगद के पेड़ की ओर जाने से रोकना।'

'वह हमेशा साँपों को मारता रहता है। मैं उस पर ज़रा भी भरोसा नहीं करती।'

वह और पास आ गई और थोड़ा झुक कर मेरी आँखों में झाँका।

'नीली आँखें! इन पर मुझे भरोसा है। लेकिन हरी आँखों पर भरोसा नहीं करना और पीली आँखें तो बहुत बुरी होती हैं!'

'मैंने पीली आँखें कभी नहीं देखीं।'

'इसलिए क्योंकि तुम दिल के साफ़ हो,' इतना कहकर वह मुड़ी और तेज़ी से चलते हुए लॉन के पार जाने लगी, जैसे उसे कोई बहुत ज़रूरी मुलाकात करनी हो।

सूरज चढ़ गया था। बरगद की डालों के पीछे कुछ ऊपर को। और तभी आया की पुकार सुनाई दी जो मुझे नाश्ते के लिए बुला रही थी।

उस दिन दोपहर में जब दुक्खी मुझे बग़ीचे में मिला तो मैंने उससे कहा, 'देखो दुक्खी, बरगद के पेड़ में जो साँप है तुम उसे मारना नहीं।'

'बरगद के पेड़ में साँप!' वह चौक गया और अपना फुहारा कस कर पकड़ लिया।

'नहीं, नहीं,' मैंने कहा, 'मैंने देखा नहीं है। लेकिन रानी बता रही थी कि वहाँ एक साँप है। वह कह रही थी कि वह पिछले जन्म में राजकुमार था और हमें उसको मारना नहीं है।' दुक्खी ने धीरे से मुस्कुराते हुए कहा, 'रानी ऐसा कह रही थी? ठीक है, तुम उसे बता देना कि हम नहीं मारेंगे।'

'क्या यह सच है कि रानी को किसी राजकुमार से प्यार था, लेकिन उससे शादी होने से पहले ही राजकुमार की मौत हो गई?'

'ऐसा कुछ है तो सही,' दुक्खी ने कहा, 'यह बहुत पहले की बात है। मेरे यहाँ आने से बहुत पहले की बात है।'

'मेरे पिताजी बताते हैं कि वह राजकुमार नहीं था, बल्कि किसी आम परिवार से था–आम आदमी!'

'दुक्खी, क्या तुम आम आदमी हो?'

'यह आम आदमी क्या होता है, छोटे साहब?'

'मुझे नहीं पता, लेकिन शायद ऐसा कोई जो बहुत ग़रीब हो... मुझे लगता है!'

'तब तो मैं ज़रूर एक आम आदमी हूँ,' दुक्खी ने कहा।

'क्या तुम रानी को प्यार करते थे?' मैंने पूछा।

इस बात पर दुक्खी इतनी बुरी इस तरह चौंक गया कि फुहारा उसके हाथ से छूटकर गिर गया और वह ख़ुद भी गिरते-गिरते बचा।

मैंने पहली बार उसे उकड़ूं बैठकर इस तरह ख़ुद पर काबू खोते देखा।

'ऐसी बातें मत बोलो, छोटे साहब।'

'क्यों न बोलूँ?'

'तुम मुझे मुश्किल में डाल दोगे।'

'इसका मतलब कि बात सच है।'

दुक्खी ने हार कर हाथ खड़े कर दिए और वहाँ से जाने के लिए अपना सामान समेटने लगा।

'पता चल गया! अब तो पता चल गया!' यह कहते हुए मैं उसके चारों ओर नाच-नाच कर चक्कर काटने लगा। फिर दौड़कर आया के पास अन्दर गया और कहा, 'आया, दुक्खी रानी को प्यार करता था!'

आया की हँसी छूट गई, फिर उसने बिल्कुल गंभीर होते हुए अपनी उँगली मेरे होठों पर रख दी।

'ऐसी बातें मुँह से मत निकालो,' वह बोली। दुक्खी बहुत पिछड़ी जाति का है। तुम जो कह रहे हो, अगर वह बात लोग सुन लेंगे तो बुरा मानेंगे। और फिर रानी ने तो तुम्हें ख़ुद ही बताया था कि उसका राजकुमार मर चुका है और मरने के बाद साँप बन गया है!'

'लेकिन दुक्खी तो अभी साँप नहीं बना! है न?'

बिल्कुल सही, दुक्खी को देख कर तो लगता ही नहीं कि वह माली के अलावा और कुछ बन सकता था। लेकिन उसके सच को स्वीकार न करने और उसे नकारने की आया की कोशिशों से मैं ख़ुश नहीं था। दुक्खी ने रानी को गुलदस्ता नहीं भेजा था?

जब पिता जी घर आए तो वह काफ़ी ख़ुश लग रहे थे। उनके आते ही मेरा पहला सवाल था कि आप मेरे लिए क्या लाए?

वह मेरे लिए कुछ नई किताबें, डार्ट बोर्ड और खिलौने वाली रेलगाड़ी लाए थे। और इन खेल-खिलौनों के जोश में मैं उनसे यह पूछना भूल ही गया कि उनकी यात्रा कैसी रही।

दोपहर के खाने पर उन्होंने मुझे बताया कि क्या हुआ और क्या होने जा रहा था।

'हम यहाँ से जल्दी ही जाने वाले हैं,' उन्होंने कहा, 'मुझे रॉयल एयर फोर्स में नौकरी मिल गई है। अब मुझे दिल्ली में काम करना होगा।'

'क्या आप जंग में जाएँगे, डैड? क्या आप हवाई जहाज़ उड़ाएँगे?'

'नहीं, अब मेरी हवाई जहाज़ उड़ाने की उम्र नहीं रही। जुलाई में मैं चालीस साल का हो जाऊँगा। रॉयल एयर फोर्स में मुझे इंटेलिजेंस यानी

खोजबीन और दुश्मन के गुप्त सैनिक संदेशों के मायने पता लगाने का काम करना होगा और मुझे लगता है कि इस बारे में तुम्हें मैं ज़्यादा कुछ नहीं बता पाऊँगा।'

यह काम हवाई जहाज़ उड़ाने जैसा दिलचस्प तो बिल्कुल भी नहीं था, लेकिन ज़िम्मेदारी भरा कुछ रहस्यमय काम ज़रूर लग रहा था।

'जो भी हो, मुझे उम्मीद है कि काम दिलचस्प होगा,' मैंने कहा, 'क्या दिल्ली रहने के लिए अच्छी जगह है?'

'पक्के तौर पर नहीं कह सकता। वहाँ अप्रैल के बीच से ही बहुत गर्मी पड़ने लगती है। और तुम वहाँ मेरे साथ रह भी नहीं पाओगे, रस्किन। कम से कम शुरुआत में, जब तक परिवार वाला क्वार्टर न मिल जाए, तब तक तो बिल्कुल नहीं। वह भी तब जब तुम्हारी माँ हमारे साथ रहने आ जाए। तब तक तुम अपनी दादी के साथ देहरादून में रहोगे।' उन्होंने ज़रूर मेरे चेहरे पर मायूसी पढ़ ली होगी, क्योंकि इतना कहने के फौरन बाद उन्होंने यह भी जोड़ दिया कि इस दौरान मैं बीच-बीच में तुमसे मिलने आता रहूँगा। वैसे भी देहरादून दिल्ली से कोई ज़्यादा दूर नहीं है। रात भर का रेल का सफ़र है।'

लेकिन मेरा दिल टूट गया था। ऐसा नहीं है कि मैं अपनी दादी के साथ नहीं रहना चाहता था, लेकिन पिताजी के साथ रहते-रहते, उन्हें काम करते देखते हुए उनकी ज़िन्दगी में इस तरह ढल गया था, कि उनसे दूर रहने की बात भी नहीं सही जा रही थी।

'बोर्डिंग स्कूल में रहने से तो अच्छा ही है,' उन्होंने कहा, 'इसके अलावा और कोई रास्ता भी नहीं है।'

'बोर्डिंग स्कूल बिल्कुल नहीं,' मैंने तपाक से कहा, 'मुझे बोर्डिंग स्कूल भेजा तो मैं वहाँ से भाग जाऊँगा।'

'ठीक है, लेकिन दादी के पास से तो तुम कहीं नहीं जाओगे! वह तुम्हें बहुत चाहती हैं। और अगर तुम मेरे साथ दिल्ली चलोगे तो सुबह

मेरे काम पर चले जाने के बाद तुम्हें एक छोटे से झोपड़ीनुमा घर में सारे दिन अकेले रहना होगा। कभी-कभी मुझे दौरे पर भी जाना पड़ेगा। तब क्या होगा?'

'अकेले रहने से मुझे कोई परेशानी नहीं है,' मैंने कहा। और यह सच था। मैं पहले ही अपने कमरे, अपने संदूक, अपनी किताबों की अलमारी का आदी हो चुका था और मुझे लग रहा था कि जैसे यह सब चीज़ें मेरी नहीं रहेंगी।

'आया हमारे साथ चलेगी,' मैंने पूछा।

पिताजी सोच में पड़ गए। 'तुम चाहते हो क्या?'

'आया को ले चलना ज़रूरी है,' मैंने ज़ोर देते हुए कहा। वरना मैं कहीं चला जाऊँगा।'

'मुझे उससे पूछना पड़ेगा,' पिताजी ने कहा।

जैसा कि बाद में पता चला, आया हमारे साथ चलने के लिए ख़ुशी से तैयार थी, बल्कि सच तो यह है कि उसे इस बात का बुरा लगा कि पिताजी ने उसे छोड़कर जाने की बात सोची। मेरी माँ के हमें छोड़ कर चले जाने के बाद से उसी ने मुझे पाला था और वह मेरी ज़िम्मेदारी किसी नई दाई या आया को सौंपने को तैयार नहीं थी। नई जगह जाने की बात से वह ख़ुश और उत्साहित थी और इससे मेरी मायूसी भी दूर हो गई।

'देहरा कैसा है? मैंने पिताजी से पूछा। 'हरी-भरी जगह है,' उन्होंने बताया, 'हिमालय की निचली पहाड़ियों के बीच एक घाटी में बसा है और जंगलों से घिरा है। देहरा में बहुत सारे पेड़ हैं।'

'दादी के घर भी पेड़ हैं?'

'हाँ, बग़ीचे में एक बड़ा सा कटहल का पेड़ है। तुम्हारी दादी ने तब लगाया था जब मैं बच्चा था। और एक पुराना बरगद का पेड़ है, जिस पर आराम से चढ़ा जा सकता है। इनके अलावा फलों के पेड़ हैं–लीची, आम, पपीते के।'

‘क्या किताबें भी हैं?’

‘दादी माँ की किताबें तुम्हें पसंद नहीं आएँगी। लेकिन जब-जब मैं तुमसे मिलने आऊँगा तो तुम्हारे लिए दिल्ली से किताबें लेता आया करूँगा।’

अब मैं नए शहर जाने का इन्तज़ार करने लगा। मुझे घर बदलने में हमेशा मज़ा आता था। फिर शहर बदलने में तो मज़ा आना ही था।

हमारे जाने के कुछ दिन पहले मैं रानी को अलविदा कहने गया।

‘मैं जा रहा हूँ,’ मैंने कहा।

‘कितनी अच्छी बात है! काश मैं भी यहाँ से कहीं चली जाती!’

‘क्यों नहीं चली जातीं?’

‘लोग मुझे नहीं जाने देंगे। मेरे महल से बाहर निकलने से भी उन्हें डर लगता है।’

‘उन्हें किस बात का डर लगता है, रानी साहिबा?’

‘यही कि मैं कहीं भाग न जाऊँ। कहीं दूर, बहुत दूर, ऐसी जगह न चली जाऊँ जहाँ तेंदुए शिकार करना सीख रहे हों।’

बाप रे! मुझे लगा कि सचमुच उसके अन्दर कुछ पागलपन सा तो ज़रूर था?

लेकिन फिर वह चुप हो गई और हुक्का पीने लगी। हुक्के का एक कश लेने के बाद उसने मेरी ओर देखा और बोली, ‘तुम्हारी माँ कहाँ है?’

‘मेरी माँ नहीं है।’

‘सब की माँ होती है। तुम्हारी मर गई क्या?’

‘कहीं चली गई।’

उसने फिर हुक्का गुड़गुड़ाया और बड़े प्यार से बोली, ‘तुम यह जगह छोड़ कर कहीं मत जाना।’

‘मुझे जाना ही पड़ेगा,’ मैंने कहा, ‘जंग की वजह से जाना पड़ रहा है।’

'कैसी जंग? क्या कोई जंग छिड़ी हुई है? देखा, मुझे कोई कुछ नहीं बताता!'

'हमारे और हिटलर के बीच जंग चल रही है।' 'और यह हिटलर कौन है?'

'वह जर्मन है।'

'मेरे भी एक जानने वाले जर्मन थे। डॉ 'ख़रीनर, जिनके हाथ बहुत ख़ूबसूरत थे।'

'क्या वह चित्रकार थे?'

'नहीं, दाँतो के डॉक्टर थे।'

रानी अपनी गद्दी से उठी और मेरे साथ छज्जे पर आ गई। जब हमने नीचे बग़ीचे में देखा तो हमें फूलों की एक क्यारी में निराई करता दुक्खी दिखाई दिया। हम दोनों देर तक चुपचाप उसे देखते रहे और मैं सोचता रहा कि अगर मैंने रानी से पूछ लिया कि क्या कभी उन्हें महल के माली से प्यार हुआ था तो वह क्या जवाब देगी। आया ने मुझसे कहा था कि ऐसा सवाल जिससे किया जाता है उसे बेइज़्ज़ती महसूस होती है, इसलिए मैंने चुप्पी साधने में ही भलाई समझी। लेकिन जब मैं घुमावदार सीढ़ियों से धीरे-धीरे नीचे उतर रहा था, तब मेरे पीछे से रानी की आवाज़ आई।

'उसे शुक्रिया कहना,' वह बोली, 'ख़ूबसूरत गुलाब के लिए!'

चेरी का पेड़

एक दिन जब राकेश छह साल का था वह मसूरी के बाज़ार से चेरी खाता हुआ पैदल घर लौटा। वे थोड़ी मीठी, थोड़ी खट्टी और छोटी-छोटी चटक लाल चेरी, जो कश्मीर की वादी से इतनी दूर आई थीं। यहाँ हिमालय की निचली पहाड़ियों में। जहाँ राकेश रहता था वहाँ फलों के पेड़ ज़्यादा नहीं थे। मिट्टी पथरीली थी और ठंडी ख़ुश्क हवाओं के चलते ज़्यादातर पौधों की बढ़वार रुक जाती थी, लेकिन जो ढलान पहाड़ियों की आड़ में पड़ते थे, उन पर बलूत और देवदार के जंगल थे।

राकेश अपने दादाजी के साथ मसूरी के बाहरी हिस्से में रहता था, ठीक वहाँ जहाँ से जंगल शुरू होता था। उसके माता-पिता पचास मील दूर एक छोटे से गाँव में रहते थे जहाँ वे पहाड़ के निचली ढलानों पर अपने संकरे सीढ़ीनुमा खेतों में मकई, धान और जौ की खेती करते थे। लेकिन गाँव में कोई स्कूल नहीं था और राकेश के माता-पिता चाहते थे कि वह स्कूल जाए। जैसे ही उसकी स्कूल जाने की उम्र हुई, उन्होंने उसे मसूरी में अपने दादाजी के पास रहने के लिए भेज दिया। दादाजी सेवानिवृत्त होने से पहले फॉरेस्ट रेंजर थे। शहर के बाहर उन का छोटा सा कॉटिज था।

राकेश जब स्कूल से घर लौट रहा था तब उसने चेरी ख़रीदीं। पूरी ढेरी के पचास पैसे दिए। उसे घर पहुँचने में लगभग आधा घंटा लगा और जब वह अपने घर पहुँचा तब सिर्फ़ तीन चेरी बची थीं।

'दादा जी, चेरी लो,' जैसे ही उसने बग़ीचे में दादाजी को देखा, वह बोला।

दादाजी ने एक चेरी ले ली और राकेश ने झटपट बाक़ी बची दोनों चेरी खा लीं। उस आख़िर बीज को वह काफ़ी देर तक मुँह में रख कर ज़बान से तब तक इधर-उधर घुमाता रहा जब तक कि उसकी खटास पूरी तरह मिट नहीं गई। फिर उसने बीज को निकाल कर हथेली पर रखा और उसे ग़ौर से देखने लगा।

'क्या चेरी के बीज शुभ होते हैं?' राकेश ने पूछा।

'बिल्कुल।'

'तब तो मैं इसे अपने पास रखूंगा।'

'किसी भी चीज़ को यूँ ही रख लेना कहीं से शुभ नहीं होता। अगर तुम चाहते हो कि तुम्हारे लिए कुछ शुभ हो तो उसे कहीं इस्तेमाल करो।'

'लेकिन बीज का मैं क्या कर सकता हूँ?'

'बो सकते हो।'

राकेश को एक क्यारी के सिरे पर थोड़ी सी जगह दिखाई दी तो वह बीज को वहीं बोने लगा।

'अरे वहाँ नहीं!' दादा जी ने कहा, 'उस क्यारी में मैंने सरसों बोयी है। उसे तो उधर कोने में बो दो जिधर छाया है, ताकि उससे कोई छेड़छाड़ न करे।'

राकेश बग़ीचे के कोने में गया जहाँ मिट्टी कुछ नरम थी और आसानी से खोदी जा सकती थी। लेकिन उसे मिट्टी खोदनी नहीं पड़ी। उसने बीज को अंगूठे से मिट्टी में दबा दिया और बीज अन्दर चला गया। फिर उसने दोपहर का खाना खाया और अपने दोस्तों के साथ क्रिकेट खेलने चला गया और चेरी के बीज के बारे में सब कुछ भूल गया। पहाड़ पर जब सर्दी का मौसम आया, तो ऊपर के बर्फ़ीले इलाक़ों से बहती ठंडी हवा हू हू करती देवदार के पेड़ों के बीच से होकर चलने लगी और बगीचा सूख कर उजाड़ हो गया।

रोज़ शाम को दादा जी और राकेश लकड़ी के कोयले के अलाव को घेरकर बैठ जाते थे और दादा जी उसे उन लोगों की कहानियाँ सुनाते जो जानवर बन गए और भूत जो पेड़ों पर रहते थे और अपने आप उछलने वाले राजमा और रोने वाले पत्थरों की कहानियाँ भी। बदले में राकेश उन्हें अख़बार पढ़कर सुनाता, क्योंकि दादाजी की नज़र कमज़ोर पड़ गई थी। राकेश को अखबार बिल्कुल मज़ेदार नहीं लगता था, ख़ासतौर से कहानियाँ सुनने के बाद, लेकिन दादा जी को सारी ख़बरें सुननी होती थीं।

जब मुर्गाबियाँ उत्तर यानी साइबेरिया की ओर वापस उड़ान भरने लगीं, तो पता चल गया कि बसंत का मौसम आ गया। बड़े सवेरे जब राकेश चूल्हे के लिए लकड़ी काटने उठा तो उसने पक्षियों को अंग्रेज़ी के वी अक्षर की तरह झुंड बनाकर उत्तर की ओर उड़ते देखा। साफ़ पहाड़ी हवा में इन पक्षियों की पुकार साफ़-साफ़ सुनाई दे रही थीं।

एक दिन सवेरे वह एक हरी डंडी उठाने के लिए झुका तो यह देख कर चौक गया कि उसने जड़ पकड़ी हुई थी। पल भर के लिए तो वह उसे देखता रह गया, फिर दौड़ा-दौड़ा दादा जी को बुलाने गया। वह पुकारता था रहा था–'दादा, आकर देखो तो, चेरी का पेड़

उग आया है!'

'कैसा चेरी का पेड़,' दादाजी ने पूछा, जो उसे कब का भूल चुके थे।

'पिछले साल बीज बोया था न, वह उगा आया है!'

राकेश उकड़ूं बैठकर नन्हें पेड़ को देखने लगा जबकि दादाजी उसे देखने के लिए झुक कर दोहरे हो गए। वह क़रीब चार इंच का था।

'हाँ, यह चेरी का पेड़ ही है!' दादा जी ने कहा, 'तुम्हें इसे कभी-कभी पानी देते रहना चाहिए।'

राकेश दौड़कर घर के अन्दर गया और एक बाल्टी पानी लेकर लौटा।

'इसे पानी में डूबो मत देना!'

राकेश ने चुल्लू से छींटे मार कर उसे सींचा और उसके चारों ओर छोटे-छोटे चिकने पत्थरों से गोल घेरा बना दिया।

'यह पत्थर किस लिए हैं?' दादा जी ने पूछा।

'ताकि यह बचा रहे।' राकेश ने कहा।

वह सवेरे उठकर पेड़ को देखता था, लेकिन पेड़ तेज़ी से नहीं बढ़ रहा था। इसलिए उसने उसे देखना बन्द कर दिया। बस, कभी-कभी आँख के कोर से एक झलक देख लिया करता था। और हफ़्ते भर बाद

जब उसने चेरी के पेड़ को ठीक से देखा तो पाया कि वह कम से कम एक इंच बढ़ गया था।

उस साल मानसून जल्दी आया और राकेश को रेनकोट और घुटनों तक के जूते पहनकर स्कूल जाना पड़ता था। पेड़ों के तनों पर फ़र्न उगा आए थे और लम्बी-लम्बी घास के बीच-बीच में अजीब से दिखने वाले लिली के फूल खिल आते थे। जब बारिश नहीं भी हो रही होती थी, तब भी पेड़ों से बूँद-बूँद पानी टपका करता था और घाटी से उठती धुंध उमड़ती-घुमड़ती ऊपर आ जाती थी। इस मौसम में चेरी का पेड़ तेज़ी से बढ़ा। वह क़रीब दो फुट का रहा होगा जब बग़ीचे में एक बकरी घुस आई और उसकी सारी पत्तियाँ चर गई। सिर्फ़ मुख्य तना और दो पतली-पतली टहनियाँ बचीं।

'कोई बात नहीं,' दादा जी ने कहा, क्योंकि उन्होंने देख लिया था कि राकेश चेरी के पेड़ को हुए नुकसान से परेशान था। 'यह फिर पनप आएगा। चेरी के पेड़ बड़े जीवट होते हैं।'

बारिश के मौसम के आख़िर में पेड़ पर नई कोपल फूटने लगीं। फिर एक चारा काटने वाली ने अपने हँसिए को बरसाती खरपतवार में ऐसा चलाया कि चेरी के पेड़ के दो टुकड़े हो गए। जब दादाजी ने देखा यह क्या हो गया तो वह उस महिला के पास गए और उसको डांटा, लेकिन जो नुकसान हो चुका था उसकी भरपाई नहीं हो सकती थी।

'अब शायद यह पेड़ मर जाएगा,' राकेश ने कहा।

'हो सकता है,' दादा जी ने कहा–'लेकिन चेरी के पेड़ की मरने की कोई मंशा नहीं थी।'

जब फिर से गर्मी का मौसम आया तब तक चेरी के पेड़ में कोमल पत्तियों से भरी कई नई डालियाँ निकल आई थीं। राकेश की लम्बाई भी बढ़ गई थी। अब वह आठ साल का, हट्टा-कट्टा लड़का था जिसके घुंघराले काले बाल और गहरी काली आँखें थीं।

उसकी आँखों को दादाजी जामुन जैसी आँखें कहते थे।

उस साल राकेश जुताई-बुवाई और रोपाई में अपने माता-पिता का हाथ बटाने गाँव में अपने घर गया। बारिश के मौसम के बाद जब वह वापस दादा जी के घर लौटा तो पहले से दुबला ज़रूर हो गया था, लेकिन ज़्यादा ताक़तवर हो गया था और उसने पाया कि चेरी का पेड़ एक फुट और बढ़ गया था। अब वह उसके सीने तक पहुँच गया था।

जिन दिनों बारिश हो रही होती थी उन दिनों भी राकेश पेड़ को कभी-कभी सींचता था। वह पेड़ को अपनी मौजूदगी का एहसास कराना चाहता था। एक दिन उसने एक डाल पर चटक हरे रंग के टिड्डे को देखा, जो उसे अपनी उभरी आँखों से ताक रहा था। राकेश ने उसे वहीं रहने दिया। वह चेरी के पेड़ पर आने वाला पहला मेहमान था।

अगला मेहमान था बालों वाली एक इल्ली जो पत्तियों से अपना पेट भरने की तैयारी में थी। राकेश ने उसे उठाकर सूखे पत्तों के ढेर पर डाल दिया।

'जब तितली बन जाना, तब आना,' उसने कहा।

ठंड का मौसम जल्दी आ गया। इतनी बर्फ़ पड़ी कि चेरी का पेड़ उसका बोझ नहीं सह पाया और काफ़ी नीचे झुक गया। खेतों में रहने वाले चूहों ने हमारी कॉटेज की खपरैल में पनाह ली। घाटी से जोड़ने वाली सड़क हिमपात के कारण बन्द हो गई और कई दिनों तक अख़बार नहीं आ पाये, जिससे दादाजी खीजने लगे। उनकी कहानियाँ दुखांतक होने लगीं।

फरवरी में राकेश का जन्मदिन था। वह नौ साल का हुआ था और चेरी का पेड़ चार साल का। लेकिन क़द में पेड़ क़रीब-क़रीब राकेश के बराबर हो गया था।

एक सुबह जब धूप खिली तो दादा जी बग़ीचे में आये, बकौल उनके–'ताकि कुछ गर्माहट हड्डियों तक पहुँचे।' वह चेरी के पेड़ के

आगे ठहर गए, उसे कुछ पल देखते रहे। फिर ज़ोर से पुकारा–'राकेश, जल्दी आओ और देखो! इससे पहले कि वह गिर जाए आकर देख लो!'

राकेश और दादाजी चेरी के पेड़ को ऐसे निहार रहे थे जैसे उसने कोई चमत्कार कर दिखाया हो। उसकी एक डाल के सिर पर एक छोटा सा गुलाबी फूल लगा था। अगले साल कुछ और फूल लगे। और जल्दी ही पेड़ राकेश से काफ़ी लम्बा हो गया, जबकि वह उम्र में राकेश का आधा ही था। और फिर वह दादाजी से भी बड़ा हो गया, जो कि उम्र में बलूत के कई पेड़ों से भी बड़े थे।

लेकिन राकेश भी बड़ा हो गया था। वह दौड़ सकता था, कूद-फांद कर सकता था और ज़्यादातर दूसरे लड़कों की तरह पेड़ों पर चढ़ सकता था। और वह बहुत सारी किताबें पढ़ता था, लेकिन उसे अब भी दादाजी से कहानियाँ सुनने में मज़ा आता था। चेरी के पेड़ पर फूलों का रस लेने मधुमक्खियाँ आती थीं और नन्ही-नन्ही चिड़ियाँ फूलों को चोंच मारकर तोड़ देती थीं। लेकिन बसंत भर पेड़ फूल देता रहा और उस पर हमेशा चिड़ियों से ज़्यादा फूल खिलते रहे।

उस साल गर्मी के मौसम में पेड़ पर छोटी-छोटी चेरी लगीं। राकेश ने एक तोड़कर मुँह में डाली और स्वाद लेते ही उसे थूक दिया।

'यह तो बहुत ही खट्टी है,' उसने कहा।

'अगले साल इस साल से अच्छी होंगी,' दादा जी बोले।

लेकिन बड़े पक्षियों, जैसे बुलबुल और पहाड़ी बुलालचश्म को चेरी अच्छी लगती थीं और वे पत्तियों के बीच फुदकते हुए चेरी की दावत उड़ाती रहती थीं।

एक ऐसी गुनगुनी दोपहर जब मधुमक्खियाँ तक ऊँघती नज़र आ रही थीं, राकेश दादा जी को घर भर में उनकी सारी पसंदीदा जगह देख आया, लेकिन वह कहीं नहीं मिले। फिर उसने सोने के कमरे की खिड़की से बाहर झाँका तो दादाजी को चेरी के पेड़ के नीचे बेंत की कुर्सी पर पीठ

टिकाए, पाँव फैलाए पसर कर बैठे देखा।

'यहाँ ठीक उतनी ही धूप है जितनी मुझे चाहिए,' दादा जी ने कहा। 'और मुझे इसकी पत्तियों को देखते रहना अच्छा लगता है।'

'इतनी प्यारी पत्तियाँ हैं,' राकेश ने कहा, 'बस जरा सी हवा चलने लगे तो नाचने को तैयार रहती हैं।'

जब दादा जी अन्दर आ गए तब राकेश बग़ीचे में गया और चेरी के पेड़ के नीचे उगी घास पर लेट गया। पत्तियों के बीच से नज़र आते नीले आसमान को निहारता रहा। और करवट लेने पर उसे बादलों के पीछे छुपने जाते हुए पहाड़ दिखाई दे रहे थे। जब शाम के साये बग़ीचे में उतर आए तब तक राकेश पेड़ के नीचे पड़ा रहा। दादा जी फिर वहीं आ गए और राकेश के बगल में बैठ गए। वह दोनों चुपचाप वहीं बैठे इन्तज़ार करते रहे, जब तक कि तारे नहीं निकल आए और रतजगा पक्षी ने पुकारने का सिलसिला नहीं छेड़ दिया। नीचे जंगल में झींगुरों ने ताल से ताल मिलाना शुरू कर दिया था और अचानक पेड़ इन कीड़ों की आवाज़ों से भर गए।

'जंगल में कितने सारे पेड़ हैं,' राकेश ने कहा, 'लेकिन इस पेड़ में ऐसी क्या ख़ास बात है? हम इसे इतना क्यों चाहते हैं?'

'इसे हमने ख़ुद लगाया है,' दादा जी ने कहा, 'इसलिए यह ख़ास है।'

'सिर्फ़ एक छोटा सा बीज था,' राकेश ने कहा, 'और उसने पेड़ की चिकनी छाल को छुआ, वह पेड़ जिसे उसने ख़ुद ही उगाया था। उसने पेड़ के मुख्य तने पर हाथ फेरा और फिर एक पत्ती के सिरे को उंगलियों में लिया। 'सोचता हूँ,' वह धीरे से फुसफुसाया, 'क्या ईश्वर को भी ऐसा ही महसूस होता होगा?'

सबसे सजीला

पता नहीं क्यों मुझे वह शहर इतना बेदिल सा लगता था। शायद वहाँ की भीड़ और घुटन भरे माहौल की वजह से। उसकी संकरी और गंदगी से भरी गलियाँ, उसके थके से लोग। एक दिन मैंने बाज़ार के बच्चों को एक अपाहिज लड़के का मज़ाक उड़ाकर परेशान करते देखा।

आठ से चौदह साल की उम्र के बीच के क़रीब दर्जन भर लड़के उस विकलांग बच्चे को चिल्ला-चिल्ला कर चिढ़ा रहे थे और वह भी बदले में उन्हें भला-बुरा कह कर अपने लिए मुसीबत खड़ी कर रहा था। चेहरे से अन्दाज़ा लगाने पर वह लड़का बारह-तेरह साल का लगता था, लेकिन उसका कद आठ-नौ साल के बच्चे जितना रहा होगा। उसकी टाँगें छोटी, मोटी और टेढ़ी थीं। उसका सीना छोटा सा था, लेकिन बाहें ख़ूब लम्बी, जिससे उसकी बनावट कुछ-कुछ वनमानुश जैसी लगती थी। उसके माथे और गालों पर चेचक के गहरे-गहरे निशान थे। ज़माने की नज़र से वह बदसूरत था और परेशान होकर वह न जाने क्या अगड़म-बगड़म बोले जा रहा था, फिर भी लड़के उसे परेशान करने से बाज़ नहीं आ रहे थे। वह उसके ऊपर कीचड़ और कंकड़ फेंक रहे थे और इस बात का ध्यान रख रहे थे कि उसकी पहुँच से दूर रहें। बदमाशी पर आमादा स्कूल के लड़कों से ज़्यादा क्रूर शायद ही कोई होता होगा।

इस दृश्य ने मुझे परेशान कर दिया था। मुझे लग रहा था कि इस सब

को रोकने के लिए मुझे कुछ न कुछ करना चाहिए, लेकिन उन्हें रोकने की हिम्मत नहीं पड़ी। जब उस लड़के के चेहरे पर एक पत्थर जाकर लगा और उसका गाल कट गया, तब कहीं मेरी मुसीबत से बचने की सोच बदली। मैं दौड़कर लड़कों के बीच जा पहुँचा–उन पर चिल्लाता और जो हाथ लगे उसे रोकने की कोशिश करता। वे सारे हारे हुए भगोड़े सैनिकों की तरह तितर-बितर हो गए।

मैं अपनी हिम्मत पर ख़ुद हैरान था और जब लड़के दोबारा नहीं आए तो मुझे काफ़ी राहत सी मिली। मैंने गुस्साए और घबराए हुए लड़के का हाथ पकड़ा और पूछा कि वह कहाँ रहता है। उसने अपना हाथ खींच लिया लेकिन मैंने उसकी छोटी पर मोटी-मोटी उंगलियों को नहीं छोड़ा और उसे कहा कि मैं उसे घर छोड़ने चल रहा हूँ। उसने धीरे से कुछ बुदबुदाया जो मुझे समझ में नहीं आया और एक पतली गली की ओर अपनी उँगली से इशारा किया। उसे अपने साथ लिए मैं बाज़ार से दूर चला आया।

मैंने उस लड़के से बहुत कम बात की, क्योंकि अब तक मुझे पता चल चुका था कि उसे बोलने में कुछ दिक़्क़त थी। जब वह एक ऊँची चारदीवारी में एक दरवाज़े के सामने रुका तो मैंनें अन्दाज़ा लगाया कि उसका घर आ गया।

एक जवान औरत ने दरवाजा खोला। लड़का फौरन उससे लिपट कर आंसू बहाते हुए रोने लगा। मैं बच्चे की माँ का सामना करने के लिए तैयार नहीं था। न सिर्फ़ वह देखने में हर तरह से सामान्य लग रही थी, बल्कि वह काफ़ी सुन्दर भी थी। उसकी उम्र यही कोई पैंतीस साल के आसपास रही होगी।

अपने बेटे को घर पहुँचाने के लिए उसने मुझे धन्यवाद दिया और घर के अन्दर चलने के लिए कहा। बच्चा बैठक के जाकर उकड़ू बैठ गया और एक उदासी भरी चुप्पी साध ली। इस तरह बैठने पर उसकी टेढ़ी सी

टाँगें और भी ज़्यादा अजीब और डरावनी सी लग रही थीं। उसकी माँ ने मुझे चाय के लिए पूछा, लेकिन मैंने एक गिलास पानी माँगा। उसने बच्चे से पानी लाने को कहा और वह ले आया, पर बिना मेरी तरफ़ देखे गिलास मेरे हाथ में थमा दिया।

'सुरेश मेरा इकलौता बेटा है,' उसने कहा, 'मेरे पति इसे लेकर बहुत निराश हैं, लेकिन मुझे अपना बेटा बहुत प्यारा है। क्या आपको लगता है कि यह बहुत बदसूरत है?'

'ख़ूबसूरती की तरह बदसूरती महज़ एक शब्द है, अलग-अलग लोगों के लिए इनके अलग मायने होते हैं। किसी कवि ने कहा है–सुन्दर ही सत्य है और सत्य ही सुन्दर। लेकिन अगर सुन्दरता और सत्य एक ही चीज़ हैं, तो उसके लिए दो अलग शब्द क्यों इस्तेमाल किए जाते हैं? ज़िन्दगी और मौत के अलावा और कुछ भी पूरी तरह मुकम्मल नहीं है।'

बच्चा उसके पैरों के पास ज़मीन पर बैठ गया और अपना सिर उसकी गोद में रख लिया। अपनी साड़ी के पल्लू से वह उसका मुँह पोंछने लगी।

'क्या आपने इसे कभी ठीक से बोलना सिखाने की कोशिश की?' मैंने पूछा।

ये बचपन से ऐसा ही है। डॉक्टर भी कुछ नहीं कर सकते।'

हम बातचीत कर ही रहे थे कि बच्चे के पिता आ पहुँचे और तभी वह दबे पाँव वहाँ से चला गया। उस शकस ने मुझे बच्चे को घर पहुँचाने के लिए बहुत धन्यवाद दिया और फिर ऐसा लगा जैसे अगले ही पल उसने सारे मामले को दिमाग़ से बाहर निकाल दिया हो। वह कामकाज की बातों में बुरी तरह उलझा हुआ लग रहा था। उसके बर्ताव से मुझे कुछ ऐसा लगा जैसे अपने बेटे की शारीरिक बनावट असामान्य होने की बात को वह बहुत पहले ही स्वीकार कर चुका था और उसकी शुरुआती निराशा अब बेरुख़ी भरे रवैये में बदल चुकी थी। जब मैं जाने के लिए खड़ा हुआ

तो उसकी पत्नी मुझे दरवाज़े तक छोड़ने आई।

'अगर मेरे पति का व्यवहार कुछ रूखा लगा हो तो मेहरबानी करके बुरा मत मानना,' उसने कहा।

'उनका काम धंधा ठीक नहीं चल रहा है। अगर आप फिर आना चाहो तो ज़रूर आना। सुरेश को ऐसे लोग बहुत कम ही मिलते हैं जो उसके साथ एक सामान्य इंसान की तरह सलूक करते हों।'

मुझे मालूम था कि मैं उनके घर फिर जाना चाहता था, इसलिए नहीं क्योंकि मुझे बच्चे पर दया आ रही थी, बल्कि इसलिए क्योंकि मेरे मन में उसकी माँ के लिए सहानुभूति पैदा हो गई थी।

लेकिन फिर मुझे इस बात का एहसास हो गया कि उसकी व्यक्तिगत दिलचस्पी मुझ में नहीं थी, सिवाय इसके कि मैं उसके बेटे को ज़िन्दगी जीने के लिए बेहतर ढंग से तैयार करने में मददगार हो सकता था।

क़रीब एक हफ़्ते बाद मैं उनके घर फिर से गया। सुरेश के पिता अपने काम के सिलसिले में कहीं बाहर गए हुए थे और मुझे खाना खाने के लिए रोक लिया गया। बच्चे की माँ ने मूली के पराठे बनाकर दही और अचार के साथ परोसे। अगर सुरेश जल्दी-जल्दी जानवरों की तरह खाना मुँह में भरे जा रहा था, तो मैं भी उससे ज़्यादा पीछे नहीं था। उसकी माँ लगातार उसे ज़्यादा से ज़्यादा खाने के लिए कहती जा रही थीं। खाते समय तो वह कुछ भी सुनने को तैयार नहीं था, लेकिन खाने के बाद जब मैंने उससे टहलने के लिए बाहर चलने को कहा तो वह मेरे साथ जाने को ख़ुशी-ख़ुशी चल पड़ा।

उधर उसकी माँ की शक्ल पर डर उभर आया था।

'क्या यह ठीक होगा,' उसने पूछा, 'आपने देखा है कि दूसरे बच्चे इसके साथ कैसा सलूक करते हैं। उस दिन यह बिना बताये घर से निकल गया था।'

'हम बाज़ार की तरफ़ नहीं जाएँगे,' मैंने कहा, 'मैं तो खेतों की तरफ़

जाने की सोच रहा था।' यह जताने के लिए कि वह मेरे साथ जाना चाहता है, सुरेश कुछ आवाज़ें निकालते हुए मेज को पीटने लगा। आख़िरकार उसकी माँ राज़ी हो गई और हम दोनों ने घर से बाहर निकल कर अपनी राह पकड़ी।

अपने टेढ़ी टाँगों की वजह से वह ज़्यादा तेज़ नहीं चल पाता था, लेकिन इससे मुझे उसका ध्यान उन चीज़ों की ओर खींचने का मौक़ा मिल जाता था जिनमें उसकी दिलचस्पी हो सकती थी, जैसे बरगद के पेड़ पर शोर मचाते तोते, तालाब के कीचड़ में लोटती भैंसें, ढोल वग़ैरा लेकर जाते हिजड़ों की टोली। सुरेश ने हिजड़ों में ख़ासी दिलचस्पी दिखायी, शायद इसलिए क्योंकि वे अपने आप में कुछ अलग ही नज़र आते थे–औरतों के लिबास पहने मर्दाना दिखने वाले कद्दावर लोग, अपने तीखे नैन-नक्श को रूज और मसकारे जैसे प्रसाधनों से लीप-पोत कर, मोटे-मोटे पैरों में घुंघरू बाँधे छम-छम करते जाते। पहली बार मैंने सुरेश को हँसते हुए सुना।

शायद इसलिए क्योंकि तब उसने जाना कि जैसा अजीब सा वह ख़ुद है, उससे भी ज़्यादा अजीब तरह के इंसान होते हैं। और उसके बाद दूसरे लोगों की तरह वह भी उनकी खिल्ली उड़ाने से नहीं चूका।

'हँसो नहीं, मैंने कहा, 'यह लोग ऐसे ही पैदा हुए हैं, बिलकुल उसी तरह जैसे तुम पैदाइशी तौर पर हो।'

लेकिन उसने मेरी बात पर ध्यान नहीं दिया और खींसे निपोरता रहा। उसके अच्छे-खासे चौड़े मुँह के खुलने पर बड़े और मजबूत दाँत अलग से दिख रहे थे।

हम शहर के बाहर सूखी नदी की रेती तक पहुँच गए और उसे पार करने के बाद सरसों के एक खेत में पहुँचे, जहाँ ख़ूब पीले-पीले फूल खिले हुए थे। सरसों के खेत पार करने के बाद जंगलों का सिलसिला शुरू होता था। दूर से ही पेड़ों को देख सुरेश ज़ोर-ज़ोर से आवाज़ निकालकर

ताली बजाते हुए उस ओर दौड़ने लगा। इससे पहले वह कभी शहर के बाहर नहीं गया था। अपने घर का आंगन और कभी-कभी बाज़ार की ओर जाने वाली सड़क; दुनिया का इतना ही हिस्सा उसने देखा था। अब पेड़ उसे बुला रहे थे।

जंगल में हमें एक छोटी सी धारा बहती मिली और मैंने अपने कपड़े उतारे और उसके ठंडे पानी में कूद पड़ा। सुरेश को भी पानी में आने को कहा। वह अपने कपड़े उतारने में हिचक रहा था, लेकिन कुछ देर मुझे देखने के बाद मेरे साथ पानी में उतरने की इच्छा उसकी झिझक पर भारी पड़ी और उसने अपने अनगढ़ से शरीर को नरम बसंती धूप के हवाले कर दिया।

पानी में उतरने के बाद वह बेढब सी चाल से मेरी ओर बढ़ने लगा। पानी सिर्फ़ मेरे घुटनों तक था लेकिन उसके सीने को छू रहा था।

'आओ, मैं तुम्हें तैरना सिखाता हूँ,' मैंने कहा और उसे कमर से इस तरह थाम लिया कि उसका शरीर पूरी तरह पानी के अन्दर न डूबे। शुरू में वह पानी उगलता और हाथ-पैर पटकता रहा लेकिन जब यह समझ

गया कि ज़्यादा हाथ-पैर चलाए बिना भी पानी पर तैरा जा सकता, तब शांत हो गया।

बाद में, जब हम उस धारा के किनारे बैठे हुए थे तभी उसने ज़मीन पर एक छोटे से गड्ढे में एक कछुए को देखा, जिसमें उसने अंडे दे रखे थे। उसने पहले कभी कछुआ नहीं देखा था और वह हैरानी से कुछ देर उसे देखता रहा। इस बीच कछुए ने अपनी गर्दन अपने खोल के अन्दर घुसा ली थी और कुछ देर बाद बड़ी होशियारी से इधर-उधर देखते हुए धीरे से बाहर निकाली। ज़रूर उसने सोचा होगा कि कछुआ भी काफ़ी कुछ उसी की तरह था, उसके फैले हुए पैर, कमान सी घुमावदार पीठ और दुनिया के सामने ख़ुद को छुपा लेने की फ़ितरत।

उस दिन के बाद मैं उसके घर हफ़्ते में दो बार जाने लगा और लगभग हर बार हम धारा पर ज़रूर जाते थे। जल्दी ही सुरेश ने कुछ दूर तक तैरना सीख लिया। उसे मालूम था कि शहर के ज़्यादातर बच्चों के लिए तैरना एक ऐसी चीज़ है जो अक्सर वह नहीं सीख पाते। इस बात से उसका मनोबल बहुत बढ़ा था, जिससे उसकी ज़िंदगी एक ढर्रे से निकल कर विस्तार पाने लगी थी। सुरेश को मैं जितना ज़्यादा देखता, उतना ही उसके शरीर की अनगढ़ बनावट पर मेरा ध्यान जाना बन्द होता गया। मेरे लिए अब वह सामान्य होता जा रहा था, जबकि शहर के तमाम दूसरे बच्चे एक जैसे होने के बावजूद मुझे कुछ असामान्य से लगने लगे थे।

उसका अब तक अपने बेडौल होने के एहसास से बाहर न निकल पाना और इससे कैसे निकल सकेगा, यह मुझे उससे पहली मुलाकात के दो महीने बाद समझ में आया था।

हम उन्हीं सरसों के खेतों के बीच से गुज़रते हुए घर लौट रहे थे जो दूर से पीले दिख रहे थे, पर पास से हरे। मैंने देखा कि एक बकरी का बच्चा हमारे पीछे-पीछे आ रहा था। ऐसा लग रहा था कि वह अपनी माँ से बिछड़ गया था। हालाँकि मैंने उसे हड़का कर अपने पीछे आने से रोकने

की कोशिश की लेकिन वह पीछे-पीछे चलता चला आया और जब सुरेश को लगा कि वह हमारे साथ आना ही चाहता है, तो वह बकरी के बच्चे को उठा कर घर ले गया।

अगले कुछ दिनों तक उसका सारा ध्यान बकरी के बच्चे पर रहा। वह उसे अपने हाथों से खिलाता और अपने बिस्तर पर पायताने की ओर अपने साथ सुलाता। छोटे-छोटे सींग वाला बड़ा प्यारा सा मेमना था वह, जिसे घर भर में फुदकन, कूदने और कुलांचे भरने की आदत पड़ गई थी। मेमने को हर कोई पसंद करता था और सुरेश की माँ और मैं अक्सर यह कहते कि वह कितना प्यारा है।

दूसरे लोगों का मेमने की तारीफ़ करना सुरेश को अखरने लगी। उसे लगता था कि लोगों को मेमना उसके मालिक से ज़्यादा अच्छा लगता है। मुझे याद है कि एक दिन वह आईने के सामने बकरी के बच्चे को अपनी बाहों में भरकर उसमें दिख रही दोनों की छवि को बहुत गौर से देख रहा था। कुछ मिनट यूँ देखने के बाद सुरेश ने मेमने को गोद से उतार कर परे कर दिया। जब उसे इस बात का एहसास हुआ कि मैं सब कुछ देख रहा था तो उठा और बिना मुझसे नज़रें मिलाए कमरे से बाहर चला गया।

दो दिन बाद जब मैं उनके घर गया, तो मैंने पाया कि उसकी माँ बहुत परेशान लग रही थी। साफ़ नज़र आ रहा था कि वह रोई थी। लेकिन मुझे वहाँ पाकर उन्हें काफ़ी राहत मिली, वह मुझे बैठक में ले गईं। जब सुरेश ने मुझे देखा तो वह फ़र्श से उठा और दौड़कर बरामदे में चला गया।

'क्या हो गया,' मैंने पूछा।

'मेमना था न,' उन्होंने कहा, 'सुरेश ने उसे मार डाला।'

उन्होंने मुझे बताया कि कैसे सुरेश ने अचानक गुस्से से बेकाबू होकर उस मेमने को ईंट दे मारी जिससे उसका सिर फट गया। मेमने की मौत से ज़्यादा वह इस बात से परेशान थीं कि सुरेश को अपने किए पर बिल्कुल भी अफ़सोस नहीं था।

'मैं उससे बात करता हूँ,' मैंने कहा। लेकिन जब मैं बाहर बरामदे में पहुँचा तब तक वह वहाँ से ग़ायब हो चुका था।

'वह ज़रूर बाज़ार गया होगा,' उसकी माँ ने बेचैनी के साथ कहा, 'जब वह किसी बात से परेशान होता है तो ऐसा ही करता है।' मुझे कभी-कभी ऐसा लगता है कि कोई उसके साथ मारपीट करे या उसे परेशान करे, यह उसे अच्छा लगता है।

वह बाज़ार में नहीं मिला। मुझे नदी के पास कीचड़ में पेट के बल लेट कर एक डंडी से गड्ढे में तैर रहे टैडपोल पकड़ने की कोशिश करते हुए मिला।

'तुमने बकरी के बच्चे को क्यों मारा,' मैंने पूछा। उसने अपने कंधे उचकाए। 'तुम्हें उसकी जान लेने में मज़ा आया?' उसने मेरी ओर देखा, मुस्कुराया और ज़ोर-ज़ोर से सिर हिलाकर हामी भरी। 'कितनी बुरी बात है यह! मैंने कहा। लेकिन वास्तव में मैं ऐसा नहीं सोचता था। मुझे मालूम था कि उसकी यह बेरहमी मेरे या किसी भी दूसरे शख़्स के गुस्से से ज़्यादा अलग नहीं थी। बस दोनों में इतना सा फर्क था कि उसकी बेरहमी बिल्कुल कुदरती थी, उसमें किसी तरह का सोचा समझा कुछ नहीं था और उस पर सभ्यता और संयम का मुलम्मा नहीं चढ़ा था।

उसने अपनी क़मीज़ की जेब से एक छोटा सा चाकू निकाला, उसे खोला और उसका फल पकड़कर हत्था मेरी और कर दिया। फिर उसकी नोक अपने पेट की ओर करते हुए मुझसे चाकू पेट में घुसा देने के लिए इशारा करने लगा। उसके चेहरे पर ऐसा गहरा अफ़सोस उभर आया जैसे अन्दर ही अन्दर मातम मना रहा हो। मुझे मालूम है कि उसे अफ़सोस बकरी के बच्चे की जान लेने का नहीं, बल्कि मुझे बुरा लगने का था। इसीलिए उसके अफसोस को मैंने सहजता से लिया और उसका मन हल्का करने के लिए ठहाका लगा कर हँस दिया।

'तुम बड़े अजीब हो,' मैंने कहा और उसके हाथ से चाकू लेकर धार।

में फेंक दिया, 'चलो कुछ देर तैरते हैं!'

हम सारी दुपहरी पानी में रहे और उसके बाद सुरेश चेहरे पर मुस्कान लिए घर गया।

उसकी माँ और मैंने मिलकर तय किया कि इस पूरे मामले को उसके पिता के साथ साझा नहीं करेंगे। वैसे भी, दौरे पर होने की वजह से उन्हें बकरी के बच्चे के बारे में कुछ नहीं मालूम था।

अगले कुछ हफ्तों के दौरान सुरेश काफ़ी शांत और सहज लगा।

फिर मुझे ख़त से दिल्ली में नौकरी मिलने की ख़बर मिली। मुझे मालूम था कि मुझे यह नौकरी करनी ही होगी क्योंकि उन दिनों लिखने से मेरी बहुत कम आमदनी हो रही थी।

जब मैंने लड़के की माँ को अपने जाने की बात बतायी तो वह निराश हुई, बल्कि काफ़ी उदास हो गई। मुझे लगता है कि मैं उसे ज़्यादा अच्छा लगने लगा था। लेकिन उसका बेटा, जिसका रवैया बदलते देर नहीं लगती थी, उसे मेरे जाने की बात से जैसे कोई फ़र्क़ ही नहीं पड़ा था। उसकी इस बेरुख़ी से मुझे ज़रूर ठेस लगी थी। क्या हमारा कई हफ़्तों का साथ उसके लिए कोई मायने नहीं रखता था? मैंने ख़ुद को समझाया कि शायद उसे इस बात का एहसास नहीं होगा कि हो सकता है वह फिर कभी मुझसे न मिल सके।

जिस शाम मुझे ट्रेन पकड़नी थी, मैं अलविदा कहने उनके घर गया। सुरेश की माँ ने मुझसे वादा करने को कहा कि मैं उन्हें ख़त लिखता रहूँगा, लेकिन सुरेश ने अपनेपन का कोई एहसास नहीं कराया, बल्कि हाथ बढ़ाने पर उसे थामने और मेरे पास बैठने से भी इंकार कर दिया। उसने मुझे ऐसा एहसास कराया जैसे मैं फिर से ग़ैर हो गया हूँ और अजीब से नज़र आने वाले या डरावने से लोगों पर पत्थर फेंकने वालों में से एक हूँ।

उस शाम आठ बजे मैं ट्रेन के तीसरे दर्जे के डिब्बे में चढ़ा और

कुछ दूसरी सवारियों के साथ धक्का-मुक्की के बाद खिड़की वाली सीट पर कब्ज़ा करने में कामयाब हो गया। वहाँ से प्लेटफ़ॉर्म के एक सिरे से दूसरे सिरे तक दिखाई दे रहा था।

गार्ड सीटी बजा चुका था और ट्रेन चलने ही वाली थी, कि तभी मेरी नज़र सुरेश पर पड़ी जो स्टेशन के गोल-गोल घूमने वाले दरवाज़े पर खड़ा, प्लेटफ़ॉर्म पर इधर से उधर तक नज़रें दौड़ा रहा था।

'सुरेश!' मैंने ज़ोर से आवाज़ लगायी और उसने सुनते ही मेरी तरफ़ बढ़ना शुरू कर दिया। वह बाज़ार में भीड़भाड़ के समय भी अपने लिए जगह बना लेता था। 'मैं अगले साल वापस आऊँगा,' मैंने कहा। अब ट्रेन स्टेशन छोड़ रही थी। और जैसे ही मैंने उसे देखते हुए हाथ हिलाना शुरू किया, वह ट्रेन के साथ दौड़ने लगा। उससे जैसे दौड़ते बन रहा था। ज़ोर-ज़ोर से हाथ हिलाते हुए। मुझे रोकने के लिए इशारे करते हुए।

मैंने उसे किसी के बिस्तरबन्द से टकराकर लुढ़कते देखा। इंजन की चाल तेज़ हो रही थी और प्लेटफ़ॉर्म पीछे छूटा जा रहा था।

आख़िरी बार सुरेश को तभी देखा था–भीड़ भरे प्लेटफ़ॉर्म पर अकेले पड़े हुए। चारों तरफ़ फैले दुनिया के धुंधलके में। झुकी कमर वाला टेढ़ा-मेढ़ा सा दुनिया का सबसे सजीला लड़का।

सुरंग

दिन के बारह बजने वाले थे और जंगल में सन्नाटा पसरा था, जैसे सब कुछ थम सा गया हो। गर्मी इतनी थी कि सदाबहार पेड़ों के बीच से गुज़रती रेल की पटरियों के पार देखने पर सब कुछ वैसे ही हिलता हुआ सा दिखाई दे रहा था जैसे किसी भट्टी के पार दिखता है। रेल की पटरियाँ दो सीधे पड़े काले साँपों की तरह पहाड़ी में बनी सुरंग के अन्दर चली जा रही थीं।

पटरी के दोनों और उगे पेड़ों के बीच खुले में खड़ा सूरज दोपहर वाली गाड़ी का इन्तज़ार कर रहा था। वह कोई स्टेशन नहीं था और न ही उसे कहीं जाने के लिए ट्रेन पकड़नी थी। वह तो बस इस बात का इन्तज़ार कर रहा था कि स्टीम इंजन को सुरंग में से शोर मचाते निकलते हुए देख सके।

यहाँ आने के लिए वह शहर से जंगल के रास्ते गाँव तक जाने वाली पगडंडी पर साइकिल चलाता हुआ छोटे से गाँव तक पहुँचा। फिर उसने अपनी साइकिल वहीं छोड़ दी और झाड़-झंकाड़ से ढकी छोटी-सी पहाड़ी पैदल पार करके सुरंग के सिरे तक आ पहुँचा।

उसने सिर उठाकर ऊपर को देखा। दूर से आती इंजन की सीटी की तीखी आवाज़ उसे अभी सुनाई दी थी। उसे कुछ दिखाई नहीं दे रहा था, क्योंकि रेलगाड़ी पहाड़ी के दूसरी ओर से आ रही थी, लेकिन फिर उसे

सुरंग के अन्दर से कहीं दूर गरजते बादलों जैसी आवाज़ सुनाई दी और वह समझ गया कि ट्रेन आने वाली है।

कुछ ही पलों में स्टीम इंजन सुरंग से निकला। धड़धड़ाते और धुआं छोड़ते काले, हरे और सुनहरे ड्रैगन की तरह–सूरज के सपनों के सजीले और शक्तिशाली दैत्य जैसा! अपने बाएँ और दाएँ अंगारे उगलता और दहाड़ मारता, जैसे जंगल को चुनौती दे रहा था।

सूरज झट से कुछ क़दम पीछे हट गया। और देखते ही देखते रेलगाड़ी निकल गई और छोड़ गई धुएँ के पुंछल्ले जो धीरे-धीरे शीशम के पेड़ों के ऊपर उठ कर कहीं गुम होते जा रहे थे।

जंगल में फिर सन्नाटा छा गया। कहीं कोई हरकत नहीं हो रही थी। धीरे-धीरे दूर चले जा रहे धुएँ और मन में छायी विचारों की धुंध से बाहर निकल कर सूरज ने पटरी के किनारे-किनारे सुरंग की ओर बढ़ना शुरू किया।

सुरंग के अन्दर आगे बढ़ने के साथ अंधेरा भी बढ़ता जा रहा था। क़रीब बीस गज़ अन्दर चलने के बाद वह बिल्कुल घुप अंधेरे में पहुँच चुका था। ख़ुद को यह विश्वास दिलाने के लिए कि अभी दिन निकला हुआ है, सूरज को पीछे घूम कर सुरंग के मुहाने की ओर देखना पड़ा। उसके आगे सुरंग का दूसरा सिरा बस रोशनी के छोटे से गोले जैसा दिख रहा था।

सुरंग में अभी भाप के इंजन का धुआं भरा हुआ था, लेकिन अगली रेलगाड़ी आने में अभी कई घंटे बाक़ी थे। तब तक के लिए सुरंग फिर से जंगल की थी।

सूरज रुका नहीं, आगे बढ़ता रहा क्योंकि वहाँ न कुछ करने के लिए था और न देखने के लिए। उसे सिर्फ़ चलते जाना चाहता था, यह जानने के लिए कि सुरंग के अन्दर कैसा लगता है। सुरंग की दीवारों में नमी थी और कुछ चिपचिपापन भी। एक चमगादड़ उसके पास से उड़ कर गया।

एक छिपकली पटरियों के बीच नज़र आई।

अंधेरे में से सीधे रोशनी में आने पर सूरज की आँखें चौंधिया गईं। उसने आँखों के आगे हाथ लगाकर ऊपर घने पेड़ों वाली पहाड़ी ढलान पर नज़र डाली। उसे लगा जैसे पेड़ों के बीच कुछ चलता हुआ दिखाई दिया।

कुछ नारंगी सुनहरा सा था जिसकी लम्बी सी लहराती पूछ थी। वह पेड़ों के बीच एक या दो सेकंड को नज़र आया और फिर ग़ायब हो गया। सुरंग के मुहाने से क़रीब पचास क़दम की दूरी पर चौकीदार की झोपड़ी थी। उसके आगे गेंदे के फूल खिल रहे थे और पीछे छोटी सी जगह में सब्जियों की क्यारी थी। चौकीदार का काम था कि सुरंग का मुआयना करे और यह ध्यान रखे कि उसके अन्दर रेलगाड़ी का रास्ता साफ़ रहे। हर रोज़ रेलगाड़ी के आने के पहले वह सुरंग के एक सिरे से दूसरे सिरे

तक चलकर जाता था।

अगर सब कुछ ठीक हो तो वह अपनी झोपड़ी में लौट आता था और कुछ देर सो लेता था। अगर कुछ गड़बड़ हो, तो वह वापस पटरी पर जाकर लाल झंडी दिखाता था और इंजन ड्राइवर गाड़ी धीमी कर लेता था। रात को चौकीदार मिट्टी के तेल से जलने वाली एक लालटेन जलाता था और दिन की तरह सुरंग के अन्दर एक सिरे से दूसरे सिरे तक जाकर पटरी का मुआयना करता था। हाँ अगर पटरी पर सेही जैसा कोई छोटा जानवर हो तो उसे ट्रेन नहीं रोकनी होती थी, लेकिन अगर रेलगाड़ी के लिए कोई ख़तरा होता, तो वह अपनी लालटेन हिलाते हुए इंजन की ओर आगे बढ़ता था। सब कुछ ठीक हो तो वह लालटेन को झोपड़ी के दरवाज़े पर टाँग कर सोने चला जाता था।

दोपहर की झपकी लेने के लिए वह चारपाई पर लेटा ही था कि उसने लड़के को सुरंग से बाहर निकलते देखा। वह तब तक इन्तज़ार करता रहा जब तक सूरज काफ़ी क़रीब नहीं आ गया, फिर उसने कहा, 'आओ, आओ, तुम्हारा स्वागत है! मेरे पास बहुत कम लोग आते हैं। कुछ देर यहाँ बैठो और पहले यह बताओ कि मेरी सुरंग का मुआयना क्यों कर रहे थे?'

'क्या यह तुम्हारी सुरंग है?' सूरज ने पूछा।

'हाँ, है!' चौकीदार ने कहा, 'वाकई में यह मेरी सुरंग है। क्योंकि किसी और को इससे कोई लेना-देना नहीं था, इसलिए मैंने यह सरकार को दे दी थी।'

सूरज चारपाई की पाटी पर बैठ गया।

'मैं ट्रेन को इसमें से निकलते हुए देखना चाहता था,' उसने कहा,और जब गाड़ी चली जाती तो मैं इसके अन्दर से होकर जाने की सोच रहा था।'

'और इसके अन्दर तुमने क्या देखा?'

'कुछ भी नहीं! अन्दर बहुत अंधेरा था। लेकिन बाहर आने पर, मुझे लगा कि मैंने ऊपर पहाड़ी पर एक जानवर को देखा। लेकिन पक्का नहीं

है, क्योंकि वह बड़ी तेज़ी से वहाँ से चला गया।'

'अरे तुमने तेंदुआ देखा था! चौकीदार ने कहा, 'मेरा तेंदुआ!'

'क्या तुम्हारे पास तेंदुआ भी है? हाँ, है!'

'क्या तुमने उसे भी सरकार को किराये पर दे रखा है?'

'नहीं, नहीं दिया है।'

'क्या वह ख़तरनाक है?'

'नहीं, वह ऐसा तेंदुआ है जो अपने मतलब से मतलब रखता है। इस इलाक़े में वह हर महीने बस कुछ दिन के लिए आता है।'

'क्या आप यहाँ लम्बे समय से हैं?' सूरज ने पूछा।

'कई साल से! मेरा नाम सुन्दर सिंह है।'

'मेरा नाम सूरज है।'

'एक रेलगाड़ी दिन में आती है और दूसरी रात को आती है। क्या तुमने रात वाली डाकगाड़ी को सुरंग से बाहर आते देखा है?'

'नहीं, वह किस समय आती है?'

'क़रीब नौ बजे रात को, अगर उसे आने में ज़्यादा देरी न हो जाए तो। अगर तुम चाहो तो यहाँ आ सकते हो और मेरे साथ बैठ कर इन्तज़ार कर सकते हो। और जब गाड़ी चली जाएगी तो मैं तुम्हें घर ले चलूँगा।

'मैं अपने माता-पिता से पूछ लूँगा,' सूरज ने कहा, 'ऐसा करने में कोई ख़तरा तो नहीं?' 'बिल्कुल नहीं, शहर में जंगल से ज़्यादा ख़तरा है। यहाँ जंगल में मुझे कुछ नहीं होता! लेकिन पिछले महीने जब मैं शहर गया था, तो बस के नीचे आते आते बचा।'

सुन्दर सिंह ने जम्हाई ली और हाथ-पैर खाट पर पैर फैला कर लेट गया।

'और अब, मेरे दोस्त, मैं थोड़ी देर सोने जा रहा हूँ। इतनी गर्मी में दोपहर को जागते रहना बड़ा मुश्किल है।'

'हर कोई दोपहर में सोने चला जाता है,' सूरज ने शिकायती लहजे में

कहा, 'मेरे पिताजी दोपहर का खाना खाने के बाद फौरन लेट जाते हैं।'

'देखो, जानवर भी दोपहर की गर्मी से बचने के लिए आराम करते हैं। सिर्फ़ लड़कों की ही एक ऐसी जमात है, जो न आराम कर सकती है और न ही करेगी।'

सुन्दर सिंह ने एक बड़े से केले के पत्ते को चेहरे पर रख लिया, ताकि मक्खियाँ परेशान न करें और वह जल्द ही खर्राटे मारने लगा। सूरज उठ खड़ा हुआ और रेलवे लाइन के दोनों ओर नज़र दौड़ाने के बाद अपने गाँव वापस जाने के लिए चल पड़ा।

अगली शाम, जब धुंधलका होने को आया, तब जैसे चमगादड़ पेड़ों से निकलकर चुपचाप अपनी उड़ान भरते हैं, वैसे ही सूरज चौकीदार की झोपड़ी की ओर चल पड़ा।

बड़ा लम्बा और गर्म दिन था, लेकिन अब ज़मीन की तपन कम होने लगी थी और पेड़ों के बीच धीमी-धीमी हवा चल रही थी। हवा में आम के बौर की महक थी और बारिश की आमद का वादा।

सुन्दर सिंह सूरज का इन्तज़ार कर रहा था। उसने अपने छोटे से बग़ीचे में सिंचाई की। उसके फूल ताज़गी भरे लग रहे थे। तेल के स्टोव पर एक केतली में पानी उबल रहा था। 'मैं चाय बना रहा हूँ,' उसने कहा, 'जब आप गाड़ी का इन्तज़ार कर रहे होते हैं तब गर्म चाय के गिलास से अच्छा कुछ नहीं लगता।'

चाय पीने के साथ वे दर्जिन पक्षी की तीखी पुकार और लाल मुनिया की टोली को शोर मचाते सुनते रहे। जैसे ही अंधेरा गहराया, पक्षियों ने भी चहचहाना बन्द कर दिया। सुन्दर सिंह ने अपना तेल का लैंप जलाया और कहा कि उसका सुरंग का मुआयना करने का समय हो गया है। वह सुरंग की ओर चल पड़ा और सूरज चारपाई पर बैठे-बैठे चाय की चुस्कियाँ लेता रहा। रात हो जाने पर ऐसा लग रहा था जैसे पेड़ और क़रीब आ गए थे। रात के अंधेरे में जंगल की ज़िंदगी के स्वर हवा के

झोंकों के साथ-साथ हर तरफ़ बिख़रने लगे–पाड़े की सीटी जैसी पुकार, लोमड़ी के अलाप और रातवे की अलग से पहचान में आने वाली कुर्र कुर्र। कुछ आवाज़ें ऐसी थीं जिन्हें सूरज पहचान नहीं पा रहा था–पेड़ों से आ रही चरमराने और फुसफुसाने जैसी आवाज़ें, जिनसे ऐसा लगता था जैसे पेड़ अंधेरे में अपनी जगह बदल कर, हाथ-पैर फैलाते, अंगड़ाई लेते, उंगलियाँ चटकाते जाग उठे हों।

सुरंग के अन्दर खड़े होकर सुन्दर सिंह अपनी लालटेन की बत्ती ठीक कर रहा था। रात को होने वाली आवाज़ें उसके लिए नई नहीं थीं और वह उन पर ध्यान नहीं दे रहा था, लेकिन लद्द से किसी के कूदने की आवाज़ और फिर सूखे पत्तों की सरसराहट सुनाई दी तो वह चौकन्ना होकर वहीं ठहर गया और उसकी आँखें अंधेरे में बहुत गौर से कुछ तलाशने लगीं। फिर मन ही मन कुछ गुनगुनाते हुए वह वहाँ लौट आया जहाँ सूरज उसका इन्तज़ार कर रहा था। रात की डाक गाड़ी को आने में अब भी दस मिनट बाक़ी थे। अभी सुन्दर सिंह आकर खाट पर सूरज के बगल मेंबैठा ही था कि उन्हें एक अजीब सी धीमी आवाज़ सुनाई दी, जैसे कोई पेड़ की डाल पर आरी चला रहा हो।

'यह कैसी आवाज़ है?' सूरज ने फुसफुसा कर पूछा।

'तेंदुआ,' सुन्दर सिंह ने कहा, 'मुझे लगता है कि वह सुरंग में है।'

'लेकिन डाक गाड़ी के आने का समय हो गया है,' सूरज ने याद दिलाया।

'हाँ, दोस्त! अगर हमने तेंदुए को सुरंग से जल्दी नहीं भगाया तो वह गाड़ी से कट कर मर जाएगा। और मैं यह नहीं होने दे सकता।'

'लेकिन अगर हमने उसे वहाँ से भगाने की कोशिश की, तो क्या वह हमारे ऊपर हमला नहीं कर देगा?' सूरज ने चौकीदार की चिंता में भागीदार बनते हुए पूछा।

'नहीं, वह कुछ नहीं करेगा। वह मुझे अच्छी तरह जानता है। हमने

कई बार एक-दूसरे को देखा है। बकरी और आवारा कुत्ते ज़रूर उसकी कमज़ोरी हैं, लेकिन वह हमें नुकसान नहीं पहुँचाएगा। फिर भी मैं अपनी कुल्हाड़ी लेकर जाऊँगा। तुम यहीं ठहरना, सूरज।'

'नहीं, मैं तुम्हारे साथ चलूँगा। यहाँ अंधेरे में अकेले बैठे रहने से तो जाना ही अच्छा होगा!

'ठीक है, लेकिन बिल्कुल मेरे साथ रहना। और याद रखना, हमें किसी बात से डरना नहीं है।'

लालटेन को ऊँचा उठाकर सुन्दर सिंह ने सुरंग के अन्दर आगे बढ़ना शुरू किया। वह जितनी ज़ोर से चिल्ला सकता था, उतनी तेज़ आवाज़ में चिल्लाते हुए आगे बढ़ा ताकि जानवर डर कर भाग जाए।

सूरज उसके ठीक पीछे था, लेकिन उससे चिल्लाया नहीं जा रहा था। उसका गला सूख रहा था।

वह दोनों अभी क़रीब बीस क़दम ही चले होंगे कि लालटेन की रोशनी तेंदुए पर पड़ी। वह उनसे क़रीब पन्द्रह फुट दूर पटरियों के बीच शरीर को सिकोड़ कर छलांग लगाने को तैयार बैठा था। वह कोई बहुत बड़ा तेंदुआ नहीं था, लेकिन था हट्टा-कट्टा और उसकी पेशियाँ अलग नज़र आ रही थीं। अपने दाँत दिखा कर खौखियाते हुए वह पेट को ज़मीन से चिपका कर बैठ गया और दुम लहराने लगा।

सूरज और सुन्दर सिंह दोनों मिलकर ज़ोर से चिल्लाए। उनकी आवाज़ की गूँज सुरंग में भर गई और तेंदुए के लिए समझना मुश्किल हो गया कि डराने वाले कितने लोग सुरंग में घुस आए हैं और वह फुर्ती से घूमा और अंधेरे में ग़ायब हो गया। यह देखने के लिए कि वह सुरंग से बाहर चला गया या नहीं, सुन्दर सिंह और सूरज सुरंग के दूसरे सिरे तक गए। जब वह वापस सुरंग के मुहाने पर लौटे, तब पटरियों में झनझनाहट शुरू हो गई थी। वह समझ गए कि गाड़ी आ रही है।

सूरज ने एक पटरी पर अपना हाथ रखा और उसके कंपन महसूस

किए। उसे दूर से आती रेलगाड़ी का शोर सुनाई दिया। और फिर मोड़ पर इंजन आता दिखाई दे गया, जो फुफकारता हुआ उनकी ओर बढ़ा चला आ रहा था। अपनी दहाड़ से जंगल के सन्नाटे को चकनाचूर करता, अंधेरे में अंगारे उगलता सूरज के सपनों का सजीला ड्रैगन कुछ ही पलों में गरजता हुआ उसके सामने से निकलकर सुरंग में घुस गया।

और जब वह चला गया, तो फिर से ख़ामोशी छा गई और ऐसा लगने लगा कि जंगल की साँस में साँस लौट आई है और वह फिर से जी उठा। रेलगाड़ी के गुज़र जाने के बाद अब सिर्फ़ पटरियों में झनझनाहट भर रह गई थी।

क़रीब एक हफ़्ते बाद उस ट्रेन के आने पर पटरियों में जब फिर कंपन हुए, तब सूरज और उसके पिता उसमें सफ़र कर रहे थे। सूरज के पिता अपने कारोबार के सिलसिले में दिल्ली जा रहे थे और इस बार उन्होंने सूरज को अपने साथ ले लिया था। उन्हें इस बात की शिकायत रहती थी कि वह जब देखो तब पता नहीं कहाँ चला जाता है। जबकि वह चाहते थे कि सूरज उनके काम धंधे के बारे में थोड़ा बहुत सीखना शुरू करे। सफ़र के दौरान वह अपने खातों में हिसाब-किताब करने लगे थे, जबकि सूरज एक खुली खिड़की पर बैठा अंधेरे में नज़रें गड़ा कर कुछ देख रहा था। रात वाली डाक गाड़ी सैकड़ों सवारियों को लेकर जंगल के बीच से आगे बढ़ती चली जा रही थी और बीच-बीच में रेलवे लाइन के किनारे बसे छोटे-छोटे गाँवों की टिमटिमाती रोशनी दिखाई देती थी।

जब गाड़ी छोटे से पुल पर से गुज़र रही थी तब उसकी आवाज़ से सूरज को पता चल गया कि सुरंग आने वाली है। इतने अंधेरे में कुछ भी दिखाई देना मुश्किल था, लेकिन सूरज आँखों पर ज़ोर डाल कर बाहर देख रहा था। फिर जैसे ही इंजन ने सीटी मारी सूरज को लालटेन चमकती दिखाई दे गई। वह सुन्दर सिंह को नहीं देख पाया लेकिन लालटेन की टिमटिमाती रोशनी से उसे पता चल गया कि उसका दोस्त वहीं था।

गाड़ी सुरंग के अन्दर चली गई और दूसरी ओर बाहर निकली और जंगल को पीछे छोड़ दूर तक फैले मैदानों की ओर बढ़ती चली गई। अब भी अंधेरे में आँखें गड़ाये सूरज सुरंग के कुछ पहले सुनसान जगह पर बनी झोपड़ी और लालटेन लेकर खड़े चौकीदार के बारे में सोचता रहा, जो रात के अंधेरे में स्टीम इंजन और तेंदुओं को रास्ता दिखाने के साथ सफ़र पर निकले हजारों लोगों के लिए एक जुगनू जैसा जगमगाता रहेगा।

आँखों में क्या जी

रोहाना तक ट्रेन के उस डिब्बे में मेरे सिवा कोई नहीं था। वहाँ से एक लड़की चढ़ी। जो उसे छोड़ने आए थे, वह शायद उसके माता पिता थे। वह उसके सही सलामत सफ़र पूरा करने को लेकर चिंतित थे। उस महिला ने लड़की को अच्छी तरह समझाया कि वह अपनी चीज़ें कहाँ कैसे रखे, चलती ट्रेन में खिड़की से न झाँके और अनजान लोगों से बातचीत न करे।

जैसे ही ट्रेन चली उन्होंने उसे दुआएँ देते हुए रवाना किया। क्योंकि तब मुझे कुछ भी दिखाई नहीं देता था और मुझे सिर्फ़ रोशनी और अंधेरे का अंदाज़ा लग पाता था, इसलिए मुझे पता नहीं चला कि लड़की देखने में कैसी थी, लेकिन मुझे मालूम था कि उसने चप्पल पहन रखी थीं, क्योंकि चलने पर उसकी चप्पलों के एड़ियों से टकराने की आवाज़ आ रही थी।

वह कैसी दिखती थी यह जानने में मुझे कुछ समय लगता, या फिर शायद मैं कभी न जान पाता। पर मुझे उसकी आवाज़ अच्छी लग रही थी और यहाँ तक कि उसकी चप्पलों की आवाज़ भी मधुर थी।

'क्या आप देहरा तक जाएँगी?' मैंने पूछा। शायद मैं जहाँ बैठा था वहाँ अंधेरा होगा, क्योंकि मेरी आवाज़ सुनकर वह चौंक गई और हैरानी के साथ बोली, 'मुझे नहीं पता था कि यहाँ और कोई भी है।'

वैसे अक्सर ऐसा होता है कि जिन्हें अच्छी तरह दिखाई देता है वह भी ठीक अपने सामने की चीज़ें देखने से चूक जाते हैं। मुझे ऐसा लगता है कि उन्हें कुछ ज़्यादा ही देखना पड़ता है। जबकि वे लोग जो देख नहीं सकते या जिन्हें बहुत कम दिखाई देता है, उन्हें उतना ही जानना होता है जितना बहुत ज़रूरी हो, जितना उनकी बाक़ी इंद्रियों के माध्यम से दर्ज हो पाता है।

'मैंने भी आपको नहीं देखा,' मैंने कहा, 'लेकिन मुझे आपके अन्दर आने की आहट मिल गई थी।'

मैं सोच रहा था क्या मैं ऐसा कुछ कर सकता हूँ कि उसे पता न चले कि मुझे दिखाई नहीं देता। मैंने सोचा कि अगर मैं अपनी सीट से न उठूं तो ऐसा करना ज़्यादा मुश्किल नहीं होगा।

लड़की बोली, 'मैं सहारनपुर उतरूँगी। मेरी बुआ मुझे लेने आएँगी।'

'तब तो मुझे आपसे ज़्यादा मेलजोल नहीं बढ़ाना चाहिए,' मैंने जवाब दिया। 'बुआएँ अक्सर तेज़-तर्रार जीव होती हैं।'

'आप कहाँ जा रहे हैं?' उसने पूछा।

'मैं देहरा जाऊँगा और वहाँ से मसूरी।'

'कितने ख़ुशनसीब हैं आप। काश मैं भी मसूरी जा पाती। मुझे पहाड़ बहुत अच्छे लगते हैं। ख़ासतौर से अक्टूबर में।'

'हाँ, यही सही समय होता है,' अपनी याददाश्त खंगालते हुए उसे सही ठहराया।

'पहाड़ों पर जंगली डहेलिया खिल रहे होते हैं, धूप बड़ा मज़ा देती है, रात के वक़्त लक्कड़ की आंच ताप सकते हैं और साथ में थोड़ी ब्रांडी ले सकते हैं।'

'तब तक ज़्यादातर सैलानी वापस लौट चुके होते हैं और सड़कों पर सन्नाटा पसरा रहता है। हाँ, अक्टूबर ही सबसे अच्छा समय होता है।'

वह चुप रही। मैं सोचने लगा कि या तो मेरी बातों में खो गई है, या

फिर वह मुझे कोई पगला दीवाना समझ रही है।

फिर मुझसे एक गलती हो गई।

'बाहर का नज़ारा कैसा है?' मैंने पूछा।

मुझे ऐसा महसूस नहीं हुआ कि उसे इस सवाल में कुछ भी अजीब लगा हो। क्या उसने जान लिया था कि मुझे दिखाई नहीं देता? लेकिन अगले ही पल उसके सवाल से मेरा शक दूर हो गया।

'आप ख़ुद खिड़की के बाहर क्यों नहीं देख लेते?' वह बोली।

मैंने धीरे से बर्थ पर सरक कर खिड़की के किनारे को टटोला। मैंने खुली खिड़की की ओर मुँह करके बाहर का मुआयना करने का दिखावा किया। मुझे इंजन की धौंक और पहियों की गड़गड़ाहट सुनाई दे रही थी और मन ही मन मैं देख पा रहा था कि टेलीफ़ोन के खंभे एक-एक करके पीछे भागे जा रहे थे।

'आपने गौर किया,' मैंने पूछा, 'ऐसा लगता है कि पेड़ भागे जा रहे हैं और हम अपनी जगह ठहरे हुए हैं?'

'हमेशा ही ऐसा होता है,' वह बोली, 'तुम्हें जानवर भी दिखाई दे रहे हैं?'

'नहीं,' मैंने पूरे विश्वास के साथ जवाब दिया। मुझे पता था कि देहरा के आसपास के जंगलों में जानवरों का होना मुश्किल था। खिड़की की ओर से मुँह मोड़ कर मैंने लड़की की ओर घुमाया और फिर कुछ देर हम चुप बैठे रहे।

'आपके चेहरे में एक अलग बात है,' मैंने कहा। मेरी हिम्मत बढ़ती जा रही थी, लेकिन यह कोई बुरी लगने वाली बात नहीं थी। बढ़ा चढ़ा कर की गई तारीफ़ को बहुत कम लड़कियाँ नकार पाती हैं।

वह हँस पड़ी–सुहानी, उन्मुक्त और खनकदार हँसी।

'कोई मेरे चेहरे को अलग का बताये तो अच्छा लगता है। मैं लोगों से यह सुन-सुन कर पक चुकी हूँ कि मेरा चेहरा ख़ूबसूरत है।'

सचमुच तुम्हारा चेहरा ख़ूबसूरत है, मैंने मन में सोचा, लेकिन उससे कहा, 'कोई चेहरा अलग सा होने के साथ ख़ूबसूरत भी तो हो सकता है।'

'आप बड़े दिलेर क़िस्म के नौजवान लगते हैं,' वह बोली 'लेकिन आप इतने गंभीर क्यों हो गए?'

तब मैंने सोचा कि उसकी ख़ातिर मैं हँसने की कोशिश तो करूँ, लेकिन हँसने के ख़याल से ही मेरा मन उलझन और एकाकीपन का शिकार हो गया।

'जल्द ही हम आपके स्टेशन पहुँच जाएँगे,' मैंने कहा।

'गनीमत है सफ़र छोटा था। मैं दो-तीन घंटे से ज़्यादा ट्रेन का सफ़र नहीं कर सकती।'

लेकिन सिर्फ़ उसकी बातें सुनने की ख़ातिर मैं वहाँ कितनी भी देर बैठा रह सकता था। उसकी आवाज़ में पहाड़ी नदी जैसी ताजगी का एहसास था। ट्रेन से उतरते ही वह हमारी छोटी सी मुलाकात को भुला देगी। लेकिन यह मुलाक़ात बाक़ी के सफ़र और उसके काफ़ी बाद तक

मेरे साथ रहेगी।

इंजन की सीटी बजी, डिब्बों के पहियों की आवाज़ और लय बदली और लड़की खड़ी हो कर अपना सामान समेटने लगी।

मैं सोचने लगा कि उसने अपने बालों की चोटी बनायी हुई थी या जूड़ा। हो सकता है उसके खुले बाल कंधों से नीचे तक लटक रहे हों। या फिर बहुत छोटे कटे थे?

धीमी रफ़्तार से ट्रेन स्टेशन पर पहुँची। प्लेटफ़ॉर्म पर कुली और फेरीवाले ज़ोर-ज़ोर से आवाज़ लगा रहे थे, तभी डिब्बे के दरवाज़े के पास से एक महिला की तीखी सी आवाज़ आई। आवाज़ ज़रूर लड़की की बुआ की रही होगी।

'अच्छा, बाय!' लड़की बोली।

वह मेरे बिल्कुल नज़दीक खड़ी थी। इतने पास कि उसके बालों की ख़ुषबू से मैं मदहोश हुआ जा रहा था। मैंने अपना हाथ उठाकर उसके बालों को छूना चाहा लेकिन वह आगे बढ़ चुकी थी। जहाँ वह खड़ी थी वहाँ अब सिर्फ़ खशबू रह गई थी।

दरवाज़े के पास हलचल मची थी। ट्रेन में चढ़ रहे एक आदमी ने हड़बड़ा कर माफी माँगी। फिर एक ज़ोर की आवाज़ के साथ दरवाजा बन्द हुआ और बाहर की दुनिया फिर से बाहर रह गई। मैं अपनी बर्थ पर वापस आ गया। गार्ड ने सीटी बजायी और गाड़ी चल दी। एक बार फिर मुझे खेल खेलना था, एक नए हमसफ़र के साथ।

ट्रेन ने रफ़्तार पकड़ी। पहिये पहले की तरह अपना राग अलापने लगे, डिब्बा झूमता और कांखता जा रहा था। मुझे खिड़की वाली सीट मिल गई और मैं वहाँ बैठा दिन के उजाले को एकटक निहारता रहा, जो मेरे लिए अंधेरा था।

खिड़की के बाहर बहुत कुछ हो रहा था। क्या-क्या हो रहा था, इसका अन्दाज़ा लगाना अपने आप में एक मज़ेदार खेल बन सकता था।

डिब्बे में जो आदमी चढ़ा था उसके टोकने से मैं ख़यालों की दुनियाँ से हकीकत की दुनिया में आया।

'आपको अच्छा तो नहीं लग रहा होगा,' उसने कहा। कुछ पहले उतरे आपके पिछले हमसफ़र की तरह मैं ख़ूबसूरत नहीं हूँ।'

'वह एक दिलचस्प लड़की थी,' मैंने कहा, 'क्या आप बता सकते हैं कि उसके बाल लम्बे थे या छोटे?'

'मुझे याद नहीं!' उसने कुछ हैरानी के साथ कहा, 'मेरा ध्यान तो उसकी आँखों पर गया था, बालों पर नहीं। उसकी आँखें बेहद ख़ूबसूरत थीं। लेकिन उसके लिए किसी काम की नहीं थीं। वह बिल्कुल अंधी थी। आपने नहीं देखा?'

मन चोर

जब मैं रोमी से मिला तब तक मैं चोरी ही करता था। हालाँकि मैं कुल पन्द्रह साल का था, लेकिन अपने काम में काफ़ी तजुर्बेकार और कामयाब था। जब मैं उससे मिलने गया तब रोमी कश्ती का एक मुक़ाबला देख रहा था। वह क़रीब पच्चीस साल का था और मस्तमौला सा, दूसरों का दर्द समझने वाला, सीधे-साफ़ मेरे काम का लग रहा था। मुझे पूरा यक़ीन था कि मैं उसका भरोसा जीत लूँगा।

'तुम तो ख़ुद भी कुछ-कुछ पहलवान जैसे लगते हो,' मैंने कहा। किसी से बातचीत का सिलसिला छेड़ना हो तो उसकी ख़ुशामद करने से अच्छा कुछ नहीं होता!

'तुम भी करते हो क्या?' उसने जवाब में सवाल दाग दिया, जिससे मैं कुछ पल के लिए निराश हो गया। मुझे इसलिए बुरा लगा क्योंकि तब मैं कुछ ज़्यादा ही दुबला था और मेरी हड्डियाँ नज़र आती थीं।

'हाँ,' मैंने धीरे से कहा, 'थोड़ी बहुत कश्ती करता हूँ।'

'क्या नाम है तुम्हारा?'

'हरि सिंह,' मैंने झूठ बोल दिया।

मैं हर महीने अपना नाम बदलता था, ताकि पुलिस और उन लोगों से बच सकूँ जिनके लिए मैं पहले काम करता रहा था।

इस तरह औपचारिकता के बाद रोमी ने बातचीत का दायरा सिर्फ़ उन

पहलवानों पर अपनी राय देने के आसपास समेट कर रखा जो एक-दूसरे से जूझते हुए हाफ़ते, दम लगाते और बड़बड़ाते जा रहे थे। जब वह वहाँ से चला गया तो मैं उसके पीछे लग लिया।

'बोलो जी,' उसने कहा।

मैंने उसके आगे दिल ख़ुश कर देने वाली मुस्कुराहट बिखेरते हुए कहा-

'मैं तुम्हारे साथ काम करना चाहता हूँ।'

'लेकिन मैं तुम्हें कुछ दे नहीं सकता। कम से कम कुछ समय तो बिल्कुल नहीं।'

मैं क़रीब एक मिनट तक इस बारे में सोचता रहा। शायद मैं उसे ठीक से समझ नहीं पाया था।

'क्या मुझे खाना मिलेगा?'

'क्या तुम्हें खाना बनाना आता है?'

'हाँ, बना लेता हूँ।' मैंने फिर से झूठ बोल दिया।

'अगर तुम खाना बना लेते हो, तो समझो तुम्हारे खाने का इन्तज़ाम हो जाएगा।'

वह मुझे दिल्ली मिष्ठान्न भंडार के ऊपर अपने कमरे पर ले गया और मुझे छज्जा दिखाकर कह दिया कि मैं वहाँ सो सकता हूँ। लेकिन उस शाम मैंने जो खाना पकाया वह बहुत ख़राब रहा होगा, क्योंकि रोमी ने अपने हिस्से का खाना सड़क के कुत्ते को खिला दिया और मुझसे कह दिया कि मैं दफ़ा हो जाऊँ। लेकिन मैं वहीं रहा और उसके सामने पड़ने पर जितना लुभावने ढंग से हो सका मुस्कुराता रहा, फिर वह भी मेरे ऊपर हँसे बिना नहीं रह सका।

बाद में उसने मुझसे कहा कि चिंता की कोई बात नहीं, वह मुझे खाना बनाना सिखा देगा। उसने मुझे मेरा नाम लिखना भी सिखाया और यह भी कहा कि वह मुझे जल्दी ही पूरे-पूरे वाक्य लिखना और हिसाब-

किताब करना भी सिखा देगा। मैं उसका शुक्रगुजार था। मुझे मालूम था कि एक बार मैं पढ़े-लिखे लोगों की तरह लिखना सीख गया तो फिर मेरे लिए कुछ भी हासिल करना मुश्किल नहीं रह जाएगा। रोमी के लिए काम करना एक अच्छा अनुभव था। मैं पहले सुबह की चाय बनाता और उसके बाद फ़ुरसत से रोज़मर्रा की ख़रीदारी करने जाता जिसमें अक्सर मुझे दो-तीन रुपए बच जाया करते थे।

मुझे लगता है कि उसे मालूम था कि इस तरह मैं कुछ पैसे बचा लेता था, लेकिन उसने कभी इस बात का बुरा नहीं माना। रूमी झटके से पैसे कमाता था। एक हफ़्ते उधार लेता, दूसरे हफ़्ते लोगों को उधार बाँटता। उसे हमेशा किसी न किसी के चेक का इन्तज़ार रहता, लेकिन जैसे ही उसके पास पैसा आता, वह बाहर जाकर जश्न मनाता। वह दिल्ली और मुंबई की पत्रिकाओं के लिए लिखता था जो पैसे कमाने का एक अजीब तरीका था।

एक शाम वह नोटों की एक छोटी-सी गड्डी लेकर घर आया और बताया कि उसने अपनी किताब एक प्रकाशक को बेची दी है। उस रात मैंने उसे उस रक़म को एक लिफ़ाफ़े में डाल कर गद्दे के नीचे रखते देखा।

रोमी के लिए काम करते हुए अब मुझे क़रीब एक महीना होने जा रहा था और ख़रीदारी में हेराफेरी के सिवा मैंने अपने असली काम के लिहाज से कुछ बड़ा नहीं किया था। जबकि मेरे पास ऐसा करने के तमाम मौके थे। मैं अपनी मर्जी से जब चाहे आ-जा सकता था। अब तक मिले तमाम लोगों में सबसे ज़्यादा भरोसा करने वाला रोमी ही था।

शायद यही वजह थी कि उसके पैसे पर हाथ डालना मुझे इतना मुश्किल लगता था। मेरे लिए किसी लालची इंसान से पैसा हथियाना आसान था, लेकिन एक भले आदमी को लूटना कठिन था। ऊपर से, अगर उसे इस बात का एहसास न हो कि उसे लूटा जा रहा है, तो इस

काम का सारा मज़ा ही किरकिरा हो जाता है!

तो अब वक़्त आ गया है कि मुझे कुछ ठोस काम करने पर ध्यान देना चाहिए, मैंने ख़ुद से कहा। अगर मैं उस पैसे को नहीं लेता, तो वह उसे अपने बेकार के दोस्तों पर उड़ा देगा। और आख़िर वह मुझे तनख़्वाह भी तो नहीं देता।

रोमी चैन से सो रहा था। चाँदनी की एक किरण छज्जे में से होते हुए उसके बिस्तर पर पड़ रही थी। मैं ज़मीन पर बैठा सारे हालात का जायज़ा ले रहा था। अगर मैंने पैसा ले लिया, तो मैं 10:30 बजे की लखनऊ जाने वाली एक्सप्रेस रेलगाड़ी पकड़ सकता था। कंबल को परे कर मैं रेंगते हुए पलंग की और बढ़ा। मेरा हाथ नोटों की तलाश में गद्दे के नीचे गया। जैसे ही नोट वाला लिफाफा मेरे हाथ लगा, मैंने उसे बेहद सधे हाथों से बिना आहट के बाहर निकाल लिया।

रोमी ने नींद में एक गहरी साँस ली और करवट बदल ली।

मैं हड़बड़ा गया और फ़ुर्ती से कमरे से बाहर निकल गया।

सड़क पर पहुँचते ही मैंने दौड़ना शुरू कर दिया। कमीज के नीचे पहनी बनियान की जेब में मैंने रुपए छुपा रखे थे। जब मैं रोमी के घर से कुछ दूर पहुँच गया तो दौड़ना बन्द कर दिया और जेब से लिफ़ाफ़ा निकालकर रुपए गिने। पचास के दशक में सात सौ रुपए। इतनी रक़म से मैं एक-दो हफ्ते किसी राजकुमार जैसी शाही ज़िन्दगी जी सकता था!

जब मैं स्टेशन पहुँचा तब टिकट खिड़की पर रुके बिना सीधे प्लैटफ़ॉर्म पर पहुँच गया। मैंने अपनी ज़िन्दगी में कभी टिकट नहीं ख़रीदा था।

लखनऊ एक्सप्रेस प्लेटफ़ॉर्म छोड़ रही थी। गाड़ी ने अभी रफ़्तार नहीं पकड़ी थी और मुझे लपक कर किसी डिब्बे में चढ़ जाना चाहिए था, लेकिन मैं समझा नहीं सकता कि किसी कारण से मैं कुछ झिझक गया और भाग निकलने का मौक़ा खो दिया।

जब ट्रेन चली गई तो मैंने ख़ुद को सुनसान प्लेटफ़ॉर्म पर अकेले खड़े पाया। मुझे कुछ समझ में नहीं आ रहा था कि रात कहाँ बिताऊँ। मेरे कोई दोस्त नहीं थे, क्योंकि मुझे लगता था कि दोस्त मुसीबत ज़्यादा बनते हैं, मददगार कम। और मैं पास वाले किसी छोटे से होटल में ठहरकर किसी का ध्यान अपनी और नहीं खींचना चाहता था। जिस इकलौते शख़्स को मैं वास्तव में अच्छी तरह से जानता था वह वही था जिसको मैंने लूटा था। स्टेशन से निकल कर मैं धीरे-धीरे चलता हुआ बाज़ार से गुज़रा।

कुछ समय के अपने काम धंधे में मैंने उन लोगों के चेहरे ख़ूब पढ़े हैं जिन्हें अपनी क़ीमती चीज़ें गँवाने का पता चलता था।

लालची घबरा जाते थे, अमीर गुस्सा करते थे और ग़रीब संतोष कर लेते थे। लेकिन मुझे पता था कि जब रोमी को चोरी का पता चलेगा, तब उसकी शक्ल पर हल्की सी उदासी नज़र आएगी, पैसा जाने के कारण नहीं भरोसा उठने के कारण।

वह एक ठंडी रात थी। उत्तर भारत में नवंबर की रातें अक्सर ठंडी होती हैं और बारिश की झड़ी ने मेरी मुश्किल बढ़ा दी थी। मैं घंटाघर के साये में बैठ गया। कुछ भिखारी और बेघर मेरे आसपास लेटे सो रहे थे, अपने-अपने कंबलों में गुड़मुड़िया कर लिपटे। घड़ी बारह बजा रही थी। मैंने नोटों को टटोला; वह भीग चुके थे। रोमी के रुपए। हो सकता है वह सुबह मुझे पाँच रुपए सिनेमा देखने के लिए देता, लेकिन अब मेरे पास पूरी रकम थी। अब न खाना बनाने का झंझट था, न बाज़ार से सामान लाने का और न ही लिखना सीखने का।

वाक्य! चोरी करने के जोश में मैं उन्हें तो भूल ही गया था। मुझे मालूम था कि पूरे वाक्य लिखने से एक दिन मेरी कुछ सौ से कहीं ज़्यादा की कमाई हो सकती थी। चोरी करना बड़ी मामूली सी बात थी। लेकिन असल में एक बड़ा आदमी बनना, समझदार और इज्ज़तदार होना कुछ और ही बात होती है। मुझे वापस रोमी के पास जाना चाहिए, मैंने ख़ुद से कहा और कुछ नहीं तो पढ़ना-लिखना सीखने की ख़ातिर।

बहुत बेचैनी महसूस करते हुए मैं जल्दी-जल्दी कमरे पर जा पहुँचा, क्योंकि कुछ चुराने से कहीं ज़्यादा मुश्किल होता है पता लगने से पहले चुरायी गई चीज़ को वापस अपनी जगह पहुँचाना!

मैंने बिना आहट किए दरवाजा खोला और बीच दहलीज़ पर खड़ा हो गया, चाँद और बदलों की लुकाछिपी वाली चाँदनी में। रोमी सोया हुआ था। मैं दबे पाँव पलंग के सिरहाने की ओर गया और नोट वाला लिफाफा निकाला। मैंने उसकी साँस अपने हाथ पर महसूस की। अगले कुछ पल मैं बिना हिले डुले वैसे ही रहा। फिर मैंने उंगलियों से गद्दे के किनारे को टटोला और रुपए वाला लिफाफा उसके नीचे रख दिया।

मैं सुबह देर से उठा तो देखा कि रोमी पहले ही चाय बना चुका था। उसने अपना हाथ मेरी ओर बढ़ाया। पचास का एक नोट उसने उंगलियों के बीच दबाया हुआ था। मेरा दिल बैठ गया।

'कल कुछ रकम हाथ लगी थी,' उसने कहा, 'अब मैं तुम्हें आगे भी पैसा दे पाऊँगा।'

मेरा जोश छलांगें मारने लगा। मेरे मन में एक लहर सी दौड़ गई।

लेकिन जब मैंने नोट अपने हाथ में लिया तब मैंने ध्यान दिया कि रात की बारिश में भीगने के बाद अब तक गीला था।

इसका मतलब वह जानता था कि मैंने किया है। लेकिन उसके होठों और आँखों ने ऐसा कोई एहसास नहीं होने दिया।

'आज से हम वाक्य बनाना शुरू करेंगे,' उसने कहा।

मैं रोमी को देख कर मुस्कुराया–अपनी सबसे मधुर मुस्कान जो मेरे होठों पर ख़ुद ब ख़ुद आ गई थी, बिना किसी कोशिश के।

औरत, जो प्लेटफ़ॉर्म नंबर आठ पर मिली

बोर्डिंग स्कूल में मेरा दूसरा साल था और उस दिन मैं अंबाला रेलवे स्टेशन के प्लेटफ़ॉर्म नंबर आठ पर बैठा उत्तर की ओर जाने वाली ट्रेन का इन्तज़ार कर रहा था। शायद तब मैं तक़रीबन बारह साल का रहा होऊँगा। मेरे माता-पिता को लगता था कि मैं अकेले सफ़र करने लायक बड़ा हो गया था। मैं बस से अंबाला पहुँचा, तब शाम होने को थी। मेरी ट्रेन आधी रात को आई; इस बीच मेरा समय इन्तज़ार करते कटा। इसमें से ज़्यादातर समय मैं प्लेटफ़ॉर्म के एक सिरे से दूसरे सिरे के चक्कर लगाता रहा, किताबों की दुकान पर किताबें-अख़बार उलटता-पलटता रहा और आवारा कुत्तों को बिस्किट के टुकड़े खिलाता रहा। गाड़ियाँ आती-जाती रहीं। बीच-बीच में कुछ देर के लिए प्लेटफ़ॉर्म पर सन्नाटा सा छा जाता था, लेकिन जब ट्रेन आती तो हाँफते, चिल्लाते और हड़बड़ाए-बौखलाए हुए से इंसानी जिस्मों का सैलाब आ जाता था। जब बोगी के दरवाज़े खुलते तो लोगों की भीड़ स्टेशन से बाहर जाने के रास्ते पर खड़े ठिगने से हैरान-परेशान टिकट कलेक्टर की और उमड़ पड़ती और जब-जब ऐसा होता, तब मैं भी भीड़ के रेले के साथ स्टेशन के बाहर पहुँच जाता था। इस बाहर-अन्दर के खेल और प्लेटफ़ॉर्म पर चक्कर काटने से बाज़ आने के बाद मैं परेशान होकर अपने सूटकेस पर बैठ गया और रेल की पटरियों के उस पार देखने लगा।

मेरे सामने से एक के बाद एक ट्रॉली आ-जा रही थीं। मुझे अब भी दही, लेमन, मिठाईयाँ ठंडी-गर्म खाने-पीने की चीज़ें और अख़बार वग़ैराह बेचने वालों की आवाज़ें सुनाई दे रही थीं, लेकिन भीड़भाड़ वाले प्लेटफ़ॉर्म पर जो कुछ होता है उसमें मेरी दिलचस्पी बिल्कुल नहीं रह गई थी। मैं ऊबने के साथ कुछ अकेलापन सा महसूस कर रहा था और लगातार रेल की पटरियों के उस पार देख रहा था।

'अरे बेटा, क्या तुम बिल्कुल अकेले हो?' मेरे ठीक पीछे आकर किसी ने हौले से कहा। मैंने सिर उठाकर देखा तो एक महिला मेरे ऊपर झुक कर खड़ी थी और मुझे उसका पीला सा चेहरा और अपनेपन से भरी काली-काली आँखें दिखाई दीं। उसने कोई गहने नहीं पहन रखे थे, बल्कि बड़ी सादगी के साथ सफेद साड़ी पहनी हुई थी।

'हाँ, मैं स्कूल जा रहा हूँ,' मैंने कहा और आदर के साथ खड़ा हो गया। वह ग़रीब सी ज़रूर नज़र आ रही थी लेकिन उसके व्यक्तित्व में ऐसी गरिमा थी कि मन में उसके लिए आदर के भाव उमड़ रहे थे।

'मैं तुम्हें काफ़ी देर से देख रही थी,' वह बोली, तुम्हारे माता-पिता तुम्हें छोड़ने नहीं आये?'

'मैं यहाँ नहीं रहता,' मैंने कहा, 'और मुझे ट्रेन बदल कर जाना था। वैसे भी, मैं अकेले सफ़र कर सकता हूँ।'

'बेशक, तुम अकेले सफ़र कर सकते हो!' वह बोली और उसका यह कहना मुझे अच्छा लगा। उसका सादगी भरा पहनावा भी। और उसकी दिल को छू लेने वाली नाज़ुक सी आवाज़ और चेहरे का शांत भाव भी।

'तुम्हारा नाम क्या है, बेटा?' वह बोली।

'अरुण,' मैंने कहा।

'और तुम्हें यहाँ कितनी देर तक अपनी ट्रेन का इन्तज़ार करना है?'

'मुझे लगता है, क़रीब एक घंटा। मेरी गाड़ी बारह बजे आती है।'

'तो आओ मेरे साथ और कुछ खा लो।'

'झिझक और शक की वजह से मैं उसे मना करने जा रहा था, लेकिन उसने मेरा हाथ पकड़ कर अपने साथ ले लिया और फिर मुझे लगा कि हाथ छुड़ाना ठीक नहीं लगेगा।' उसने एक कुली से मेरे सूटकेस पर नज़र रखने को कहा और फिर वह मुझे प्लेटफ़ॉर्म के दूसरी ओर ले गई। उसका हाथ नरम था और उसने मेरे हाथ को न ज़्यादा कस कर पकड़ा था और न बहुत हल्के से। मैंने सिर उठाकर फिर उसकी ओर देखा। वह न बहुत कम उम्र की थी और न ही बुज़ुर्ग। वह तीस साल से ऊपर की रही होगी, लेकिन अगर वह पचास की भी होती, तो मुझे लगता है, कि काफ़ी कुछ वैसी ही दिखाई देती।

वह मुझे स्टेशन के डाइनिंग रूम में ले गई और चाय के साथ समोसे और जलेबी मंगवाए। इसी के साथ मेरी झिझक दूर होने लगी और इस नेकदिल महिला की ओर नए सिरे से मेरा रुझान हो गया। इस अनोखी मुलाकात का मेरी भूख पर कुछ ख़ास असर नहीं पड़ा। मैं स्कूल जाने वाला भुक्कड़ लड़का रहा हूँ और सलीके के साथ जितना ज़्यादा से ज़्यादा मैं खा सकता था, मैंने खाया। यह बात साफ़ थी कि मुझे खाते हुए देखने से उसे सुख मिल रहा था और मुझे लगता है कि खाने की वजह से ही हमारे बीच लगाव बढ़ा और हमारी दोस्ती पक्की हुई। ऐसा इसलिए हुआ क्योंकि चाय और मिठाइयों की वजह से मैं उससे काफ़ी खुलकर बातें करने लगा था। और मैंने उसे अपने स्कूल, अपने दोस्तों, अपनी पसंद-नापसंद के बारे में बताया। बीच-बीच में वह धीरे से मुझसे कुछ सवाल भी पूछती जाती थी, लेकिन सुनने को ज़्यादा अहमियत दे रही थी। उसने खुलने में बख़ूबी मेरी मदद की जिससे मैं जल्दी ही भूल गया कि हम दोनों एक-दूसरे के लिए अजनबी थे। लेकिन उसने मुझसे मेरे परिवार के बारे में कुछ नहीं पूछा और न ही यह पूछा कि मैं कहाँ रहता हूँ। और न ही मैंने उससे पूछा कि वह कहाँ रहती हैं। जैसा उसने

मेरे साथ बर्ताव किया, मैंने उसे उसी रूप में अपनाया था—एक शांत, भली और सीधी-सादी महिला जिसने रेलवे स्टेशन पर एक अकेले लड़के को मिठाइयाँ खाने को दीं।

क़रीब आधा घंटे बाद हम डाइनिंग रूम से निकले और वापस प्लेटफ़ॉर्म की ओर चलना शुरू कर दिया। आठ नंबर प्लेटफ़ॉर्म के साथ वाली पटरी पर एक इंजन एक ओर से दूसरे ओर शंटिंग कर रहा था। तभी एक लड़का प्लेटफ़ॉर्म से कूदा और पटरियों को पार करता हुआ लम्बा रास्ता तय किए बिना सीधे सामने वाले प्लेटफ़ॉर्म पर जा पहुँचा। इंजन अभी इतनी पास नहीं था कि उससे लड़के को कोई ख़तरा होता, लेकिन जैसे ही उसने पटरी पार करने के लिए छलांग लगायी, महिला ने मेरी बाँह कस कर पकड़ ली।

उसकी उंगलियाँ मेरी मांसपेशियों में गहरी धंस गईं और मैं दर्द के मारे कांख उठा। मैंने उसकी उंगलियाँ पकड़ लीं और उसकी ओर देखा। मुझे उसके चेहरे पर अचानक उभर आया दर्द, डर और उदासी दिखाई दिए। वह लड़के को दूसरी ओर वाले प्लेटफ़ॉर्म पर चढ़ते देखती रही और जब वह लड़का भीड़ में खो गया, तब उसने मेरी बाँह पर अपनी पकड़ ढीली की। फिर वह मेरी ओर देखकर तसल्ली के साथ मुस्कुराई और फिर से मेरा हाथ अपने हाथों में ले लिया। लेकिन उसकी उंगलियाँ अब भी काँप रही थीं।

'वह बिल्कुल ठीक है,' मैंने कहा, यह समझते हुए कि इस समय उसको तसल्ली देने की ज़रूरत थी। वह आँखों में आभार लिए मेरी ओर देख कर मुस्कुराई और मेरा हाथ दबाया। हम दोनों बिना कुछ बोले साथ चलते रहे जब तक की वहाँ नहीं पहुँच गए जहाँ मैंने अपना सूटकेस छोड़ा था। मेरा एक सहपाठी सतीश, जो कि मेरी ही उम्र का था, अपनी माँ के साथ वहाँ आ गया था।

'हेलो अरुण,' वह बोला।

हमने हाथ मिलाए।

'गाड़ियाँ देर से आ रही हैं; हमेशा की तरह। क्या तुम्हें पता है कि इस साल हमारे स्कूल में नए हेडमास्टर आ रहे हैं?' सतीश ने कहा।

फिर वह अपनी माँ की ओर घूमा और बोला–'मां, यह अरुण है। यह मेरा दोस्त है और क्लास का सबसे अच्छा गेंदबाज़ भी।

'बहुत अच्छी बात है,' उसकी माँ ने कहा। वह एक लम्बी-चौड़ी महिला थीं और उन्होंने चश्मा लगा रखा था। उन्होंने उस महिला को देखा जो मेरा हाथ पकड़े थी और बोलीं–'और मुझे लगता है कि आप अरुण की माँ हैं।'

मैंने मुँह खोला ही था, लेकिन इससे पहले कि मैं कुछ कह पाता, वह बोल पड़ी, 'हाँ, मैं अरुण की माँ हूँ।'

फिर मैं एक भी शब्द नहीं बोल पाया। मैंने जल्दी से उस औरत की ओर देखा, लेकिन ऐसा ज़रा भी नहीं लगा कि उसने कुछ भी अटपटा महसूस किया हो, बल्कि वह सतीश की माँ को देख कर मुस्कुरा रही थी।

सतीश की माँ ने कहा–'आधी रात को ट्रेन का इन्तज़ार करना कितना बेकार लगता है। लेकिन हम बच्चे को यहाँ अकेले इन्तज़ार करने के लिए नहीं छोड़ सकते। इतने बड़े स्टेशन पर किसी बच्चे के साथ कुछ भी हो सकता है। न जाने कैसे-कैसे लोग घूमते रहते हैं। आजकल अनजान लोगों से बहुत होशियार रहना चाहिए।'

'लेकिन अरुण अकेला सफ़र कर सकता है,' मेरे साथ बैठी महिला ने कहा और मन ही मन मैंने उसका शुक्रिया अदा किया। मैंने उसे झूठ बोलने के लिए पहले ही माफ़ कर दिया था। और इसके साथ ही मुझे सतीश की माँ बुरी लगने लगी थीं।

'ठीक है, अरुण। बहुत होशियार रहना,' सतीश की माँ ने चश्मे के पीछे से मुझे आँखें दिखाते हुए। जब तुम्हारी माँ तुम्हारे साथ न हों तो बहुत होशियार रहना और किसी अजनबी से कभी बात नहीं करना।'

सतीश की माँ की तरफ़ से मुँह घुमा कर मैंने उसकी ओर देखा जिसने मुझे चाय और मिठाइयाँ दिलवाई थीं और फिर सतीश की माँ की ओर देखकर कहा–'मुझे अजनबी अच्छे लगते हैं।'

सतीश की माँ को यह बेहद अटपटा लगा क्योंकि वह इस बात की आदी नहीं थीं कि कम उम्र के लड़के उनकी बात काटें।

'देखो तो जरा! अगर इन पर लगातार नज़र न रखो तो यह मुसीबत को ख़ुद गले लगा लेंगे।'

'हमेशा अपनी माँ की बात ध्यान से सुनना,' उन्होंने अपनी मोटी और छोटी सी उँगली दिखा-दिखा कर कहा, 'और अनजान लोगों से कभी भी बात नहीं करना।'

मैंने कुढ़ते हुए उनकी ओर आँखें तरेर कर देखा और मुझसे दोस्ती करने वाली महिला के और क़रीब सरक गया। सतीश अपनी माँ के पीछे खड़ा था और दाँत दिखा-दिखा कर उसकी माँ से मेरी नोकझोंक के मज़े ले रहा था। साफ़ दिख रहा था कि वह मेरी ओर था।

स्टेशन की घंटी बजी और जो लोग अभी तक बेफ़िक्री से प्लेटफ़ॉर्म

के फर्श पर जमकर बैठे थे, अब इधर-उधर आने-जाने लगे थे।

'आ गई!' जैसे ही इंजन की सीटी बजी और पटरियों पर उसके आगे वाली बत्ती की रोशनी झिलमिलाती दिखाई दी तो सतीश चिल्लाया।

फुफकारते और भाप के भभके छोड़ते

इंजन के पीछे धीमी रफ़्तार से ट्रेन प्लेटफ़ॉर्म पर आई। वह जैसे ही रुकी, सतीश एक ऐसे डिब्बे की सीढ़ियों पर चढ़ गया जिसमें बत्तियाँ जल रही थीं। फिर उसने अरुण को पुकारा, 'आ जाओ, अरुण! यह वाला खाली है।' मैंने अपना सूटकेस उठाया और खुले दरवाज़े की ओर दौड़ गया।

हम दोनों खुली खिड़कियों वाली सीटों पर बैठ गए और दोनों महिलाएँ प्लेटफ़ॉर्म पर खड़ी होकर हमसे बातें करने लगीं। सतीश की माँ ही ज़्यादा बोल रही थीं।

'अब चलती ट्रेन में चढ़ना-उतरना नहीं, जैसे तुमने अभी किया। और सिर को खिड़की से बाहर बिल्कुल भी नहीं निकालना और रास्ते में बेकार की चीज़ें कतई नहीं खाना।'

उन्हें इस बात से कोई एतराज़ नहीं था कि सतीश को दी सलाह का मैं भी फ़ायदा उठा लूँ क्योंकि शायद उन्हें नहीं लगता था कि मेरी माँ इस लायक थीं। उन्होंने सतीश को फलों से भरा एक थैला, एक क्रिकेट का बल्ला और एक बड़ा सा चॉकलेट का डिब्बा दिया और मुझे भी अपने साथ खिलाने को उससे कहा। फिर वह यह देखने के लिए खिड़की से थोड़ा पीछे हट कर खड़ी हो गईं कि मेरी माँ किस तरह की बातें करती हैं।

सतीश की माँ की थोपी हुई बातों से मैं पहले ही सुलग रहा था जो ज़ाहिर है मेरे परिवार को बहुत ग़रीब समझ रही थीं और मैं उस दूसरी महिला को छोड़ने को तैयार नहीं था। मैंने अपना हाथ उसे उसके हाथों में लेने दिया, लेकिन मुझे कहने को कुछ नहीं सूझ रहा था। मुझे ध्यान था कि सतीश की माँ हमें अपनी बंटे जैसी सख्त उभरी आँखों से ताक रही

थीं। और मेरे मन में उनके लिए पक्के तौर पर चिढ़ पैदा हो गई थी। ट्रेन को रवाना होने के लिए सीटी देता गार्ड प्लेटफ़ॉर्म के एक ओर जा रहा था। मैने हाथ पकड़े महिला की आँखों में आँखें डाल कर देखा और वह हौले से ऐसे मुस्कुरायीं जैसे सब कुछ समझ गई हों। फिर मैंने खिड़की से सिर बाहर निकाला और झुक कर अपने होंठ उसके गालों पर रख दिए और उसे चूम लिया।

डिब्बे में आगे की ओर एक झटका लगा और उसने अपना हाथ पीछे खींच लिया।

जैसे ही ट्रेन स्टेशन पर आगे बढ़नी शुरू हुई, सतीश ने कहा–'मां, गुड बाय।' सतीश और उसकी माँ ने एक-दूसरे को देखकर हाथ हिलाया।

मैंने दूसरी महिला से धीरे से कहा 'गुडबाय मां।' मैंने न हाथ हिलाया और न ज़ोर से कुछ कहा, बस खुली खिड़की के सामने बैठकर प्लेटफ़ॉर्म वाली औरत को देखता रहा। जब ट्रेन हमें लेकर वहाँ से चली तो सतीश की माँ उससे कुछ कह रही थीं, लेकिन वह मेरी ओर देख रही थी और उनकी बातों पर ध्यान नहीं दे रही थी। वह भीड़भाड़ वाले प्लेटफ़ॉर्म पर खड़ी रही, सफ़ेद साड़ी ने लिपटी पीली सी रंगत वाली प्यारी महिला। और मैं उसे तब तक देखता रहा, जब तक कि वह नज़रों से ओझल नहीं हो गई।

फूल खिलते रहेंगे

फ़र्न हिल, द ओक्स, हंटर्स लॉज, द पार्सोनाज, द पाइन्स, डम्बार्नी, मैकिनॉन्स हॉल और विंडरमेयर। यह कुछ पुराने घर हैं जो भारत की एक छोटे-सी पहाड़ी सैरगाह के बाहरी इलाक़े में अब तक मौजूद हैं। इनमें से ज़्यादातर अब टूट-फूट कर खंडहर हो चुके हैं। यह बहुत पुराने हैं, आख़िर इन्हें सौ साल से भी पहले अंग्रेज़ों ने बनवाया था, ताकि उन्हें मैदानी इलाक़ों की तपती गर्मी से राहत मिल सके।

आजकल के सैलानी किसी पहाड़ी सैरगाह में बाज़ारों और सिनेमाघरों के पास रहना पसंद करते हैं और बलूत, मेपल और देवदार के बीच बने कई पुराने मकानों में मोटे-मोटे चूहे, जंगली बिल्लियाँ, उल्लू, बकरी और कभी-कभी लकड़ी का कोयला बनाने वाले या खच्चर वाले रहते हैं।

लेकिन बिना किसी देखरेख के छोड़ी गई इन कोठियों के बीच एक सफ़ेदी की हुई कॉटेज है, जिसे मलबेरी लॉज कहा जाता है। और उसमें कुछ दिन पहले तक मिस मैकेंज़ी नाम की एक अकेली अविवाहित अंग्रेज़ बुज़ुर्ग महिला रहती थीं।

सालों के हिसाब से, अस्सी साल से ऊपर की होने के नाते मिस मैकेंज़ी किसी दूसरे बुज़ुर्ग से कहीं ज़्यादा बुज़ुर्ग थीं। लेकिन उन्हें देखकर कोई यह नहीं जान सकता था।

वह साफ़-सुथरी और चुस्त-दुरुस्त थीं और पुराने ढंग के लेकिन

सहेज कर रखे गए कपड़े पहनती थीं। हफ़्ते में एक दिन वह दो किलोमीटर चलकर मक्खन, जैम और साबुन और कभी-कभी यू डी कोलोन की छोटी सी शीशी लेने शहर जाती थीं। वह तब से इसी हिल स्टेशन पर रह रही थीं जब वह किशोरावस्था में थीं और यह बात पहले विश्व युद्ध से पहले की है। हालाँकि उन्होंने कभी शादी नहीं की थी, लेकिन उनके कुछ प्रेम-प्रसंग ज़रूर रहे थे और वह किस्से-कहानियों वाली कुंठित अविवाहिताओं जैसी बिल्कुल नहीं थीं। उनके माता-पिता तीस साल पहले ही स्वर्ग सिधार चुके थे; उनके भाई-बहन भी कब के दुनिया छोड़ चुके थे। भारत में उनके कोई रिश्तेदार नहीं थे और वह चालीस रुपए महीने की छोटी सी पेंशन और पार्सल से आई उन चीज़ों के भरोसे गुज़र-बसर करती थीं, जो उनकी जवानी के दिनों का एक दोस्त न्यूज़ीलैंड से तोहफ़े के तौर पर भेजा करता था।

अकेलेपन के जूझते कई दूसरे बुज़ुर्ग लोगों की तरह वह भी अपनी पालतू बिल्ली के साथ रहती थीं; बड़ी सी काली बिल्ली उन्होंने पाली हुई थी जिसकी एक आँख पीली थी। अपने छोटे से बग़ीचे में उन्होंने डहेलिया, गुलदाउदी, ग्लेडियोलाई और कुछ मुश्किल से मिलने वाले आर्किड लगाये हुए थीं। उन्हें पेड़-पौधों, जंगली फूलों, पक्षियों और कीड़े-मकोड़ों के बारे में अच्छी-खासी जानकारी थी। उन्होंने इन सब के बारे में किताबों से पढ़ाई तो नहीं की थी, लेकिन काफ़ी साल इन सब के बीच रहते-रहते अपने आसपास पाये जाने वाले जीवों के साथ क़रीबी रिश्ता कायम कर लिया था।

उनके घर बहुत कम लोग आते थे। कभी-कभार पास के चर्च के पादरी चक्कर मार जाते थे और महीने में एक बार डाकिया आता था जो न्यूज़ीलैंड से आने वाला एक ख़त या पेंशन के कागज लाया करता था। हर दूसरे दिन दूधवाला उनके और उनकी बिल्ली के लिए एक लीटर दूध लेकर आता था। और कभी-कभी उन्हें एकाध अंडे मुफ़्त में मिल जाया करते थे, क्योंकि अंडे वाला उन दिनों को भूला नहीं था जब अपने अमीरी के दौर में मिस मैकेंज़ी उससे काफ़ी बड़ी तादाद में अंडे ख़रीदा करती थीं। वह भावुक क़िस्म का इंसान था। वह उन्हें बीस एक साल की सुन्दरी के रूप में याद करता था जिसकी दिलकश ख़ूबसूरती को वह नौ साल की उम्र में हैरत और बेचैनी के साथ आँखें फाड़-फाड़ कर ताका करता था।

सितंबर का महीना शुरू हो गया था और बारिश क़रीब-क़रीब ख़त्म हो चुकी थी और मिस मैकेंज़ी के बग़ीचे में गुलदाउदी अपने पूरे शबाब पर थी। वह मन ही मन चाह रही थीं कि आने वाले सर्दी के मौसम में ठंड बहुत ज़्यादा न पड़े, क्योंकि उनके लिए ठंड सहना मुश्किल होता जा रहा था। एक दिन जब वह अपने बग़ीचे में टहल रही थीं, उन्होंने देखा कि एक स्कूल का बच्चा कॉटेज के ठीक ऊपर ढलान पर जंगली फूल तोड़ रहा था।

'कौन है,' उन्होंने पुकारा, ए बच्चे, तुम वहाँ क्या कर रहे हो?'

लड़का सकपका गया और ढलान के ऊपर की ओर तेज़ी से चढ़ने लगा, लेकिन चीड़ की सींकों पर उसका पैर फिसल गया और ढलान पर घिसटता हुआ वह मिस मैकेंज़ी की नैस्टर्शियम की क्यारी में आकर गिरा। जब उसे लगा कि बच निकलने का कोई रास्ता नहीं बचा है, तो उसने मुस्कुराते हुए कहा–'गुड मॉर्निंग, मिस।'

वह पास के एक इंग्लिश मीडियम स्कूल में पढ़ता था और चटक लाल ब्लेज़र पहने था, साथ ही उसने लाल-काली धारियों वाली टाई लगा

रखी थी। दूसरे सलीकेदार हिंदुस्तानी बच्चों की तरह वह भी हर महिला को मिस कह कर पुकारता था।

'गुड मॉर्निंग,' मिस मैकेंज़ी ने कड़क अन्दाज़ में कहा।

'अब क्या तुम मेरी फूलों की क्यारी से बाहर निकलने का कष्ट करोगे?'

लड़के ने होशियारी से नैस्टर्शियम के पौधों के बीच पैर रखते हुए मिस मैकेंज़ी की ओर देखा तो उन्हें उसके गालों में पड़ते गड्ढे और उसकी मोहक आँखें दिखाई दीं। उस पर गुस्सा करना नामुमकिन था।

'तुम बिना पूछे यहाँ घुस आए हो,' मिस मेकैंजी ने कहा।

'जी, मिस।'

'और इस वक़्त तुम्हें स्कूल में होना चाहिए था।'

'जी, मिस।'

'फिर तुम यहाँ क्या कर रहे थे?

'फूल तोड़ रहा था, मिस।' और इतना कहते ही लड़के ने कुछ फ़र्न और जंगली फूलों का गुच्छा ऊपर को उठाया।

'अच्छा।' अब मिस मैकेंज़ी के तरकश में तीर नहीं बचे थे।

काफ़ी समय बाद उन्होंने किसी ऐसे लड़के को देखा था जो फूलों में दिलचस्पी लेता हो और यही नहीं, फूल इकट्ठे करने के लिए वह स्कूल तक से ग़ैरहाज़िर होने से भी न कतराए।

'क्या तुम्हें फूल अच्छे लगते है?' उन्होंने पूछा।

जी, मिस। मैं एक बोटाना... बोटान्टिस्ट बनना चाहता हूँ।'

'तुम्हारा मतलब है बॉटैनिस्ट यानी वनस्पति शास्त्री।'

'जी, मिस।'

'यह कुछ अजीब सी बात है। तुम्हारी उम्र के ज़्यादातर लड़के पायलट, फौजी या फिर इंजीनियर बनना चाहते हैं, लेकिन तुम वनस्पति शास्त्र पढ़ना चाहते हो! ठीक है, अच्छी बात है। मैं देख रही हूँ कि दुनियाँ

में उम्मीद नाम की चीज़ अभी बाक़ी है। और क्या तुम इन फूलों के नाम जानते हो?'

'यह बुखीलो का फूल है, उसने कहा और उन्हें एक छोटा सा सुनहरा पीला फूल दिखाया। यह इस फूल का पहाड़ी नाम है, जिसका मतलब होता है पूजा या प्रार्थना। यह पूजा में चढ़ाया जाता है। लेकिन मुझे नहीं पता कि यह कौन सा फूल है।'

उसने दिल की आकृति की कोमल सी पत्ती वाला एक हल्का गुलाबी फूल उनकी ओर बढ़ाते हुए कहा।

'यह जंगली बिगोनिया है,' मिस मैकेंज़ी ने कहा। और यह बैंगनी वाला सैल्विया है, लेकिन यह जंगली नहीं है। यह पौधा मेरे बग़ीचे से निकले बीजों से पनपा है। क्या तुम्हारे पास फूलों के ऊपर कोई किताब है?'

'नहीं, मिस।'

'ठीक है, अन्दर आओ, मैं तुम्हें एक किताब दिखाती हूँ।' उन्होंने लड़के को बाहर वाले छोटे से कमरे में बुलाया जिसमें मेज़-कुर्सी, किताबें, फूलदान और जैम के मर्तबान जैसी तमाम चीज़ों से सारी जगह घिरी हुई थी। उन्होंने उसे कुर्सी पर बैठने के लिए कहा।

वह कुर्सी के बिल्कुल किनारे पर थोड़ा सा टिक कर बैठ गया। काली बिल्ली फौरन कूद कर उसकी गोद में आराम से बैठ गई और हलक के नीचे से गुर्राने की तेज़ आवाज़ निकालने लगी।

अपनी किताबों के बीच एक किताब को ढूँढ़ते हुए मिस मैकेंजी ने पूछा–'तुम्हारा नाम क्या है?'

'अनिल, मिस।'

'और तुम कहाँ रहते हो?'

'जब स्कूल बन्द हो जाते हैं तो मैं दिल्ली चला जाता हूँ। मेरे पिताजी का वहाँ कारोबार है।'

'किस चीज़ का कारोबार है?'

'बल्ब का, मिस।'

'फूलों के बल्ब?'

'नहीं, बिजली के बल्ब।'

'बिजली के बल्ब! जब तुम घर जाओ तो कुछ बल्ब मुझे भिजवा देना। मेरे यहाँ तो अक्सर फ़्यूज़ होते रहते हैं और आजकल दूसरी चीज़ों की तरह बहुत महंगे भी हैं।'

'लो, मिल गई!'

उन्होंने अलमारी में से एक मोटी सी किताब निकाली और मेज़ पर रख दी।

'फ़्लोरा हिमालयनसिस, 1892 में छपी, पूरे भारत में शायद यह इकलौती कॉपी होगी। यह एक बेशक़ीमती किताब है, अनिल। किसी और प्रकृतिशास्त्री ने अभी तक हिमालय के इतने सारे जंगली फूलों की जानकारी दर्ज नहीं की है। और मैं तुम्हें यह भी बताना चाहती हूँ कि ऐसे कई फूल और पौधे हैं जिनके बारे में दिखावटी वनस्पतिशास्त्री अब तक नहीं जानते क्योंकि वह पहाड़ों के बजाए अपना सारा समय खुर्दबीन के साथ बिताते हैं। शायद तुम एक दिन फूल-पौधों को लेकर ज़रूर कुछ करोगे।'

'जी, मिस।'

वह दोनों किताब को अच्छी तरह से पढ़ने में जुट गए और मिस मैकेंज़ी ने कई ऐसे फूलों के बारे में बताया जो हिल स्टेशन और उसके आसपास उगते थे और लड़के ने उनके नाम और उगने के मौसम के बारे में लिख कर रखा।

मिस मैकेंज़ी ने स्टोव जलाकर चाय की केतली उस पर रख दी। और फिर वह बुज़ुर्ग अंग्रेज़ महिला और वह छोटा भारतीय लड़का अगल-बगल बैठकर गर्म और मीठी चाय की प्यालियों के साथ जंगली फूलों वाली किताब में डूब गए।

आख़िर में जब वह जाने के लिए उठा तो अनिल ने पूछा–'क्या मैं फिर आ सकता हूँ?'

'अगर तुम आना चाहते हो तो तुम ज़रूर आ सकते हो, मिस मैकेंज़ी ने कहा, 'लेकिन अपने स्कूल के समय नहीं। तुम्हें अपनी स्कूल की पढ़ाई का नुकसान नहीं करना चाहिए।'

उस दिन के बाद अनिल हफ्ते में एक दिन मिस मैकेंज़ी के पास आने लगा। हर बार अनिल के हाथ में एक नया फूल होता था ताकि वह

उसके बारे में और कुछ जान सके।

जैसे-जैसे समय बीतता रहा, उन्हें लगा कि वह उस लड़के के आने का इन्तज़ार करने लगी थीं। कभी-कभी पूरा हफ्ता बीत जाने के बाद भी अगर अनिल नहीं आता, तो मिस मैकेंज़ी अकेलेपन से उदास हो जातीं और अपनी बिल्ली के सामने बड़बड़ाने भी लगती थीं।

अनिल को देखकर उन्हें अक्सर अपने भाई की याद आ जाती थी, जब वह छोटा बच्चा हुआ करता था। देखने में दोनों एक जैसे नहीं थे। ऐंड्रयू के बाल भूरे और आँखें नीली थीं।

पर अनिल की बहुत कुछ जानने की ललक, चेहरे का तेज़, चौकन्नापन, पैर फैला कर, कमर पर हाथ रखकर खड़े होने का तरीका और उसका आत्मविश्वास उनको उस लड़के की याद दिलाता था जिसके साथ उनका अपना बचपन इन्हीं पहाड़ों के बीच गुज़ारा था।

और अनिल उनसे मिलने इतनी जल्दी जल्दी क्यों आने लगा था? कुछ इसलिए क्योंकि मिस मैकेंज़ी जंगली फूलों के बारे में जानकारी रखती हैं और अनिल वाकई में वनस्पति शास्त्री बनना चाहता था। और कुछ इसलिए क्योंकि मिस मैकेंज़ी से ताज़ी डबल रोटी की वैसी ही महक आती थी जैसी उसकी दादी से आती थी। कुछ इसलिए कि वह अकेली थीं और कभी-कभी ज़िन्दगी में एक बारह साल के बच्चे को इस अकेलेपन की भनक बड़ों से पहले लग जाती है। और कुछ इसलिए क्योंकि वह दूसरे बच्चों से अलग था।

बीच अक्टूबर में जब स्कूल बन्द होने में सिर्फ़ एक पखवाड़ा बाक़ी था, दूर पहाड़ों पर मौसम की पहली बर्फ़बारी हो चुकी थी। एक चोटी बाक़ी सभी चोटियों से ऊँची दिखाई देती थी, गहरे नीले आसमान के आगे खड़ी सफेद नोकीली चोटी।

सूरज डूबने के समय यह चोटी नारंगी से सुनहरी और फिर गुलाबी से लाल हो जाती थी।

‘यह पहाड़ कितना ऊँचा है?’ अनिल ने पूछा।

‘बारह हज़ार फ़ीट से ज़्यादा ही होगा,’ मिस मैकेंज़ी ने कहा। बिल्कुल नाक की सीध में तीस मील की दूरी पर। हमेशा से मेरा वहाँ जाने का बड़ा मन था, लेकिन सड़क न होने की वजह से मैं कभी वहाँ जा नहीं पायी। उस ऊँचाई पर बल्लू जेन्शियन, पर्पल कोलुम्बाइन, ऐनिमनी, एडलवीज़ जैसे वे फूल मिलेंगे जो तुम्हें यहाँ नहीं मिलते।’

‘मैं एक दिन वहाँ ज़रूर जाऊँगा,’ अनिल ने कहा।

‘मुझे पूरा यक़ीन हैं कि अगर वाकई में तुम्हारी वहाँ जाने की इच्छा है, तो तुम एक दिन वहाँ ज़रूर पहुँचोगे।’

सच में वहाँ जाने की इच्छा रखते हो तो। स्कूल बन्द होने से एक दिन पहले अनिल मिस मैकेंज़ी से विदा लेने आया।

‘मुझे नहीं लगता दिल्ली में तुम्हें ज़्यादा जंगली फूल मिल पाएँगे,’ मिस मैकेंज़ी ने कहा। लेकिन अपनी छुट्टियों का भरपूर मज़ा लेना।’

‘बहुत-बहुत शुक्रिया, मिस।’

जैसे ही वह वहाँ से चलने को हुआ वैसे ही मिस मैकेंज़ी ने फ़्लोरा हिमालयेन्सिस उसके हाथ में थमा दी।

‘इसे अपने पास रखो,’ उन्होंने कहा, ‘मेरी तरफ़ से तुम्हारे लिए यह तोहफ़ा है।’

‘लेकिन मैं अगले साल वापस आऊँगा और फिर यहीं मैं इसे पढ़ सकता हूँ। यह बहुत क़ीमती है।’

‘मैं जानती हूँ यह बहुत क़ीमती है इसीलिए तुम्हें दी है। वरना यह किसी कबाड़ी के ही हाथ लगेगी।’

‘लेकिन’ मिस।’

‘बहस मत करो, रख लो। हो सकता है मैं अगले साल यहाँ न मिलूँ।’

‘आप कहीं बाहर जा रही हैं?’

‘कुछ पक्का नहीं है। शायद मैं इंग्लैंड जाऊँ।’

वैसे उनका इंग्लैंड जाने का कोई इरादा नहीं था। बचपन मैं वहाँ होकर आने के बाद से उन्होंने कभी उस देश की धरती पर पैर नहीं रखा था। और वह जानती थीं कि युद्ध के बाद ब्रिटेन के बदले माहौल में वह ख़ुद को ढाल नहीं पाएँगी। यही पहाड़ अब उनका घर था, बलूत और देवदार और मेपल के पेड़ों के बीच। यहाँ अकेलापन ज़रूर था, लेकिन उम्र के इस पड़ाव पर अकेलेपन से कहीं भी नहीं बचा जा सकता।

लड़के ने किताब को बगल में दबाया, अपनी टाई को सीधा किया और सावधान की मुद्रा में खड़े होकर कहा–'अलविदा, मिस मैकेंज़ी। पहली बार उसने मिस मैकेंज़ी का नाम लिया था।

इस बार सर्दी जल्दी पड़ने लगी और तेज़ हवाओं के साथ बारिश और बारिश के साथ ओले भी ख़ूब गिरे और फिर न बग़ीचे में एक भी फूल बचा और न ही पहाड़ की ढलान पर। बिल्ली भी घर मैं ही रहती, बस मिस मैकेंज़ी के पलंग पर पैरों की तरफ़ गुड़मुड़िया कर बैठी रहतीं। मिस मैकेंज़ी ने अपने सारे पुराने शॉल और मफ़लर लपेट लिए, फिर भी उन्हें सर्दी सताती रही। सर्दी की मार से उनकी उंगलियाँ इतनी अकड़ गई थीं कि राजमा का बन्द डिब्बा खोलने में उन्हें पूरा एक घंटा लगा।

उसके बाद वहाँ बर्फ़ गिरनी शुरू हो गई और कई दिनों तक दूध वाला भी नहीं आया।

डाकिया हर महीने की तरह उनकी पेंशन के काग़ज़ लेकर आया, लेकिन वह इतनी थकान महसूस कर रही थीं कि काग़ज़ शहर में बैंक तक ले जाने की हिम्मत नहीं पड़ी।

वह सारा समय बिस्तर में ही बिताती थीं। वहीं सबसे ज़्यादा गर्माहट होती थी। पीठ की तरफ़ गर्म पानी की बोतल रखती थीं और पैरों को बिल्ली गर्माहट देती थी। बिस्तर पर पड़े-पड़े बसंती और गुनगुनाहट भरे दिनों के सपने देखा करतीं। तीन महीने में प्रिमरोज़ खिलने लगेंगे और वसंत के आते ही लड़का भी लौट आएगा।

एक रात गर्म पानी की बोतल फट गई और सारा बिस्तर गीला हो गया। कई दिनों से सूरज के दर्शन नहीं हुए थे, इसीलिए कंबल गीला ही रहा। मिस मैकेंज़ी ठंड खा गई थीं और दिक़्क़त के बावजूद वह ठंडे बिस्तर में पड़े रहने को मजबूर थीं। उनको मालूम था कि उन्हें बुखार ने पकड़ लिया था, लेकिन थर्मामीटर न होने से वह बुखार नहीं नाप पायीं। उन्हें साँस लेने में भी परेशानी हो रही थी।

अगली रात तेज़ हवा चलने लगी और खिड़की खुल गई और सारी रात भड़भड़ाती रही। मिस मैकेंज़ी इतनी कमज़ोर हो गई थीं कि खिड़की बन्द करने के लिए भी नहीं उठ सकीं और तेज़ हवा से बरसात का पानी और ओले कमरे मैं आते रहे। बिल्ली अपनी मालकिन के बदन की गर्माहट के लिए उनके साथ दुबक गई। लेकिन सुबह होने तक वह शरीर अपनी गर्माहट खो चुका था और बिल्ली ने भी बिस्तर छोड़ कर फर्श पर पंजे मारना शुरू कर दिया था।

खुली खिड़की से सूरज की किरणें आनी शुरू हुईं तब दूधवाला आया। उसने दरवाज़े पर रखी बिल्ली की तश्तरी में थोड़ा सा दूध डाला और बिल्ली खिड़की की मुंडेर से कूदकर दूध पीने लगी।

दूधवाले ने मिस मैकेंज़ी को आवाज़ लगायी। लेकिन उसे कोई जवाब नहीं मिला। उनकी खिड़की खुली थी और दूधवाले को मालूम था कि वह हमेशा सूरज निकलने से पहले जाग जाती थीं। इसीलिए दूधवाले ने खिड़की से अन्दर झाँक कर एक बार फिर आवाज़ लगायी। लेकिन मिस मैकेंज़ी ने कोई जवाब नहीं दिया। वह उस पहाड़ पर जा चुकी थीं जहाँ नीले जेन्शियन और बैंगनी कोलम्बाइन उगते थे।

बाज़ की आँखें

कानों को चुभने वाली ऊँची आवाज़ सुनाई दी, जैसे कुत्ता रिरिया रहा हो। आवाज़ सुनते ही जय ने आसपास की घास में उग रही स्ट्रॉबेरी तोड़ना छोड़ आकाश की ओर देखा। उसके पास एक झबरा कुत्ता था, जिसका नाम था मोटू, लेकिन मोटू कभी ऐसे रिरियाता नहीं था, वह गुर्राता था या भौंकता था। यह अजीब सी आवाज़ आसमान की ओर से आ रही थी और जय इसे पहले भी सुन चुका था। जैसे ही उसे समझ में आया कि यह किसकी आवाज़ थी, वह उठ खड़ा हुआ और उसने अपने कुत्ते और भेड़ों को घर चलने के लिए पुकार लगायी। एक नए खेल के लिए तैयार मोटू कुलांचे मारता हुआ जय के पास आ गया।

'अभी नहीं, मोटू!' जय ने कहा। हमें भेड़ों को जल्दी घर ले जाना होगा। उसने एक बार फिर आकाश की ओर देखा।

उसे दिखाई दिया, सूरज के आगे एक छोटा सा काला धब्बा जो पहाड़ का चक्कर काटते हुए लगातार बड़ा होता जा रहा था–हर पल नीचे को बढ़ता सुनहरा बाज़, हिमालय की ऊँचाइयों पर आकाश का राजा बाज़। जो झपट्टा मारकर अपने शिकार को धर दबोचने को तैयार था!

क्या उसे कोई फ़ीज़ेंट या पाइन मार्टन दिखाई दे गया था? या फिर उसकी नज़र किसी मेमने पर थी? बाज़ अब तक जय का एक भी मेमना नहीं ले जा पाया था, लेकिन पिछले कुछ दिनों से दूसरे गड़रिये एक

सुनहरे बाज़ के बारे में बातें करने लगे थे, जो उनके जानवरों का शिकार कर रहा था।

जय की भेड़ पहाड़ के ढलान पर कुछ नीचे की ओर निकल गई थीं और जय यह देखने के लिए उनके पीछे दौड़ा कि कहीं कोई मेमना रेवड़ से अलग तो नहीं चला गया। मोटू बेतहाशा भौंकते हुए इधर से उधर दौड़ रहा था। मोटू भेड़ों को इकट्ठा रखने के काम में बहुत पक्का नहीं था। वह अक्सर चलते-चलते भेड़ों से टकरा जाता था, जिससे भेड़ें ढलान पर लुढ़क जाया करती थीं, लेकिन उसके बड़े शरीर और भालू जैसा दिखने से तेंदुए और भेड़िए दूर रहते थे।

जय मेमनों को गिनने में लगा हुआ था जो ज़ोर-ज़ोर से मिमिया रहे थे और अपनी मांओं से बिल्कुल भी दूर नहीं जा रहे थे।

एक, दो, तीन, चार...

पाँचवां भी होना चाहिए था। जय को वह नीचे ढलान पर नहीं दिखाई दिया। फिर उसकी नज़र ऊपर तुंगनाथ मंदिर की ओर जाती खड़ी चढ़ाई वाली पगडंडी के पास वाली चट्टानों की ओर गई। सुनहरा बाज़ चट्टानों के चक्कर काट रहा था।

बाज़ पल भर के लिए आँखों से ओझल हुआ, फिर एक छोटे से जीव को अपने ख़तरनाक पंजों में कसकर पकड़े ऊपर उठा।

'अरे, वह मेमने को ले गया!' जय चिल्लाया। वह तेज़ी से चढ़ाई चढ़ने लगा। मोटू उसके आगे-आगे दौड़ा और बेहद गुस्से से उस विशाल पक्षी पर भौंकता रहा जो मोरपंखी के छोटे रह गए पेड़ों के ऊपर से बिना पंख फड़फड़ाए उड़ता हुआ तुंगनाथ के ऊपर वाली विशाल चट्टानों के बीच अपने ठिकाने की ओर उड़ा जा रहा था।

जय और मोटू दूर उड़े जा रहे बाज़ को गुस्से और बेबसी के साथ देखते रहने के सिवा और कुछ नहीं कर सकते थे। मेमना उसी वक़्त मर गया था जब बाज़ ने उस पर हमला किया था। ऐसा लग रहा था कि

झुंड की बाक़ी भेड़ों को पता भी नहीं चला था कि क्या घट चुका है। वह अब भी पहाड़ी के ढलान पर उगी घनी और मीठी घास चरने में जुटी थीं।

'अच्छा होगा हम उन्हें घर ले चलें, मोटू,' जय ने कहा और लड़के का इशारा पाकर वह बड़ा सा कुत्ता, पहाड़ी ढलान पर तेज़ी से नीचे जाने लगा ताकि भेड़ों को हाँक कर घर ले जाने वाले अपने मनपसंद खेल में हिस्सा ले सके। जल्दी ही उसने इधर-उधर चल रही भेड़ों में खलबली मचा दी और जय को झटपट आगे बढ़ कर उन्हें एक जगह इकट्ठा करना पड़ा। आख़िरकार सब एक साथ घर की ओर चल पड़े।

‘एक बढ़िया मेमना चला गया,’ जय ने दुखी हो कर ख़ुद से कहा, ‘सोच रहा हूँ दादा जी क्या कहेंगे।’ दादाजी ने कहा, ‘कोई बात नहीं, यह तो कभी न कभी होना ही था। वह बाज़ कुछ समय से भेड़ों पर नज़र गड़ाए हुए था।’

दादी दुनियादारी ज़्यादा समझती थीं, इसलिए बोली–‘इससे अच्छा तो हम मेमने को तीन सौ रुपए में बेच देते। आगे से तुम्हें और चौकन्ना रहना पड़ेगा, जय। पहाड़ पर जब तुम भेड़ों की रखवाली कर रहे हो, तब नींद मत लेने लगना और न ही कहानी की किताबें पढ़ना!’

‘आज सुबह मैं पढ़ नहीं रहा था,’ जय ने सच कहा, लेकिन स्ट्रॉबेरी बटोरने की बात उसने नहीं बतायी।

‘उसके लिए पढ़ाई ज़रूरी है,’ दादा जी ने कहा, जिन्हें कभी स्कूल जाने का मौक़ा ही नहीं मिला था। उन दिनों पहाड़ों पर स्कूल ही नहीं हुआ करते थे। अब हर गाँव में एक स्कूल खुल चुका था।

‘रात को भी पढ़ा जा सकता है,’ दादी ने कहा, जो नीचे उनके अपने गाँव माकू के एक कमरे वाले स्कूल को ज़्यादा महत्त्व नहीं देती थीं।

‘देखो अभी अक्टूबर वाली छुट्टियाँ चल रही हैं,’ दादा जी ने कहा, वरना वह यहाँ भेड़ों की देखभाल में हमारी मदद नहीं कर रहा होता। इस महीने के आख़िर में जब बर्फ़ पड़ने लगेगी, तब हम अपनी भेड़ों को लेकर लौट जाएँगे। फिर तुम्हें पढ़ने के लिए काफ़ी समय मिलेगा, जय।’

माकू, जो कि नीचे एक कम ठंडी घाटी में था, वहाँ जय के माता-पिता संकरे सीढ़ीनुमा खेतों में जौ, ज्वार-बाजरा और आलू उगाते थे।

बुज़ुर्ग लोग अक्सर गर्मियों में अपनी भेड़ों को तुंगनाथ मंदिर के आसपास वाली चारागाहों की तरफ़ चराने लाया करते थे। वह पत्थर की एक छोटी सी झोपड़ी में ठहरते थे, जो तीर्थयात्रियों को प्राचीन मन्दिर तक ले जाने वाली पगडंडी से बस जरा सा हटकर थी। हिमालय के अन्दरूनी इलाक़े में समुद्र तल से बारह हज़ार फीट की ऊँचाई पर, यह हिंदुओं का

सबसे ऊँचा मंदिर था।

अगले दिन जय और मोटू बहुत सावधान रहे। उन्होंने पल भर के लिए भी भेड़ों को आँखों से ओझल नहीं होने दिया और न ही उन लोगों को सुनहरा बाज़ दिखा। अगर उसने फिर हमला किया तो क्या होगा? जय सोच रहा था। मैं उसे कैसे रोकूँगा?

एक लड़का और एक कुत्ता उस बड़े-से ताक़तवर बाज़ के आगे कहीं नहीं ठहरते थे, जिसके पैने पंजे और चार इंच की गोलाईदार चोंच उसके सबसे ख़तरनाक हथियार थे।

जब वह अपने डैने खोलता था, तो एक सिरे से दूसरे सिरे की दूरी आठ फीट से ज़्यादा बैठती थी।

उस दिन बाज़ नहीं आया क्योंकि उसका पेट भरा हुआ था और वह अब अपने ठिकाने पर आराम कर रहा था। कई जीव-जंतुओं और यहाँ तक कि लोमड़ी की पुरानी हड्डियाँ उन चट्टानों के बीच बिख़री पड़ी थीं, जिनके बीच बाज़ ने अपना घर बनाया हुआ था। बाज़ की एक संगिनी भी थी, लेकिन यह अंडे देने का समय नहीं था और वह अपने किसी अलग खोज अभियान पर कहीं दूर निकल गई थी।

पहाड़ की नुकीले चट्टान पर खड़ा सुनहरा बाज़ पूरी घाटी को शाही अंदाज़ में देख रहा था। उसकी तेज़, न झपकने वाली आँखों से कुछ भी नहीं छुपा था। वह अनोखी नारंगी पीली सी आँखें सौ गज़ से भी ज़्यादा दूर से नीचे ज़मीन पर किसी चूहे या खरहे को ताड़ सकती थीं। पहाड़ पर और भी कई बाज़ थे, लेकिन वे अपने-अपने इलाक़े में ही रहते थे। और सिर्फ़ कुछ दबंग क़िस्म के बाज़ ही मेमनों के शिकार पर निकलते थे, क्योंकि आदमी और कुत्ते हमेशा रेवड़ की रखवाली करते थे।

बाज़ ने अपने अड्डे से उड़ान भरी और बिना पंख फड़फड़ाए घाटी के ऊपर शानदार तरीक़े से आसमान में मंडराते हुए तुंगनाथ की चोटी के चक्कर लगाता रहा।

नीचे मटमैले ग्रेनाइट पत्थर की सिल्लियों से बना पुराना मंदिर था। खड़ी चढ़ाई वाले संकरे रास्ते पर श्रद्धालुओं की लम्बी कतार धीरे-धीरे आगे बढ़ रही थी। चोटी के नीचे फैले चारागाहों में बाज़ की मौजूदगी से अनजान भेड़ आराम से चर रही थीं। धूप से नहाये पहाड़ी ढलान पर विशाल पक्षी का साया उतर आया।

बाज़ ने लड़के और कुत्ते को देख लिया था लेकिन वह उन से डरा नहीं। उसकी नज़र चरने में जुटी दूसरी भेड़ों से कुछ क़दम की दूरी पर फुदक रहे एक मेमने पर टिकी थी।

जय को बाज़ तब तक नहीं दिखाई दिया जब तक कि वह क़रीब सौ फीट दूर कुछ नंगी चट्टानों तक नहीं आ गया। वह बिल्कुल खामोशी से उड़ रहा था, डैनों को चलाए बिना, फिर भी उसने हवा में गोता लगाकर झपट्टा मारने के लिए ज़रूरी रफ़्तार बना ली थी। अब वह सीधे मेमने की ओर बढ़ रहा था।

मोटू ने बाज को समय पर देख लिया। हल्के-हल्के गुर्राता हुआ आगे बढ़ा और ठीक उसी समय मेमने के ठीक बगल में पहुँच गया जिस समय बाज ने उस पर झपट्टा मारा।

बड़ी ज़बरदस्त टक्कर हुई। पंख हवा में बिख़र गए। बाज़ गुस्से से चिल्ला उठा। मेमना ढलान पर लुढ़कता चला गया और बाज़ की बड़ी सी चोंच जैसे ही उसकी पिछली टाँग के ऊपरी हिस्से में गहरी गड़ी मोटू दर्द से बिलबिला उठा।

इस टकराव से वह बड़ा सा पक्षी सकते में आ गया और लड़खड़ा कर अपने डैनों को ताक़त के साथ फड़फड़ाते हुए ऊपर की ओर उड़ गया। मोटू ने मेमने को बचा लिया था। वह डर ज़रूर गया था, लेकिन बच गया था।

वह ज़ोर से मिमियाते हुए दूसरी भेड़ों के बीच गया, जिन्होंने फिर उसके साथ मिलकर मीमियाना शुरू कर दिया। जय मोटू की ओर दौड़ा

जो ज़मीन पर पड़ा कू कू करक रहा था। बाज़ वहाँ से जा चुका था। उसने फ़ौरन अपनी क़मीज़ और बनियान उतारी और बनियान को मोटू की चोट पर बाँध दिया और अपनी बेल्ट से ठीक से कस दिया।

मोटू से उठा नहीं जा रहा था और वह इतना भारी था कि जय उसे नहीं उठा सकता था। जय अपने कुत्ते को अकेला भी नहीं छोड़ना चाहता था, कि कहीं बाज़ फिर से आकर उस पर हमला न कर दे।

वह उठा और अपने हाथ मुँह के दोनों ओर लगाकर ज़ोर से अपने दादा जी को आवाज़ देने लगा।

'दादा, दादा!' उसने पुकारा और तभी उसके दादाजी ने आवाज़ सुन ली और वह तुरंत पहाड़ी के नीचे की ओर दौड़ पड़े। उनके पीछे-पीछे एक और गड़रिया आ गया और दोनों ने मिलकर मोटू को उठाया और घर ले आये।

मोटू का घाव काफ़ी गहरा था। लेकिन दादी ने उसे साफ़ करके जड़ी-बूटियों का लेप लगा दिया। फिर उन्होंने पतली-पतली गाजर काट कर घाव के ऊपर रख दीं, जो कि चोट के इलाज का एक पुराना पहाड़ी नुस्खा था।

लेकिन मोटू को पहले की तरह भागने-दौड़ने लायक होने में थोड़ा समय लगना ही था। तब तक शायद बर्फ़बारी होने लगेगी और इन ऊँचाई वाले इलाक़े के चारागाहों को छोड़ कर वापस घाटी की ओर लौटने का समय भी आ जाएगा।

लेकिन भेड़ों को चराने तो जाना ही था। दादा जी ने तय किया कि तब तक वह भी जय के साथ जाया करेंगे।

दो-तीन दिन तक सुनहरा बाज़ उन्हें नहीं दिखा। जब बाज़ पर दोबारा उनकी नज़र पड़ी, तब वह घाटी के दूसरी ओर की पहाड़ियों के ऊपर मंडरा रहा था। शायद वहाँ खाने को कुछ और मिल गया होगा या फिर भेड़ों का कोई दूसरा रेवड़।

‘क्या तुम्हें बाज़ से डर लगता है?’ दादा जी ने पूछा।

‘पहले नहीं लगता था, जय ने कहा, ‘जब तक उसने मोटू पर हमला नहीं किया था। मुझे अन्दाज़ा नहीं था कि वह इतना ख़तरनाक हो सकता है। पर मोटू ने भी उसे घायल किया। उससे सीधा भिड़ गया।’

‘मुझे लगता है अब वह दोबारा कभी हम पर हमला नहीं बोलेगा,’ दादाजी ने सोचते हुए कहा। पक्षियों के डैनों में आसानी से चोट लग जाती है–चाहे वह बाज़ ही क्यों न हो। जय को ऐसा नहीं लगता था। उसने दो बार उसे हमला करते देखा था और उसे पता था कि बाज़ किसी से नहीं डरता। जब उसे जय से ख़तरा महसूस होने लगा तब कहीं उसने भेड़ों से दूरी बनायी।

अगले दिन दादा जी की तबीयत ख़राब थी। उन्हें बुखार था और वह बिस्तर से उठ नहीं पा रहे थे।

मोटू लंगड़ाते हुए अपनी तीन टाँगों से इधर-उधर डोल रहा था। उसकी ज़ख्मी टाँग में अब भी तकलीफ़ थी।

‘आज भेड़ों को लेकर ज़्यादा दूर मत जाना,’ दादी ने कहा, उन्हें घर के नज़दीक ही चरने दो।’

‘लेकिन यहाँ घास नहीं के बराबर है,’ जय ने कहा।

‘मैं नहीं चाहती कि बाज़ के आस-पास रहने तक तुम कहीं दूर जाओ।’

‘इसे मेरी छड़ी दे दो,’ दादा जी ने बिस्तर पर लेटे-लेटे कहा।

दादी ने कोने से छड़ी उठाई और जय को पकड़ा दी।

यह दादा जी की पुरानी छड़ी थी जो जंगली चेरी की लकड़ी से बनी थी, जिसे दादा जी अकसर साथ लेकर चलते थे।

लकड़ी काफ़ी मज़बूत और पक्की थी; और छड़ी मोटी और लम्बी थी और जय के कंधों तक आती थी।

‘इसे खोना नहीं,’ दादाजी ने कहा। बहुत साल पहले तुंगनाथ के

मंदिर में आए एक पहुँचे हुए सन्यासी ने मुझे यह तोहफ़े में दी थी। मैं तुम्हें यह तब देता जब तुम थोड़े बड़े हो जाते, लेकिन शायद यही सही समय है इसे तुम्हें देने का। अगर बाज़ तुम्हारे पास आए तो इसे अपने सिर के चारों ओर घुमाना। इसी से वह डर कर दूर चला जाएगा।'

पहाड़ों के ऊपर बादल घिर आए थे और तुंगनाथ का मंदिर घनी धुंध में छुप गया था। जाड़े का मौसम आने से तीर्थयात्रियों का आना बहुत कम हो गया था। गड़रिये हरी-भरी चारागाह छोड़कर कम ऊँचाई पर अपने गाँवों की ओर लौटने लगे थे। जल्द ही ऊँची चोटियों के इलाक़े में तेंदुए, भालू और सुनहरे बाज़ के सिवा और कोई नहीं रहेगा।

जय ने चेरी की लकड़ी वाली छड़ी को ढलान पर फैले चारागाह की ओर भेड़ों को हाँक कर ले जाने के लिए इस्तेमाल किया। मोटू का काम छड़ी से लिया जाना था। और भेड़ों को भी मोटू के उटपटाँग भागने-भौकने के बजाय छड़ी की बात ज़्यादा समझ में आती लग रही थी। अचानक सर्दी बढ़ने और बर्फ़ पड़ने के आसार देखते हुए दादी ने जय को मोटे ऊन का जैकेट और एक तिब्बती व्यापारी से ख़रीदे लम्बे बूट पहना कर भेजा था।

वह जूते पहनने का आदी नहीं था, जूते पहन कर सहज महसूस नहीं करता था। उसको सैंडल पहनने की आदत थी। बूट पहन के वह पहाड़ी पर तेज़ नहीं चल पा रहा था, साथ ही पहाड़ी से नीचे उतरते हुए भी ख़ासी दिक़्क़त हो रही थी।

भेड़ों को एक साथ झुंड में लेकर चलना काफ़ी थकाने वाला काम था। कुछ कौवों की कांव-कांव से जय को लग रहा था कि बाज़ आसपास हो सकता है। लेकिन धुंध की वजह से वह ज़्यादा दूर तक देख नहीं पा रहा था।

कुछ देर बाद धुंध छँट गई और जय को दूर मंदिर और उसके पीछे पहाड़ की चोटियाँ दिखाई देने लगीं। उसे सुनहरा बाज़ भी दिखाई दिया।

वह ऊपर गोल-गोल चक्कर काट रहा था।

जय भेड़ों के पास आ गया। उसकी एक आँख बाज़ पर और दूसरी आँख बेचैन भेड़ों पर थी।

फिर वह विशाल पक्षी नीचे को आकर उड़ने लगा। उसने मंदिर के चारों तरफ़ चक्कर लगाये और वहाँ से चले जाने का दिखावा किया। जय को पूरा विश्वास था कि वह वापस ज़रूर आयेगा। और कुछ ही मिनट बाद वह पहाड़ के दूसरी ओर से आता दिखाई दे गया। अब वह काफ़ी कम ऊँचाई पर था, फैले हुए काले डैने, बाहर को निकले नुकीले पंजे, पैनी नज़र, अपने शिकार, एक छोटे से मेमने पर नज़र गड़ाए था जो पहाड़ के नीचे की तरफ़, जय और झुंड की दूसरी भेड़ों से कुछ दूर हो गया था।

अब वह और भी नीचे उड़ रहा था, ज़मीन से बस कुछ ही ऊँचाई पर, लड़के की ओर ध्यान दिए बिना। वह जय के पास से हवा के तेज़ झोंके के साथ गुज़रा और जैसे ही उसने ऐसा किया, जय ने छड़ी से उस पर वार कर दिया।

बाज ने अपना शिकार खो दिया और मेमना कूदकर परे हट गया।

जय हैरान रह गया, जब उसने देखा कि बाज़ उड़कर कहीं चला नहीं गया था। इसके बजाय वह वहीं कुछ दूर पर बैठकर उसे आँखें तरेरकर देखने लगा, जैसे कोई राजा अपने ऊपर कंकड़ फेंकने की जुर्रत करने वाले अपनी प्रजा के किसी मामूली शख़्स को घूर रहा हो।

सुनहरा बाज़ कद में जय के बराबर का लग रहा था। उसके डैने अब भी पूरे खुले हुए थे।उसकी गुस्से से भरी आँखें लगातार जय को घूर रही थीं।

पहले तो जय को लगा कि वह पीछे मुड़कर भाग जाए। लेकिन चेरी की लकड़ी वाली छड़ी अब भी उसके हाथ में थी और उसे पक्का विश्वास था कि उसमें दम है।

उसने देखा कि बाज़ एक बार फिर मेमने पर हमला करने ही वाला था। वहाँ से भागने के बजाय उसने छड़ी को सिर से ऊपर उठाकर बाज़ की तरफ़ दौड़ लगा दी। बाज़ ज़मीन से कुछ फीट ऊपर उठा और अपने बड़े-बड़े पंजों से हमला कर दिया।

जय की क़िस्मत अच्छी थी, उसके मोटे जैकेट ने हमला झेल लिया। लेकिन बाज़ के पंजे से बाजू चिरकर अलग हो गई थी। साथ ही छड़ी इस बार बाज़ के दोनों खुले पंखों पर पड़ी। दर्द और गुस्से से बाज़ की चीख निकल गई। फिर वह मुड़ा और पूरा ज़ोर लगाकर पंख फड़फड़ाता, डैनों की चोट के कारण डगमगाते हुए वहाँ से दूर उड़ चला।

जय ने अब भी छड़ी को ज़ोर से पकड़ रखा था, क्योंकि उसे लग रहा था कि बाज़ फिर आएगा। उसने अपने फटे हुए जैकेट को एक नज़र देखा तक नहीं। लेकिन सुनहरा बाज़ दूर एक चट्टान पर जाकर बैठ गया था और इस बार उसे फिर से हमला करने के लिए लौटने की जल्दी नहीं थी।

जय ने भेड़ों को घर की तरफ़ हाँकना शुरु कर दिया। काफ़ी घने और काले बादल घिर आए थे और अब तो बर्फ़बारी भी शुरू हो गई थी।

जय ने एक खरहे को पहाड़ी के नीचे की ओर चौकड़ी भरते देखा। जब वह क़रीब पचास गज़ की दूरी पर था, तब अचानक बाज़ के डैनों की हवा के थपेड़े महसूस हुए और जय ने उसे एक ओर से खरहे की ओर आते देखा। यानी उसे बहुत ज़्यादा चोट नहीं लगी थी, जय ने सोचा और उसे थोड़ी तसल्ली हुई क्योंकि वह उस विशाल पक्षी को सराहने से ख़ुद को रोक नहीं पा रहा था। अच्छा हुआ उसे अपने खाने के इन्तज़ाम के लिए कोई दूसरा जीव मिल गया।

खरहे ने बाज़ को देख लिया और दौड़-दौड़कर बचता-बचाता वह एक जगह लगे मोरपंखी के कई पौधों के बीच घुस गया। जय नहीं जान पाया कि वह पकड़ में आया या नहीं, क्योंकि बारिश के साथ ओले और

बर्फ़ गिरने में तेज़ी आ गई थी। और उस तूफ़ानी महौल में बाज़ और खरहा दोनों ग़ायब हो गए थे।

भेड़ उसके पीछे मिमियाती चली आ रही थीं। एक मेमना काफ़ी थका हुआ लग रहा था। जय उसे उठाने के लिए झुका। जैसे ही उसने ऐसा किया, उसे एक पतली सी भिनभिनाने जैसी आवाज़ सुनाई दी। हर पल वह तेज़ होती गई। इससे पहले कि वह मुँह उठाकर ऊपर देख पाता, एक बड़ा सा डैना उसके कंधे से टकराया और वह ख़ुद को संभाल नहीं पाया और कुछ दूर लुढ़कता गया। उसके साथ मेमना भी गिरता-पड़ता काफल की कंटीली झाड़ी में जाकर ठहरा। झाड़ी ने उन्हें बचा लिया। जय ने फिर बाज़ को काफ़ी नीचे को उड़ते हुए अपनी ओर आते देखा। यह एक दूसरा बाज था! एक से लड़कर उसे खदेड़ा और अब एक दूसरा आ गया था, वैसा ही बड़ा और निडर, शायद पहले वाले बाज़ का साथी।

जय ने अपनी छड़ी खो दी थी और उसके पास दूसरे बाज़ से लड़ने का कोई तरीका नहीं बचा था। इसलिए मेमने को अपनी आड़ में लेकर वह रेंगते हुए आगे बढ़ा और झाड़ी के नीचे दुबक गया। साथ ही वह अपनी पूरी ताक़त से आवाज़ें लगाने लगा, बाज़ को डराकर भगाने के लिए और मदद के लिए लोगों को बुलाने के लिए। अब बाज़ के लिए उनपर हमला बोलना आसान नहीं था। लेकिन बाक़ी भेड़ें अब भी पहाड़ी पर बाज़ की नज़रों के सामने थीं। बेशक बाज़ उनपर हमला कर सकता था।

जैसे ही बाज़ एक चक्कर काटकर दोबारा झपट्टा मारने के लिए वापस लौटा, जय ने तेज़ भौंकने की आवाज़ सुनी। बाज़ फ़ौरन पलटा और आसमान की ओर उड़ गया।

भौंकने की आवाज़ मोटू की थी। जय की पुकार सुनकर और यह एहसास होने पर कि कुछ गड़बड़ है, वह लंगड़ाता हुआ घर से बाहर निकल आया था, जंग के लिए। मोटू के पीछे एक और चरवाहा आया

और सबसे बढ़कर दादी माँ ख़ुद आ गईं, दो कड़ाही एक-दूसरे से पीट-पीटकर बजाती। भौंकने, बर्तन पीटने और चिल्लाने से बाज़ डरकर वहाँ से चले गए। भेड़ भी तितर-बितर हो गई थीं और उन्हें हाँक कर इकट्ठा करने में कुछ समय लगा। तब तक भारी बर्फ़बारी होने लगी थी।

'कल हम सब को माकू चलना चाहिए,' चरवाहे ने कहा।

'हाँ, हमें वहाँ से आए हुए काफ़ी समय भी हो गया है,' दादी बोलीं, 'तुम फिर से अपनी कहानी की किताबें पढ़ पाओगे।'

'अब तो मेरे पास अपनी ही कहानी है सुनाने के लिए,' जय ने कहा।

वह झोपड़ी तक पहुँचे तो जैसे ही जय ने दादाजी को देखा, उसने कहा, 'अरे, मैं आपकी छड़ी तो भूल ही आया!'

लेकिन मोटू ने छड़ी उठा ली थी। अपने दाँतो के बीच में दबाकर वह उसे घर ले आया था।वह छड़ी के साथ घर के खुले दरवाज़े के आगे बैठ गया था।

जैसे उसने तय कर लिया था कि चेरी की लकड़ी वाली छड़ी उसके दाँतो के लिए बहुत अच्छी रहेगी और अगर दादी उसे वापस न लेतीं तो वह उसे चबा ही डालता।

अपनी खाट पर बैठे-बैठे दादाजी ने कहा, 'कोई बात नहीं। छड़ी मायने नहीं रखती। मायने यह रखता है कि वह किसके हाथ है।

दादाजी लड़े शुतुरमुर्ग से

भारतीय रेल की नौकरी से पहले मेरे दादाजी ने कुछ साल ईस्ट अफ्रीकन रेलवे के लिए काम किया था और उसी दौरान उनका शुतुरमुर्ग से सामना हुआ था जिसकी अब तक चर्चा होती है। बचपन में उनकी यह कहानी बार-बार सुनकर ज़िन्दगी में जान आ जाती थी और यहाँ इसे उन्हीं के शब्दों में पेश कर रहा हूँ, जहाँ तक मुझे याद है!

नई रेलवे लाइन बिछाने के काम के दौरान मैं चमत्कारिक ढंग से बहुत बुरी मौत मरते-मरते बचा। मैं एक छोटे से कस्बे में रहता था लेकिन मेरा काम तक़रीबन बारह मील दूर चल रहा था और मुझे वहाँ घोड़े पर जाना-आना पड़ता था। एक दिन मेरे घोड़े को ज़रा सी चोट लग गई, तो मैंने पैदल ही काम पर जाने की सोची, क्योंकि उन दिनों मैं काफ़ी पैदल चला करता था। मुझे पहाड़ों की ओर से निकलने वाला एक छोटा रास्ता भी मालूम था जिससे क़रीब छह मील कम चलना पड़ता था।

वह छोटा रास्ता एक शुतुरमुर्ग फ़ॉर्म या कैंप से होकर जाता था। उनके अंडे देने का समय चल रहा था। मैं शुतुरमुर्ग के तौर-तरीक़ों से काफ़ी अच्छी तरह वाक़िफ़ था और मुझे मालूम था कि नर शुतुरमुर्ग इस दौरान काफ़ी गुस्सैल हो जाते हैं और जरा सा छेड़ने पर हमला कर देते हैं, लेकिन मुझे यह भी मालूम था कि अगर किसी शुतुरमुर्ग ने हमला करने की कोशिश की तो मेरा कुत्ता उसे डराकर भगा सकता था। भले ही यह

अजीब लग सकता है, लेकिन बड़े से बड़े शुतुरमुर्ग, जो कद में नौ फीट तक के हो सकते हैं, वह भी एक छोटे से कुत्ते को देख लेने पर तो दौड़ के घोड़े से भी ज़्यादा तेज़ी से भाग निकलते हैं। इसलिए मैं अपने देसी कुत्ते के साथ, जिसने मुझे क़रीब दो महीने पहले ही अपनाया था, काफ़ी सुरक्षित महसूस कर रहा था।

जैसे ही मैं कैम्प पहुँचा, मैं बड़ी होशियारी के साथ तार की बाड़ को फांदकर इधर-उधर देखने के बाद कटीली झाड़ियों के बीच से चारों तरफ़ नज़र रखते हुए बचता-बचाता आगे बढ़ रहा था। बीच-बीच में मुझे कुछ दूरी पर चुगते हुए पक्षी दिखाई दे जाते थे।

अभी बाड़ फांदकर क़रीब आधा मील ही चला था कि मैंने छुपकर बैठे जंगली खरगोश को डराकर भगा दिया। अगले ही पल मेरा कुत्ता उसके पीछे पड़ गया। मैंने उसको वापस बुलाने की कोशिश की, जबकि मुझे पता था कि उससे लौटने की उम्मीद करना बेकार था। कुत्ते को जंगली खरगोश का पीछा करने का जुनून था।

मुझे नहीं पता कि यह मेरे कुत्ते के भौंकने से हुआ या मेरे चिल्लाने से, लेकिन तभी वही हो गया जिससे मैं बचने की कोशिश कर रहा था। शुतुरमुर्ग चौंक गए और इधर-उधर दौड़ने लगे। तभी मैंने देखा कि एक बड़ा सा नर शुतुरमुर्ग कोई सौ गज़ दूर की झाड़ियों में से निकला। कुछ पल तो वह बिना हिले खड़ा मुझे ताक़ता रहा। मैं भी उसे एकटक देखता रहा। फिर उसने अपने छोटे-छोटे पंख फैलाए और पूँछ खड़ी करके मेरी तरफ़ दौड़ पड़ा।

मेरे पास कुछ नहीं था, एक छड़ी भी नहीं, जिससे मैं ख़ुद को बचाता, इसलिए मैंने बाड़ की ओर दौड़ना शुरू कर दिया। लेकिन दौड़ने में उससे बराबरी नहीं हो सकती थी। सोलह से बीस क़दम की दूरी एक डग में तय कर लेने वाले इन जीवों के आगे ज़्यादा से ज़्यादा दो या तीन क़दम के डग भरने वाला मैं कहाँ टिकता? सिर्फ़ एक ही चारा था–मदद

के लिए किसी के आने तक एक बड़े से झाड़ की आड़ लेकर शुतुरमुर्ग से बचा जाए। उसको चकमा देते रहना ही बचने का एकमात्र रास्ता था। और इसीलिए मैं पास की कंटीली झाड़ियों में जा छुपा और सोचने लगा कि पीछा करने वाले से कब तक बच सकता हूँ। वह विशाल पक्षी बिना समय गँवाए फौरन मेरे आगे आ पहुँचा।

फिर एक बिल्कुल अजीब क़िस्म का मुक़ाबला हुआ। मैं बार-बार अपनी जगह बदलकर यह कोशिश करता रहा कि शुतुरमुर्ग की जानलेवा लात खाने से बच जाऊँ।

शुतुरमुर्ग आगे की तरफ़ पूरे ज़ोर से ऐसे लात मारते हैं कि अगर किसी को लग जाए तो उनके छेनी जैसे तेज़ नाख़ून बहुत नुक्सान पहुँचा सकते थे।

मैं हाँफ गया था और वास्तव में बहुत बेबस था, बस कटीली झाड़ी के चक्कर काटते हुए ज़ोर-ज़ोर से मदद के लिए पुकार रहा था। मेरी ताक़त जवाब दे रही थी। और कितनी देर ऐसे चक्कर काट सकता था? मैं पस्त होकर गिरने जा रहा था।

गुस्से से बौखलाया शुतुरमुर्ग जैसे मेरी हालत जानता हो, वह जिधर से आ रहा था उधर दुगनी दूरी तक गया और अचानक पूरे ज़ोर से फिर मुझ पर हमला करने को दौड़ा। पूरी जान लगाकर मैं अपनी जगह से एक क़दम हट गया। अगले ही पल पता नहीं कैसे मैंने ख़ुद को उसके बेहद क़रीब, उसका एक पंख को पकड़े पाया।

अब डरने की बारी शुतुरमुर्ग की थी। वह अपने पंख फैलाए फिरकी की तरह इतनी तेज़ी से गोल-गोल घूम रहा था कि मेरे पैर भी हवा में उठकर उसी के साथ घूमने लगे! इस बीच शुतुरमुर्ग ज़ोर-ज़ोर आवाज़ करते हुए बार-बार अपनी चोंच खोलता और बन्द करता रहा।

मेरी हालत का अन्दाज़ा लगाइये जब मैं एक गुस्साए शुतुरमुर्ग के पर को कसकर पकड़े हुए लटका था। और वह मुझे गोल-गोल घूमे जा

रहा था जैसे वह चक्का फेंकने के खेल का खिलाड़ी हो और मैं उसका चक्का! जल्दी ही मेरे हाथों में दर्द होने लगा और लगातार तेज़ी से गोल-गोल घूमने से मुझे चक्कर भी आने लगे थे। मैं जानता था कि अगर मैंने अपनी पकड़ एक पल के लिए भी ढीली होने दी, तो मेरा बहुत बुरा हश्र होगा।

हम गोल-गोल घूमे ही जा रहे थे। ऐसा लगता था कि वह बेरहम पक्षी कभी नहीं थकने वाला। मुझे यह एहसास होने लगा था कि मैं ज़्यादा देर तक उसे पकड़े नहीं रह सकता था।

अचानक शुतुरमुर्ग उल्टी ओर घूमने लगा! उसके अचानक ऐसा करने से मेरे हाथ से उसका पर छूट गया और मैं ज़मीन पर चारों खाने चित हो गया। मैं काटों भरी झाड़ी के पास गिरकर ढेर हो गया था और इससे पहले कि यह समझ पाता कि क्या हुआ है, वह शुतुरमुर्ग मेरे इतना पास आ गया जैसे मेरे ऊपर चढ़ा जा रहा हो। मुझे लगा अब मेरा आख़िरी समय आ गया। हाथ ख़ुद-ब-ख़ुद चेहरे को ढकने के लिए बढ़े, लेकिन

शुतुरमुर्ग ने हमला नहीं किया। जब मैंने हाथ हटाकर देखा तो शुतुरमुर्ग एक टाँग ऊपर उठाए मुझे जानलेवा लात मारने के लिए तैयार था! मैं हिल भी नहीं सकता था। क्या शुतुरमुर्ग मेरे साथ चूहे-बिल्ली का खेल खेलने जा रहा था? मेरे कष्ट जल्दी कटने वाले नहीं थे?

मैं डरा-सहमा खोया हुआ सा उसे देख रहा था, कि अचानक शुतुरमुर्ग ने अपना सिर बाँई तरफ़ घुमाया। अगले ही पल वह कूदकर पीछे घूमा और जितनी तेज़ी से दौड़ सकता था वहाँ से भागा। हैरान होकर मैं सोचने लगा कि ऐसा क्या हुआ कि वह अचानक मैदान छोड़कर पीछे हट गया।

जल्दी ही मुझे पता चल गया। मुझे बड़ी ख़ुशी हुई जब मैंने अपने बिगड़ैल कुत्ते को भौंकते सुना और अगले ही पल वह मैं उछल-उछल कर, मेरे चेहरे और हाथ और चाट-चाटकर मेरे चारों ओर चक्कर लगा रहा था। कहने की ज़रूरत नहीं है कि उसके इस लाड़ के जवाब में मैं भी उसे ख़ूब दुलार रहा था! और फिर मैंने इस बात का भी ध्यान रखा कि जब तक हम शुतुरमुर्ग फ़ार्म से साफ़ बचकर बाहर न निकल जाएँ तब तक वह मेरे बिल्कुल साथ-साथ रहे।